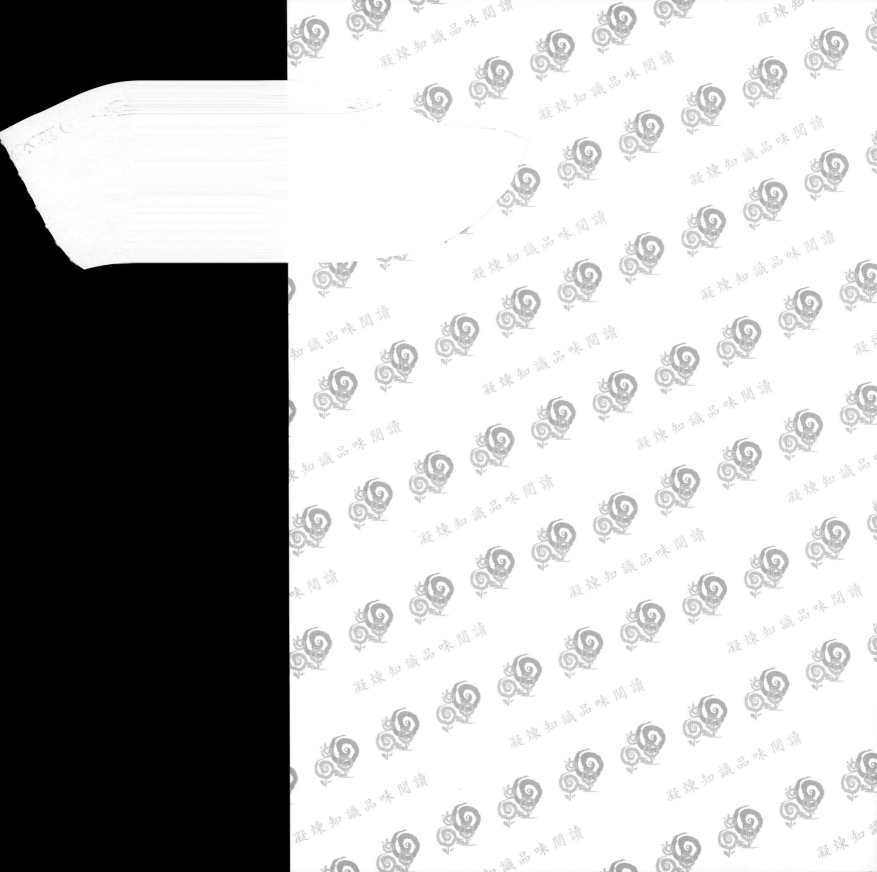

圖解系列

圖解

文字學常識與漢字演變

陳姞淨／著

閱讀文字

理解內容

觀看圖表

圖解讓
文字學
更簡單

五南圖書出版公司 印行

序

　　「文字學」一直是中文系很重要的專業科目，甚至許多學生會覺得是相當困難的一科。「文字學」表面上看是關於文字形、音、義解讀，或是侷限在字形的研究，但實際上，由於文字是記錄語言的工具，所以文字學不僅是語言研究的重要基礎，更是整個社會生活實況的展現。不論是研究古文字還是歷代文字，目的都是要了解每一時代的歷史與重建當時社會環境，所以文字學一門是反映現實的重要學科，它跟我們生活息息相關。時至今日，科技發達，不論是網路、手機訊息傳遞，或是街上廣告招牌的用字，乃至於日常生活文書，無一不以文字溝通傳達，所以我們也可以說，文字學應該是最生活化的知識與學問。本書是利用文字搭配圖表的方式，使讀者可以更容易理解這門學問，讓文字學不再是艱難的中文系專業學科，成為一般人也可接受的基本知識。

　　全書分為正文與附錄兩大部分。正文共分為五章，第一章從語言與文字的關係說起，了解漢字的起源與結構性質，其次說明文字學的定義與相關學科，最後則是介紹先秦時代到今日的文字整理工作，讓讀者可以了解文字基本概念。第二章先介紹漢字有哪些分類型態，再依照時間順序，

說明各種類型的文字概況，從殷商時期的甲骨文、金文開始，到春秋戰國時代，各國呈現出不同的文字特色，造就豐富多變的戰國文字。秦代小篆成為官方文字，結束戰國時代各體紛陳的情況，同時民間的書寫也正朝著不同的方向演進，隸書、楷書、行書、草書就慢慢發展出來。透過這些內容的介紹，可以明白各類書體的演變過程，以及文字書寫與結構變化等問題。第三章進入文字學的基本理論，整合各家對於六書的說法，分別說明象形、指事、會意、形聲、轉注、假借的內涵為何。除六書說外，漢字的另一分類就是三書說，唐蘭提出三書說法後，陳夢家與裘錫圭繼之而起，不論是著重在構字類型的不同，還是文字演進的發展階段，三書的提出，為文字學研究帶來新的想法。本章最後則是討論部首問題，漢字數量龐大，所以不論古今，最有系統的整理文字方式，就是用部首分類。漢字由甲骨文一路發展到現代，文字從圖像走向抽象，字形結構已經大大改變，所以在探討部首理論的同時，我們也可以看到漢字結構的演變過程。第四章則是介紹漢語重要的字書，以《說文》與《說文》四大家為起點，介紹漢代到今日的重要字書與文字整理工作，藉由這些字書的體例歸納，可以看出不同的字學觀念。第五章則是以《國語辭典簡編本》的常用字頻為材

序

料，選錄最常用的 100 漢字，附上每字從甲骨到小篆的文字形體，說明構字緣由與用字情況。不論是教師教學或是學生自學，都可以藉由簡要的說明，了解文字的字義與演變過程。

　　附錄有四個部分，第一部分為常見的文字學名詞解釋，每一學科都有其基本的專業名詞，為幫助讀者更容易閱讀文字學相關內容，所以將常用或是本書中常提到的專業名詞一併整理於此。附錄二是依據教育部《常用國字辨似》內容，將其中常見的錯誤用字情況，依照音序排列整理成表格，方便讀者於日常生活查閱使用。附錄三則是相似字例表。文字容易寫錯，往往不是整個字形的謬誤，而是當中某一部件，因為形體過於相似而誤用。這部分就是將常見相似的部件成組排列，再於後方表格加上常因部件相似而誤寫的文字，目的是要避免這些相似部件被混淆誤用。附錄四則是將第五章的常用國字說解加上索引，方便讀者查詢使用。

　　本書最重要的特色有二，一是將原本生硬難懂的文字學理，用淺白文字加以敘述，以基本學理為主，捨去過於艱澀的專門研究內容，並配合圖表簡要且有系統的呈現出來，閱讀時可以圖文相互參讀，不僅可以了解文

字學理的細部內容，也可因圖表來加強理解與記憶，讓原本被認為是枯燥
的文字學，內容可以更加豐富。本書第二特色就是收入大量實用的文字資
料。第五章的常用 100 漢字，就是利用科學的統計方式，選出最常用的文
字加以說明。常用漢字多半是漢語的核心詞彙，使用強度最大、構詞能力
也最強，明白其演變與字義，對於了解整體的文字構造與學理定有相當之
幫助。而附錄中不管是相似字的正誤區分，還是相似部件的整理，都是站
在實用的立場，所整理出來的辨似資料，對於日常生活來說，是相當方便
檢閱的錯別字工具書。

　　《圖解文字學常識與漢字演變》一書，歷經多年的醞釀與整理，終
於在今年面世，這本書的寫作初衷，就是希望用淺顯明白的方式，將文字
學介紹給更多的人，不論是剛接觸這學科的學子，或是對文字有興趣的大
眾，都能藉由這本書更加了解這門與我們生活關係密切的學問，更希望附
錄的實用資料可以幫助大家在使用文字時能夠更加精準，語義可以正確地
傳達，讓文字可以真正做到〈說文解字敘〉中所說「前人所以垂後，後人
所以識古」的重要功能。

陳姞淨

2018 年 5 月 15 日 誌於北投

第 1 章　文字的形成與發展

第 2 章　漢字分類型態與書體演變

第 3 章　漢字六書與三書理論

第 4 章　漢字的整理與字書

第 5 章　常用一百漢字說解 （據《國語辭典簡編本》字頻總表取樣）

附　錄

掃描看**漢字演變**

第1章
文字的形成與發展

UNIT 1-1
語言與文字

語言與文字的關係

語言是人類溝通訊息的開始，然而，語音的流傳與保存並不容易，為了能夠將訊息長遠留存，便開始有了描繪事物的符號。例如：看到牛，用 🐂 記錄；看到鹿，用 🦌 記錄；看到日，寫成 ⊙、○；數量五，就寫成 ☰、Ⅹ、𝕏。

語言與文字的對應都是需要經過長時間約定俗成，表達月亮的概念時，可能會有不同的形體出現，為了能夠溝通，就漸漸固定用 ☽、𐤃 描繪月亮的外形來代表月亮，再與語音中的 ㄩㄝ ˋ（yuè）聯繫起來。這些文字都必須經過長時間的使用、人們形成共識，才能傳遞正確的訊息。

文字的定義

文字的定義有廣狹兩種，廣義的文字是只要能夠傳遞語言訊息、表達一定意義的符號或是圖畫，都可以視之為文字，可以包含文字發展的所有歷程。而狹義的文字是指記錄語言的符號，且能形成一定的體系，如此才能稱之為文字。本書所指文字則屬於狹義文字的範疇。

那麼文字究竟指的是什麼？《說文解字》解釋文與字是兩種不同的概念。許慎認為「文」是「錯畫也，象交文」、「依類象形，故謂之文。」換句話說，

「文」就是按照物類畫出形體，例如：𣎳（木）、𤝔（犬）。而「字」是「形聲相益，即謂之字。字者，言孳乳而浸多也。」有了文之後，又用不同的文（形符與聲符）組合出會意字、形聲字，擴充文字的數量，這些就叫做「字」，例如：信（人＋言）、休（人＋木）。「字」意思就是「文」的孳生、增多。這也就是宋朝鄭樵在《通志‧六書略》中所說的「獨體為文，合體為字」。文字創造的開始會先描繪事物的外形，成為一個單一無法解構的形體即為文，六書中的象形、指事就是屬於這一類。

然而，隨著文明發展，語言所要描述的事物越來越多，需要的文字也日漸增加，那麼透過不同獨體文的組合，就變成了合體的字，這些文字可以拆解成不同結構，六書中的形聲、會意就是這類。由此，我們可以知道，文是利用圖畫、線條描繪一個事物的表意符號。字則是結合兩個表意符號，表達出一個新的語義。例如：𠆨（人）是獨體文，描繪了人的形體，代表人這個物體。𣩠（休）是合體字，組合了獨體的人與木，記錄了人倚靠在樹旁休息的語義。

現在文與字多兩字並用，少有區隔，都被當作是記錄語言的符號，然從歷時的發展中還是可以看出兩者的差異，只是今日已被當作相同的概念。

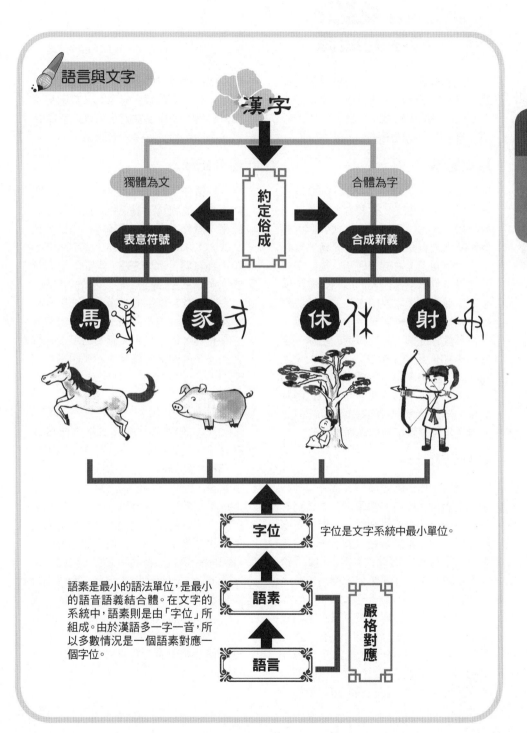

語言與文字

漢字

獨體為文　　　　　約定俗成　　　　　合體為字

表意符號　　　　　　　　　　　　　　合成新義

馬　　　　豕　　　　　　休　　　射

字位　　　字位是文字系統中最小單位。

語素是最小的語法單位，是最小的語音語義結合體。在文字的系統中，語素則是由「字位」所組成。由於漢語多一字一音，所以多數情況是一個語素對應一個字位。

語素

語言

嚴格對應

UNIT 1-2 漢字的起源

文字的演變並非一日可成，需要經過長時間的演化與不斷改變，才能到達今日我們所熟悉的狀態。關於漢字的起源大概有下列幾種說法。

結繩記事

《莊子‧胠篋》中提到「當是時也，民結繩而用之，甘其食，美其服，樂其俗，安其居。」可知古代人們已經會用結繩來記錄事件。在《周易‧繫辭下》也說到「上古結繩而治，後之聖人易之以書契。」古代人們用結繩來治理事情，到了後代才改用書契。由這些內容可以知道，結繩對於上古人民來說，已經具備有提醒、記憶事情的功能。至於結繩如何記事？鄭玄說：「事大，大結其繩；事小，小結其繩。」由繩結的大小來記錄事情的重要與否，但也因為結繩的形式簡單，只能略為幫助記憶，並無法記錄複雜事物或溝通交流。

契刻記事

與結繩類似的記事方式就是契刻。漢代劉熙在《釋名‧釋書契》中提到契刻的主要目的是記錄數目。人們將所要約定的事物數量刻畫在木頭上，然後各執一半作為憑證。《北史》中也記載「魏先世射獵為業，淳樸為俗，簡易為化，不為文字，刻木結繩而已。」

由出土文物發現契刻材質由木頭變成陶土，內容不僅有數字，還有一些複雜的刻畫。例如：仰韶文化與雙墩遺址文物就出現了許多刻畫符號，這些刻畫內容廣泛，包含一些生活與自然景物，已不限於單純記錄數字，表示當時可以用來記事、傳達某些的意念。雙墩符號因具有高度的表意功能，所以一般認為與漢字的起源已有密切的關係。

畫卦記事

許慎在〈說文敘〉中也曾提到漢字的起源，他認為庖犧氏將對自然萬物的觀察，做出八卦來記載事物。（見〈說文敘〉）宋代鄭樵也認為，漢字的開始與八卦有關，例如 ☵（坎卦）從而後成「水」、☲（離卦）從而後成火等等，也有學者認為漢字的數字一二來自八卦符號。這些說法雖無法證明漢字起源與八卦有關，但至少可以確定的是八卦符號與漢字的關係，確實比結繩記事更加密切。

倉頡造字

漢字起源另一種說法就來自於倉頡造字，〈說文敘〉中提到倉頡見了自然萬物的跡象後，認為這些現象可以區別事理，所以開始創造文字，其主要目的就是幫助君主統治百姓，政令順利推行。文明的起源與文化的發展都是來自於人民的需求，為了方便溝通，每個地區可能會發展出不同的文字，因此，文字並非一人一時一地所創造，而倉頡造字的說法，或許可以理解成為了國家統治，倉頡開始整理文字，統一各地現有文字之歧異，訂定共同標準，以方便政令之傳達與溝通，而非完全創造新的文字。

中國文字來源的說法

倉頡造字

倉頡造字一般理解為是對文字的整理，使文字統一，方便政令傳達與統治。

結繩記事

主要是方便記憶、簡單記錄事情大小，還未達到傳達意念與溝通的程度。

中國文字來源的說法

伏羲畫八卦

八卦符號與文字屬於不同系統，但少部分符號被認為與後來文字有關。

雙墩遺址刻符

雙墩遺址發現六百多個刻符，除了簡要數字外，還有一些複雜符號，其中許多符號有重複出現的情況，充分表示已經具有記載與表達意念的功能，可視為漢字較直接之源頭。

仰韶文化陶文

仰韶文化中半坡陶文數量約有一百多個，仍是較為簡單之符號。

漢字的構成

漢字的構成是由字形、字音、字義三者組合而成，下面就分成形音義三方面來說明漢字的構成內容。

1. 字形

不管哪種文字都會有其字形，音符文字的字形就是由音符拼接而成，形符文字是由描繪物象的線條組合而成，兩種文字系統呈現的方式雖然不同，但記錄語言的功用是相同的。

漢字造作初始，就是用描繪事物外形的方式，來記錄語言，許錟輝在《文字學簡編》中將文字的字形分為「本形」與「變形」。所謂「本形」是指形體與字義相符合的文字，例如：口、井、雨等象實際物形的文字。「變形」是指文字的外形已經跟字義沒有直接的聯繫，例如：「八」原本是分別、分開的意思，後來假借成數字，字義跟字形脫鉤。這類文字就變成純粹記錄語言的符號。多數的漢字還是可以從形體看出大概的語義，所以字形的正確性對於漢字的解讀有極大影響。

2. 字音

有人認為漢字只用形體記載語義，無法跟音符文字一樣直接表音。但談及語言與文字的關係時有說到，語言與語素必須嚴格對應，而語素是語音及語義結合體，語素又是由「字位」所組成的，多數情況是一個語素對應一個字位，所以漢字雖無法直接看出字音，但在語言寄託字形的當下，語音已包含其中。

文字的初文已經隱含了語音的成分，後來這些初文就變成了漢字結構中重要的音符（聲符）來源。這些形聲偏旁（聲符）可視作漢字字音成分。字音因為時間、地域的不同而產生差異，也就是所謂的音變。

漢字音變原因有幾種：一為古今音變，如：「車」古讀「居」（jū）音，後來出現「尺遮切」（chē）音；二為方言不同，例如：「項」做為姓氏時，國語音（xiàng），但在湖北、河南部分地區讀為（hàng）。三是音隨義轉，就是因為語義轉變，為了別義，故連讀音一起改變。例如：「宿」表示休息地方時念（sù），語義是星座時音（xiù），當作夜晚時讀（xiǔ）。

由於漢字形體穩固，所以即使產生音變，我們還是可以利用聲符推知古音。漢字就是利用這些穩定的聲符加上形符大量造字，所以說漢字並不單純只是形符文字，只是標音方式與其他文字不同。

3. 字義

字義通常可以分為三類，一為本義、一為引申義、一為假借義。所謂本義，就是文字的創造的初始所寄託的語義，根據語義造出一個形體，所以本義與本形最為貼合，例如：易，本義為爬蟲類的蜥蜴。所謂引申義，就是從本義延伸擴大而生的語義，與本義有字義上的重疊，例如：黑，《說文》記載的本義為「火所熏之色也」，引申為顏色的黑色，再引申為黑暗的意思。而假借義則是因為聲音的關係，藉用另一個字形來寄託語義，例如：「然」本義烤肉，借為連接詞「然後」。字義是文字最重要的內涵，也是形音所以傳達的重點所在。

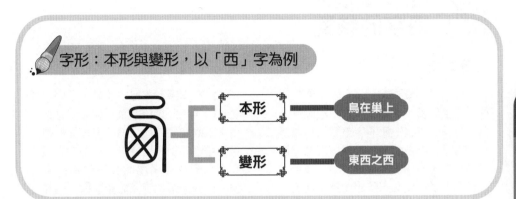

字形：本形與變形，以「西」字為例

- 本形 —— 鳥在巢上
- 變形 —— 東西之西

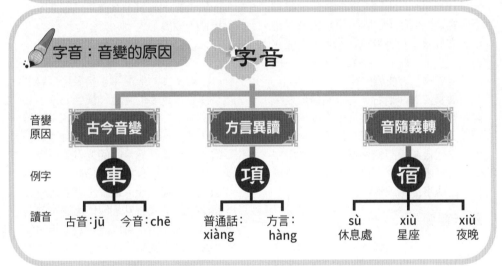

字音：音變的原因

字音

音變原因	古今音變	方言異讀	音隨義轉
例字	車	項	宿
讀音	古音：jū　今音：chē	普通話：xiàng　方言：hàng	sù 休息處　xiù 星座　xiǔ 夜晚

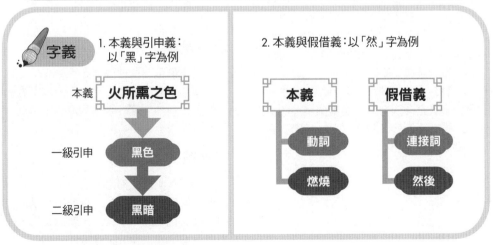

字義

1. 本義與引申義：以「黑」字為例

本義	火所熏之色
一級引申	黑色
二級引申	黑暗

2. 本義與假借義：以「然」字為例

- 本義
  - 動詞
  - 燃燒
- 假借義
  - 連接詞
  - 然後

UNIT 1-4
漢字的特質

形體勻稱

漢字從小篆開始，字形變得修長勻稱，到了隸書，更是改變其中的圓轉線條，拉長為方直，使漢字整體結構變得更加方正。楷書則是將隸書橫方的形體轉為正方，形成所謂方塊文字。漢字的結構為了要形成文字整體的結構均衡，所以同一部件在不同文字的組合中會有不同寫法，例如：「木」，單獨書寫時呈現正方形體，右邊筆畫為捺筆，而變成合體字「柚」時，木字變得細長，右邊捺筆變成點，方便與由結合。

從藝術層面來看，方正結構形成中國特殊的書法藝術，讓文字不僅只是傳達語義，更可表現美感；從實用角度來看，宋代後雕版印刷盛行，方塊文字相當適合排版。時至今日，不論直書或橫書，方塊字都可以整齊呈現。

單一音節

音系文字在記錄語言時，會因為音節長短使文字長度不同。漢字是一字形一音節，多數漢字，單一形體就代表一個語素，可以獨立表達意思，成為一個單詞，這也是何以中國歷代字書也可以稱為單詞詞典的原因。

雖然也有少數兩個音節對應單一字形，或是一個音節對應兩個字形的情況，但並不影響多數漢字單一音節對應一個詞的特色。

古今一貫

由於漢字形義穩定性高，不會因為語音的變化而無法識讀。即使甲骨文、金文距離我們時代久遠，但是從形體上還是可以看出語義。後來隸書的出現將原本象形意味濃厚的漢字轉為抽象符號，但仍保留了許多形體特徵。這種古今一貫的文字發展，讓漢字歷經數千年仍可蓬勃發展。

藉形表義

多數漢字的形體可直接表現語義，這是漢字最重要的特色。漢字的造字初始是描繪事物外觀而來，這些初文或作為形符或作為聲符，都將語言凝固在字形當中，雖然經過長時間的書體演變，漢字的字形象形程度已經降低，但仍具有強大的表義功能。這就是漢字迥異於音符文字的最大特點，即使經過長時間的流傳，我們還是可以識讀數千年之前的古籍，這也就是許慎所說文字是「前人所以垂後，後人所以識古」的重要媒介。

理論完備

漢字最重要的理論就是六書條例，這是漢字分類的基礎，也是了解漢字發展的重要理論。關於六書的敘述，可見後續章節內容說明。

方便造字

漢字九成以上都是形聲文字，用聲符加上形符的造字方式，讓漢字可以依照時代文化不同，不斷造出新的文字，不僅表達字義也同時記錄語音。

漢字音節的對應關係

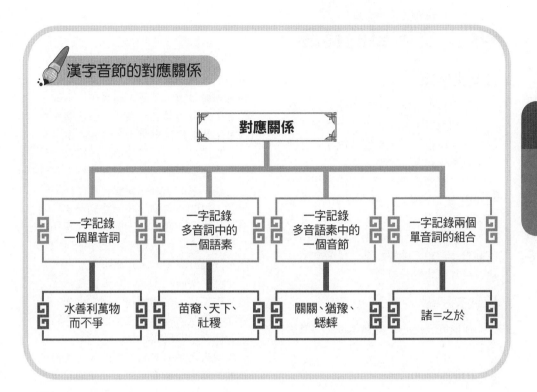

形聲偏旁造字圖

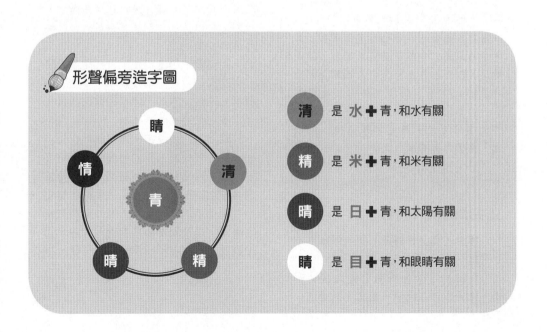

清 是 水 ➕ 青，和水有關

精 是 米 ➕ 青，和米有關

晴 是 日 ➕ 青，和太陽有關

睛 是 目 ➕ 青，和眼睛有關

廣義文字學

研究各種文字問題的學問即為文字學。傳統小學中，包含文字、聲韻及訓詁，文字偏重於形、聲韻著重在音、訓詁則側重於義，三者各有其研究內涵。文字學又有廣義與狹義之分別，胡樸安在《中國文字學》一書中提到：「廣義的文字學，包括形、音、義三部。」因此，廣義文字學可以說相當於傳統小學的範疇，含括音韻與訓詁，研究文字的形音義各種問題。

狹義文字學

胡樸安又進一步說到狹義文字學應該是：

狹義的文字學，研究文字之形者為文字學，研究文字之聲者為音韻學，研究文字之義者為訓詁學。《說文解字》等書，形書也；《廣韻》等書，韻書也；《爾雅》等書，義書也。本上定義，文字學的範圍，當然屬於狹義的形。惟是轉注、假借，在在有聲與義之關係，雖狹義的文字學，而涉及聲與義之處甚多，其專門為聲韻訓詁之研究者，獨立於文字學之外，而文字學則固以形為主，兼聲與義而為研究者也。

上文所謂的「文字學」，係指狹義文字學，即以形為主要研究範圍。

文字學的研究內容

林尹《文字學概要》認為中國文字學是指：

中國文字學是研究中國文字的科學，他的任務在說明中國文字的發生、演進和特性；探討中國文字構造的法則和運用的條理；了解中國文字在形體、聲音、意義上的特殊關係，從而明白中國文字的前途與中國文字發展的方向。

從這段話中可以知道，中國文字研究的內容與目的。林尹認為中國文字學是討論文字的來源、演變、形體構造等問題，目的是藉由這些演變的規律，明白未來文字之發展。因此，不論是先秦時代之古文字，還是現代文字的研究，均可隸屬於文字學研究範疇中。

文字學研究主流，多著重在六書理論及古文字，唐蘭認為中國文字學的研究除了傳統六書、古文字學外，亦當重視近代文字的研究：

近代文字的研究，也是很重要的。隸書、草書、楷書，都有人做過搜集的工作。楷書的問題最多，別字問題，唐代人所釐定的字樣，唐以後的簡體字，版刻流行以後的印刷體，都屬於近代文字學的範圍。

由唐蘭這段話可知，近代文字的研究也應受到重視，舉凡別字、字樣、簡體字、印刷文字等，都是研究唐代以後文字不可忽略的問題。

除上述的古文字、六書與近代文字研究外，現代文字學的發展與問題更不容小覷。今日文字傳遞載體，已從傳統書面進化到數位媒體，所產生的各種文字問題更甚以往。此外，對外華語的漢字教學，以及繁簡漢字對應等問題，都是屬於今日文字學所要探討的內容。

文字學研究範疇

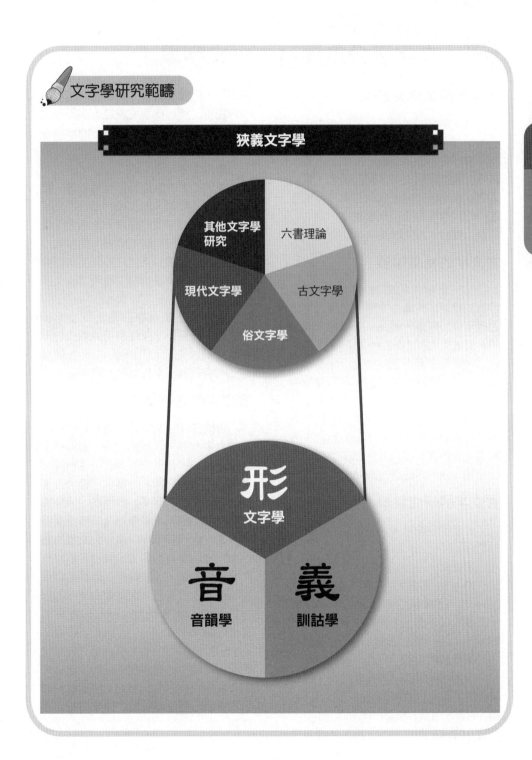

狹義文字學

其他文字學研究

六書理論

現代文字學

古文字學

俗文字學

形
文字學

音
音韻學

義
訓詁學

UNIT 1-6
文字學分支學科：古文字學

古文字的名稱與範疇

古文字學顧名思義就是研究古代文字的學問。所謂古代文字，多數學者認為應當包含小篆以前所有文字。以時代來分：包含商代文字、周代文字、戰國文字以及秦漢文字。以載體來分：包含商周時代的甲骨文、銅器銘文、陶文、貨幣、璽印、石刻以及簡帛文字。

古文字的相關知識

文字是語言的載體，研究古代文字為的就是能夠藉由文字的識讀，重建古代社會的原貌，因此，研究古文字必須有歷史學的基本知識。目前可見的古代文字資料多是出土文物上所記載的內容，所以在識讀文字之前，必須借助古器物學、考古學、以及出土文獻等學科的幫助。當然，研究古文字之前最重要的就是，必須有深厚文字學的訓練，方能進一步考察文義。其他如語言學、文化學等知識，亦是必備學問。

古文字的研究材料

古文字的載體多元，主要的研究資料可分為下列三大類：

甲骨文

從 1899 年發現甲骨文開始，到 2004 年，根據孫亞冰的統計，共計有十三萬片甲骨出土，內容是多半是占卜的卜辭，是了解殷商時代的重要資料。

銅器銘文

殷商到戰國的銅器種類很多，據李學勤的分類，大致可以分成烹飪器、食器、水器、酒器、樂器、車馬器、工具、兵器、度量衡與雜器等十類，依據器物的不同，所載錄的文字內容也有差異。中研院史語所已建置完成之「殷周金文暨青銅器資料庫」就收入了 14000 多件青銅器資料。

簡帛文字

簡牘是上古時期最常見的載體，然因簡牘容易腐壞，所以保存相當不易。近年來戰國與秦漢的簡牘大量出土，成為古文字學熱門的研究資料。簡牘的出土，補足了戰國到秦代這段文字演變的過程，也可從簡牘資料中發現當時文字變動的情況。

帛書是指記載在絲帛上的文字，由於更不易保存，所以現可見的資料不多，以長沙馬王堆出土的二十多種帛書，總字數達十多萬為最大宗資料。

古文字的考釋方法

唐蘭在《古文字研究導論》中提出的古文字考釋方法有對照法、推勘法、偏旁分析法以及歷史的考證。陳新雄、曾榮汾在《文字學》一書中，綜合各家說法提出《說文解字》參用法、漢語知識參用法、相關典籍參用法、考古文物參用法、斷代知識參用法、天文曆法參用法、零散彙整綴合法、偏旁分析歸納法等八種方法，方法雖多，但歸結之後可以發現，這些方法都是藉由資料的蒐集與認識，來重建上古時代的社會環境。

由於科技的發達，現今研究古文字學還可以借用科學儀器的輔助，鑑定文物的真偽與推定年代。加上傳統縝密的研究方法，必能讓古文字研究成果更加豐碩。

研究古文字所需相關知識

文字學　古器物學　考古學　歷史學

古文字的考釋方法

☑ 漢語知識
☑ 天文曆法
☑ 考古文物
☑ 斷代知識
☑ 彙整綴合

| 說文解字參用法 | 漢語知識參用法 | 相關典籍參用法 | 考古文物參用法 | 斷代知識參用法 | 天文曆法參用法 | 零散彙整綴合法 | 偏旁分析歸納法 |

UNIT *1-7*
文字學分支學科：現代文字學

　　文字的發展會因為社會環境與載體的變動，產生不同情況與問題。古文字常見用甲骨、銅器、竹片木頭等作為載體，近代文字則多用書面紙張來傳遞訊息。每個時代都有其特殊的載體，現代文字研究亦然。除了傳統書面外，數位媒體更是今日文字傳播的主體。

　　網路、電腦時代的來臨，文字傳播變得更加快速、廣泛，然而產生的問題也越多。因此，現代文字學研究的範疇，已經從純粹的書面資料，變成數位化、變動性更高的電子資料。

現代文字學的名稱與範疇

　　古文字研究範疇為小篆以前的文字，近代文字則是以楷書發展作為起點，那麼現代文字學（或稱當代文字學）應視為民國以來的文字發展研究。

現代文字學的研究對象

　　以載體來看，現代文字學所要研究的是電子化時代後，電腦字形的統一問題，例如：中文內碼的建立，不僅是影響到臺灣，更涉及廣泛漢字文化圈，因此，不管是採取哪種字形、選用多少內建文字，都需要經過學者詳加研究。

　　以輸入法來看，傳統文字記載的方式有刻畫（石經、甲骨、銅器）、鑄造（銅器）、手抄、版刻（雕版印刷）等等。而今日文字最普遍的書寫方式，是以電腦打字輸入。漢字常用的輸入法有注音、倉頡、大易、無蝦米等等。各種輸入法的設計理念，以及所會造成的訛誤情形，都是值得關注的部分。

　　以網路傳播來看，現代文字學所要研究的問題之一，是網路語言文字的各種使用狀況。例如：為了簡省打字所產生的注音文；用英文、數字、漢字的諧音，所拼湊出來的詞彙；甚至是利用標點符號所作成的表情符號（文字？）這些用字的情形是今日文字整理所必須考慮的問題。

　　以教育層面來看，漢字的教學已經不再侷限於母語為華語的人。由於國際興起學習華語的風潮，對外華語教學也受到相當之重視。漢字教學方法會因學習者母語是否為華語而有不同，傳統文字學的習字理論，已不符今日對外華語漢字教學需求，因此，現代文字學研究也包含華語中的漢字教學法。

　　以正、簡字體的使用狀況來看，現代文字學所要面對的是正體字與簡化字的發展問題。就文字發展歷程來看，文字歷時的發展是趨向於簡化，但仍必須兼顧字形的表義功能，過度精簡的結構，容易造成文字識讀困難。這也是何以漢字從小篆變成隸書後，形體結構就大致定型的原因。兩岸交流頻繁的今日，如何整理兩種文字差異，找出平衡點，這就是現代文字要研究的另一課題。

　　除了上述的研究範圍外，現代文字學還會牽涉到漢字的拼音、網路辭典編纂等問題，因此，現代文字學研究雖剛起步，卻是將來值得發展的領域。

現代文字學的相關知識

　　由上述的研究範圍來看，研究現代文字學，需要具備更多相關的知識，必須要有傳統文字學奠基、語言學背景知識、對外華語教學概念、電腦與網路知識等等，這些都將有助於現代文字學的研究。

現代文字學研究對象

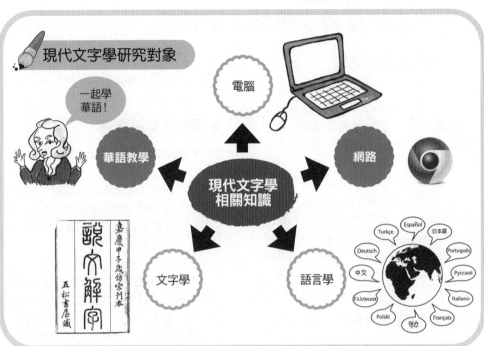

現代文字學研究對象

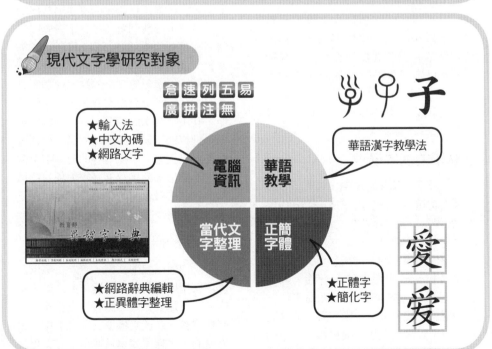

UNIT **1-8**
文字學分支學科：字樣學

字樣學的名稱與定義

隋唐時期，由於歷經五代混亂的用字環境，加上科舉制度的文字規範需求等因素，因此，當時興起大規模的正字運動，也就是透過國家與民間的力量，全面整理文字。

所謂「字樣」是指「文字書寫之法式」，而字樣學是研究「書寫法式諸種問題之科學」。如果傳統文字學的研究是歸納出漢字的理論，與建立漢字的歷史，那麼字樣學的研究，就是將這些理論具體展現，為不同的使用場合，確立標準字形。

字樣學的研究內容

字樣學研究內容有異體字、俗字、辨似等領域，也就是包含異體字形整理、相似字辨析、不同字級書寫規範、正字標準確立等問題，都是其研究範圍，所以字樣學是一門研究正字的學問，其目的是在為社會確立用字規範，使人們可以依照不同的場合，使用合宜的文字精準表達語義。

字樣學的基本學理

字樣學的基本學理中，包含了「異體字之認識」、「正字之選擇」、「分級整理之原則」、「易混字辨析之體例」及「異體字例整理之觀念」。其中分級整理是指依照使用場合的不同來整理文字；易混字辨析是分辨相似的形音義，誠如曾榮汾所言「點畫稍虧，仍屬平易，形旁混誤，變易叢生，則表義功能隨之而失。」點畫稍微誤差尚可辨別文字的形義，若是與其他形旁或是字形混用，那漢字的表義功能就會喪失。而異體字

例的整理，就是歸納異體字與正字的演變規則，使同一結構的文字變化有跡可循。

字樣學的學術價值

曾榮汾曾提出字樣學的學術價值在於：
1. 可擴大文字學研究的範圍
2. 可推測歷代的用字實況
3. 可以使學術傳達更正確
4. 可助版本校勘
5. 可供今日整理文字之參考

字樣學的價值是擴大了文字學研究的範疇，它將傳統著重在文字學理上的研究，帶入了實用的領域。文字的正俗演變是隨著每一個朝代的用字實況而更迭，字樣學可以如實的反映出當代的用字情形，讓我們更清楚文字演變的軌跡。在經典的傳承方面，字樣學更有其貢獻。漢字是形符文字，雖有助於漢字的傳承，但是形符文字的缺點就是容易產生訛誤，大量異體字會干擾正字的運作，利用字樣學的知識，可以將古籍版本詳細校勘、糾其謬誤，如此學術則可傳達得更正確。字樣學中的時宜字學觀念、形體學知識以及文字學理論，可以幫助我們用最合宜的標準來訂定當代正字。這些都是字樣學在學術上的價值。

字樣學的研究目的

字樣學以整理文字，確立正字以及文字使用標準為研究宗旨，追求以正確文字，表達最正確的語義。由小處看，字樣學整理及確立標準文字之工作；由大處看，字樣學實肩負傳承語言文化之重任。

字樣學研究內容與學理對應

字樣學研究範圍

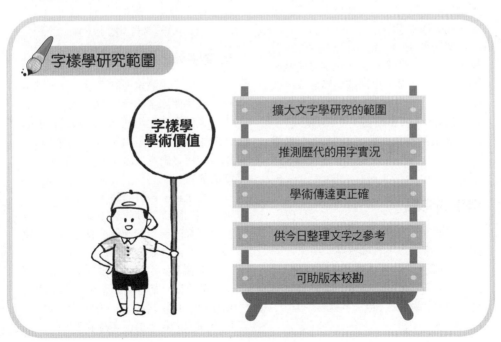

UNIT 1-9
文字學分支學科：俗文字學

上文提到唐蘭認為文字學的研究當包含近代文字。近代研究除字樣學外，另一個應受到注意的當屬研究俗寫文字系統的俗文字學。

俗字的定義與範圍

俗文字通常簡稱為「俗字」，所謂俗字，就是與正字相對的一種通俗字體。唐代《干祿字書》認為俗字是「例皆淺近，唯籍帳、文案、券契、藥方非涉雅言，用亦無爽。儻能改革，善不可加。」從這段文字可以知道，俗字廣泛使用於日常生活，是為了方便書寫所使用的一種文字。俗寫文字與正字發展是並行的，主要用來輔佐正字的文字系統。正俗之間的關係不是必然不變，兩者會隨著時代不同而有所改變，就如秦代的俗字為隸書，到了後來，隸書就變成漢代的官方正字。

廣泛的來說，俗字研究包含所有異於正字的異體字。這些俗字可能是透過改變正字的某些寫法或結構形成，或是由民間自行創造出一個對應正字的異體（例如：《四聲篇海》中出現「亂」所對應正字就是「亂」），但這些異體字中不包含因形似或音似所造成的「別字」。

俗字的特點

張涌泉在《漢語俗字研究》一書中歸納出俗字有以下五項特點：

通俗性：俗字主要流行於民間，所以必須符合大眾的需求，書寫必須簡便、快速，例如：「塵」字寫成「尘」。

任意性：俗字有時會一形多字（義），例如：「园」兼指「園」或「圓」；俗字最多的情況是一字多形，例如：「區」俗字可作「区」、「区」。這就反映俗字書寫的任意性。

時代性：正俗認定是隨時代改變，俗字研究必須在同一時代，才能確立正俗關係，例如：明代「做」是俗字，正字為「作」，今日兩字均為正字，且擔負不同字義功能。

區別性：有些俗字是為區別字義而產生。例如：「他」本無性別之分，為了區分性別另作「她」，又為指動物作「牠」，近代因宗教緣故則有「祂」字的產生。

區域性：俗字的產生也會因為區域不同，有特殊的造字，宋代廣西地區就流行兩字合文，例如：「仦」（小兒）、「奀」（小）、「奀」（穩）、「奀」（短）。

俗文字學的學術價值

俗文字學最重要的學術價值，就是從這些民間用字的整理中，可以去建構古代人們實際生活樣貌，反映最真實的民間生活，不僅是對漢字整體發展有所助益，更是對古代歷史全面了解不可或缺的資料。

文字正、俗會隨時代而變動，正字與俗字的關係並非永恆不變，因此，俗文字研究的另一個價值，就是有助於建構完整的漢字流變史。

不論是俗字還是字樣學的研究，都必須要有斷代觀念，正俗的認定是隨時代而變，必須站在同一個時代平面，才能來歸納、訂定出正字與俗字。

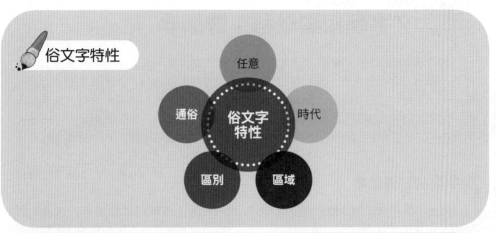

俗文字特性

任意

通俗　俗文字特性　時代

區別　區域

區域性俗字

仆，意為小兒。

奀，意為穩。

區別性俗字

她　他　牠　祂

UNIT *1-10*
文字學相關學科：聲韻學

傳統學術將文字、聲韻、訓詁合稱為小學，三者互為表裡，直到現代學術研究，才將文字學獨立為一個研究領域。然而，研究文字需要具備其他學科的輔助。以下茲舉數個與文字學相關的學科。

聲韻學的定義範疇

傳統小學將研究語音變化的現象、原因及規律的學問稱之為「聲韻學」。傳統聲韻學包括了「今音學」、「古音學」及「等韻學」。「今音學」主要是中古時期語音，大約從六朝一直到隋唐兩宋，以《切韻》與《廣韻》為研究重心。例如清代學者陳澧根據《廣韻》反切上字，將《廣韻》定為四十聲類，修正了守溫三十六聲母說法；「古音學」研究先秦時代音韻。古音學的研究材料主要有兩種，一為《詩經》等古代典籍中的押韻字。例如現代學者王力與陳新雄，均利用《詩經》來訂定古韻，前者分出二十九部、後者訂古韻為三十二部；研究古音的另一材料為形聲字的聲符，例如清代學者段玉裁就利用諧聲偏旁訂出古韻十七部。至於「等韻學」研究漢語發音原理及方法。因此，此聲韻學內容不僅包含古今漢語歷時演變，更須兼顧漢語各時期語音系統。中國文字雖為形符文字，然其文字構造原則，仍不離形音義三者。故聲音實為文字與語言中重要的連結，陳新雄《聲韻學》中提到：

文字的構造主要原則：曰形、曰音、曰義，而音實為媒介之具，非音不足以知形，非音不足以明義，形義既明，而音又不能長留於紙墨之間。然冥冥之中，仍主持之者，誠以文字不能離音而獨立也。蓋文字所以延長語言，語言借聲音以傳播。故字必有音，音必有源，追究其源，或象形象聲，或表德表業，所立雖殊，而依聲則一。……今欲推求文字構造之源，語言變遷之理，以及訓詁之道，不明聲韻，豈可得乎！此聲韻之學，所以為研究文字語言之管鑰也。

語音是串起文字形義之媒介，因此語音變異會對文字書寫產生影響，而語音的變化，也可由文字形體與意義改變來得知，形聲字在漢字中數量最多，而文字的假借也是與聲音有關，由此可知，聲音對於漢語研究的重要。

王引之《經義述聞‧自序》：

詁訓之旨，存乎聲音。字之聲同聲近者，經傳往往假借。學者以聲求義，破其假借之字，而讀以本字，則渙然冰釋。

王引之憑藉聲音的線索，找尋正確意義所在，進而找出正確字形，由此更可證明，聲韻學之知識確為研究語言文字之必備知識。

聲韻學與文字學的關係

不論是假借或是音變，這些語音上的變化，都屬於聲韻學研究範疇。文字學需借重聲韻學知識協助釐清字音的線索，進而找出文字之間的關聯。古今語音變化多，若無聲韻知識，對於古代文獻中的特殊文字使用現象便無法了解。即使是現代語言，仍有方言與標準語之差別。明白語音之變化規則，才能找到文字對應關係。聲韻學所要研究的是聲音變化之關係，而文字學則是立足於聲音線索上，建立詞義演變脈絡。

文字學相關學科

聲韻學　提供聲韻線索便於考釋文字

訓詁學　利用文字學知識可訓讀古籍

語言學　對照語言學理論,了解文字內涵

辭典學　展現文字學研究成果

傳統聲韻學的範圍

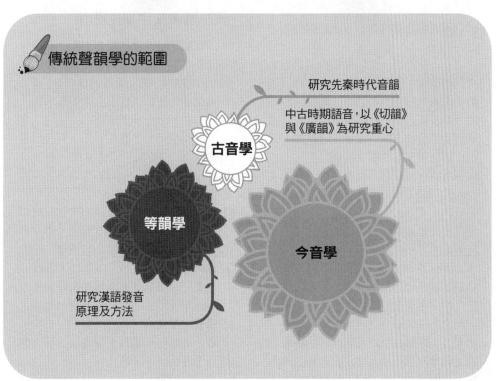

研究先秦時代音韻

中古時期語音,以《切韻》與《廣韻》為研究重心

古音學

等韻學

今音學

研究漢語發音原理及方法

UNIT **1-11**
文字學相關學科：訓詁學

訓詁學的定義與範疇

　　一般來說，《爾雅》被認為是最早的訓詁學著作。〈爾雅序〉提到：「《釋詁》、《釋言》，通古今之字，古與今異言也。《釋訓》，言形貌也。」當時「訓」與「詁」分別表示不同的概念。東晉郭璞在〈爾雅注序〉中已將「詁」、「訓」連用。他說「夫《爾雅》者，所以通詁訓之指歸、敘詩人之興詠，惚括代之離詞，辯同實而殊號者也。」又在《爾雅・釋詁》中提到「此所以釋古今之異言，通方俗之殊語。」到了唐代，孔穎達在《毛詩正義》中即指出：「詁訓者，通古今之異辭，辨物之形貌，則解釋之義盡歸於此。」訓詁名稱至此，大致可確認其內容就是溝通古今語言與各地方言的工作。

　　近人黃侃在《文字聲韻訓詁筆記》提到訓詁學定義及訓詁名稱，他說：「訓詁者用語言解之謂。若以此地之語釋彼地之語，或以今時之語釋昔時之語，雖屬訓詁之所有事，而非構成之原理。真正之訓詁學，即以語言解釋語言。」王寧認為訓詁學就是「以前代訓詁材料和前人的訓詁工作為研究對象而建立起來的一門科學」，而「傳統訓詁學是以研究古代文獻語言的語義規律和訓釋方法為主要內容和任務的。」

　　訓詁學的研究可分為三個時期：早期包含一切語言單位與語言要素的規律，如文字音韻、修辭及語法方面。晚期與文字、音韻分立，著重語義研究，然章法、修辭及語法仍包含其中。現代訓詁理論研究範疇為古代文獻語言的詞彙，且偏重在詞義方面，與歷史語義學銜接。現今所言訓詁學，多偏重古代文獻語義研究。

訓詁學的用途

　　林尹先生在《訓詁學概說》中提舉列了十二項訓詁用途：（一）溝通名詞的不同；（二）明瞭語意的變遷；（三）探索語言的根源；（四）通曉聲韻的轉變；（五）明辨文字的異形；（六）窮究假借的關係；（七）曉悟古今的異制；（八）了解師說的不一；（九）校勘古書的訛傳；（十）考求古義的是非；（十一）明曉語法的改易；（十二）辨析語詞的作用。凡此十二點，皆為語義辨析與訓釋，也可說明訓詁是透過文字與聲音的線索，探究語言根源，了解語義變遷，達到識讀古籍溝通語義之用。

訓詁學與文字學的關係

　　訓詁學是偏重在語義方面的研究。寄託在文字字形中最重要的就是語義。訓詁用途中「探索語言的根源」，藉由詞義根源的追溯來確立文字正確形體，有助於辨析文字形體差異；「明辨文字的異形」中，文字產生異形，有些是受音變影響，有些是受到字義變遷而改易，由音義的區別，可輔佐音似字與義似字之考辨；又如「窮究假借的關係」，透過字義演變，可以推知本字與假借字之關係；而「明瞭語意的變遷」中提到語意有轉移、擴大、縮小等演變，因有語義的差別，就會用不同字形來承載。

　　文字學是訓詁學的重要背景知識，而訓詁學提供了文字詞義流變的線索，進而確立歷代文字使用的實況。文字、聲韻、訓詁三者雖有不同學術任務與內容，但實為一共同體。

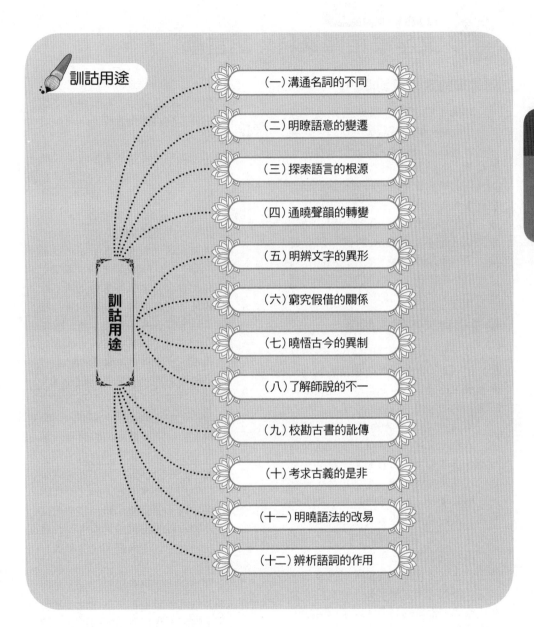

訓詁用途

訓
詁
用
途

(一)溝通名詞的不同

(二)明瞭語意的變遷

(三)探索語言的根源

(四)通曉聲韻的轉變

(五)明辨文字的異形

(六)窮究假借的關係

(七)曉悟古今的異制

(八)了解師說的不一

(九)校勘古書的訛傳

(十)考求古義的是非

(十一)明曉語法的改易

(十二)辨析語詞的作用

UNIT 1-12
文字學相關學科：語言學

圖解文字學常識與漢字演變

語言學的定義與範疇

謝國平的《語言學概論》：「廣義語言學泛指一切語言現象的研究，其範圍包含具體層次的研究聲音的語音學，抽象層次中研究構句法則的句法學、構詞法則的構詞學及研究語意相關問題的語義學。……研究語言和文字之關係、語言規劃、語言病理、障礙等現代語言學問題，這些均隸屬於語言學研究範疇。」不論是語義學，或是探討語言與文字關係的學問，這些對於文字學的研究，均提供了重要的理論與方法。

語言學與文字學的關係

語言學中的同義詞的使用，對於文學作品或是口語表達都有相當的幫助。葉蜚聲、徐通鏘在《語言學綱要》中對同義詞的功能做了這樣的說明：

同義詞在語言的運用中為人們準確、細緻地表達思想提供了多種選擇的可能。正確的使用同義詞是一種語言藝術，可以使言詞準確，生動活潑，避免同一詞語重複。在文學作品中，恰當的運用同義詞能幫助作家更準確的描寫現實生活，刻畫人物性格。

同義詞能讓語言更加精緻且準確，在古代許多字書中，就收入了同義詞。例如：漢代《說文解字》。《說文解字》為中國第一部單詞詞典，除了樹立形音義標準外，在詞義辨析上亦見用心，例如《說文》：「獸，守備者也。一曰兩足曰禽，四足曰獸。」、「駒，馬二歲曰駒，三歲曰駣，從馬句聲。」在釋義時也對其他同義詞一起說明，以辨析二

者之不同。由這些辭典辨析內容，可以讓我們對於古代語言差異有更深入之認識，也對於這些詞義相近的文字有更清楚的區別。

除了語義學是文字學重要背景知識外，其他相關語言學知識，也有助於文字學的研究。曾榮汾在〈字樣學中的語言觀〉一文中，就以《干祿字書》為例，說明了語言學與字樣學的關係：

唐代顏元孫《干祿字書》分正俗通三字級，以場合論，即與社會方言有關；以實用論，即與語言雅俗有關；以字組論，即與語言詞位有關；以辨似論，即與語義傳承有關。可見研訂字樣，確定正字，分別字級，保存異體，並非僅為形體之因由，實皆與語言需求有關。

所謂社會方言，是屬於不同階層、特殊團體、行業中所使用的特別語言。文字也會依照使用的場合、族群，而有不同書寫字形。若從實用觀點來看，語言中有雅俗的差異，文字也有用字雅俗之別；而語言中一個詞位就代表一個語義，正字與俗字雖有字形差異，但都對應了語言中同一個詞位；辨別相似的文字，就是要確保語義傳承過程中不致有誤。這些語言中的現象都與文字發展有密切關係。

文字學不僅是研究形體問題，更反映每個時代的語言現狀，這正是上文所說，文字形成皆來自於語言的需求，若單就文字本身結構或音義來看，恐怕無法了解整體文字演變的脈絡，更無法看出各個時代或地區文字發展的特色。文字學屬於語言學分支，而文字學研究實在於探討語言相關問題。

語言學範圍

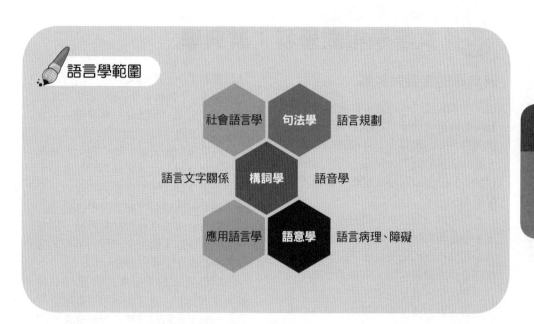

《干祿字書》與語言學理

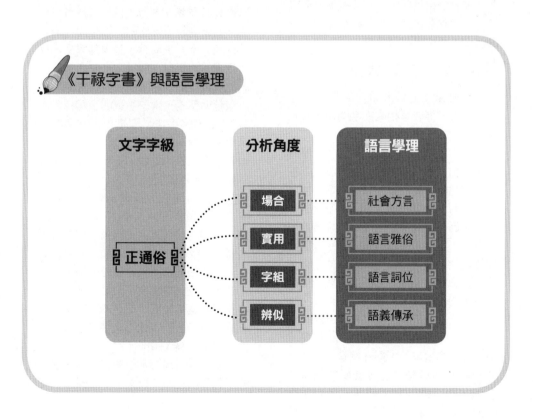

UNIT **1-13**
文字學相關學科：辭典學

辭典學的定義與範疇

所謂辭典學，是研究辭典編纂理論及編輯技術的學科，又稱為「詞典學」。辭典學研究的範疇可以分成兩個部分，一部分是關於語言、詞彙、文字等學術理論，另一部分則涉及排版、編輯等編輯技術。

如果前三個文字學相關學科為研究文字學必備的學問基礎，那麼辭典學可以說是文字學的成果展現。由於漢字特殊的結構與表義功能，使得大多數的漢字，單一文字就是一個詞彙，因此，歷來字書其實也就是單詞辭典。辭典最重要功能就是提供用字指引與標準，而文字研究與整理，就是為了找出文字形音義演變的脈絡與使用準則。

辭典學與文字學的關係

辭典編輯會涉及收字、定形、定音、部首、釋義等相關文字問題，分述如下：

以收字來說，漢字數量甚多，歷代詞彙亦相當豐富，如何取決要收入哪些文字或詞彙，就需要先設定標準。語言是多變的，字詞要進入到詞彙系統中，必須經過長時間約定俗成的使用方能收入辭典，並非短時間興起的文字或詞彙均能收入。且依照辭典設定目的的不同，收入數量也會不同，這時就需要依照不同辭書的編輯目的，設定不同標準，加上科學統計分析來決定收入的內容。

以定形來說，文字經過長時間流傳，加上書寫變異，同一個音義，可能會出現不同形體。辭典有樹立標準的功能，必須依照文字學理，考慮不同狀況，訂出每個時代標準正字，而那些同音義但字形不同的文字，我們稱之為「異體字」，則會有不同的處理方式。這些正字訂定，不僅會影響辭典的字頭選用，更是教育與官方用字的指標。

以定音來說，漢字歷史悠久，經過長時間的演變，加上各地方言的影響，字音會產生歧異，或是多音的現象。因此，編輯辭典時要考慮文字形音義結合的狀態，訂出最適合當代的讀音，也需考慮如何保存文獻上所存留的字音，這些都需具備文字學理知識。

以釋義來說，每本辭典會有不同的功能與性質，以《重編國語辭典修訂本》來說，由於性質屬於歷時辭典，所以釋義必須兼容古今語料，讓讀者可以了解同一字詞不同使用狀態；而《國語辭典簡編本》主要訴求對象為學生，提供教學上的指引，所以多半收入常用語詞的釋義，除去罕用義。並增加圖片檢索來輔助釋義，讓學生更能了解釋義內容；《異體字字典》則是提供文字歷時演變的資料，釋義不僅收入文字本義，也著重常用義的整理，主要是提供相關學科人員研究之用。

以部首來說，辭典編輯時必須先確立文字的部首，方能將文字一一歸部。文字的部首認定，若依學理來分，需找出與該文字字義相關的結構作為部首；若依檢索便利性來分，則需依文字外形，找出方便識別的結構歸部。不論是前者還是後者，都必須了解文字的結構，方能合理拆分出文字的部首與部件，並依其屬性歸部。

辭典編輯尚有其他複雜學理，以上略舉數項以說明其與文字學之關係。

辭典編輯與文字學

 收字 收入多少文字數量，判斷標準為何。

ex 《國語辭典簡編本》依照常用詞頻，收入六千多字。

 定形 確定正字字形為何。

ex 《教育部國字標準字體》，兼顧六書理論與時宜用字取字。

 定音 訂出最合當代的讀音，保存文獻上所存留的字音。

ex 《重編國語辭典修訂本》以國音正讀專案決議
——解決多音字取捨問題。

 釋義 每本辭典依有不同的功能與性質，釋義會有詳略。

ex 《國語辭典簡編本》取常用義、《重編國語辭典修訂本》
保留歷時語義。

 部首 為辭典重要的檢索與分類方式。

ex 今日多數字書是以 214 部首編排。

UNIT 1-14
文字的功用與整理

文字的功用

1. 記錄語言

文字的功用是用來記錄語言、傳遞人們的思想,進而可以抒發情感。隨著文明的發展,語音的傳遞已經無法應付生活所需,為了訊息的傳達,漸漸地發展出文字。文字除了同一時間平面的訊息傳達外,其最重要的功能是對於不同時空的知識傳承。

2. 傳遞訊息

〈說文敘〉中提到文字最重要的就是「前人所以垂後,後人所以識古」的古今溝通功能。簡而言之,文字的功用就在於溝通與傳遞訊息,並保留每個時代的語言實況。因此,文字發展越成熟,也代表著文明越進步。

文字的整理

承上所言,語言與文字的對應關係並非絕對,需要透過長時間的約定俗成,才能達到溝通與傳遞訊息的功用。既然語言、文字沒有絕對的關係,那麼不同人事時地,針對同一事物可能造出不同文字,又要如何達到互相溝通的功能?這時候就要仰賴歷朝各代文字整理的工作了。文字整理的重要性可以分為兩方面來看。

1. 國家的統治

〈說文敘〉提到「黃帝之史倉頡,見鳥獸蹄迒之跡,知分理之可相別異也,初造書契。百工以乂,萬品以察,蓋取諸夬。」黃帝治理天下,事務日漸繁複,倉頡為了政令宣揚,所以開始創造文字。伏羲、神農氏之時,已經會用結繩、畫卦的方式來記錄事物,所以各地應該會有不同的語言記錄方式,這裡的初造書契,其實可以理解為整理文字。黃帝統一天下後,事務更加複雜,倉頡為了傳達政事,所以必須統整各地文字。到了戰國時代各國都有不同的語言文字及法律制度,所以當秦始皇統一天下的時候「丞相李斯乃奏同之,罷其不與秦文合者。」就是要整合各國文字,讓天下可以使用同一文字,才能真正完成統治天下的霸業。到了唐代,由於科舉制度的實施,為了講求考試的公平標準,所以推動字樣整理,將文字依照不同場合分出正、俗、通,不僅整理了官方標準文字,民間用字也有了參考標準。

2. 學術的傳遞

除了政治需求外,學術傳承也是文字整理的重要原因。漢代有今古文之爭,為了正確解讀文獻,故許慎作《說文解字》,他在〈說文敘〉中提到戰國時代,各國文字不同,雖然留下了文獻,但因為人們不認識古文,胡亂解說造成學術混亂。因為秦代的小篆最接近古文,所以許慎利用小篆做為橋梁來解說古文,讓文字有了標準的詮釋,也才能讓學術正確的傳遞。

歷代的字書也是整理文字的重要工具,這些字書不僅是保留了各代、各地的文獻字形,字書中的釋義更是記錄了不同時空的名物,後世人們因此可以了解古文的文化與生活。

秦始皇統一文字

① 好不容易統一天下了啊！

② 可是好像沒人看得懂聖旨

③ 應該是各國文字差異造成的

④ 我要統一各國的文字 !!!!!!!!

許慎作《說文》

依照文字的分部，放入不同部首之中喔！

UNIT 1-15
歷代文字整理概況：秦漢時期

秦代文字整理

　　上文提及〈說文敘〉中的「秦始皇帝初兼天下，丞相李斯乃奏同之，罷其不與秦文合者。」這就是漢字史上第一次大規模文字整理。秦始皇為了治理天下，開始統一文字，以方便政令的傳達，這是文獻上最早的文字整理記錄。李斯、趙高等人所做的並非創造新的文字，而是對當時的文字加以整理。戰國時代各國文字異形，尤其是東方六國，不論是字體的書寫風格，還是用字，都與秦國有相當大的不同。秦代統一天下之際，就以小篆作為正體文字。

　　小篆雖為秦國官方正體，但是民間書寫卻是廣用隸書，從出土的秦簡中，就可以發現大量與隸書相近的字形，也就是後來所謂的秦隸。當時隸書雖是輔助小篆的書寫字體，但相較於小篆更具實用價值，所以秦始皇才會「使下杜人程邈所作也」，意思就是讓程邈整理隸書，這就讓秦代的文字整理有了兩條發展路線，一為官方規範正體，是用在刻石與度量衡等重要銅器上的文字，也就是小篆；另一為民間或日常書寫的俗體，雖曰俗體，但功能卻更為強大，這也就是隸書的整理。

　　從秦代的文字整理可以發現，文字整理除了確立正體外，也必須包含整理書寫強度更大的俗體字。這樣的整理觀念後來充分展現在唐代文字整理工作。

漢代文字整理

　　西漢的文字整理工作多在學童識字書籍。《漢書・藝文志》中記載「漢興，閭里書師合《蒼頡》、《爰歷》、《博學》三篇，斷六十字以為一章，凡五十五章，并為《蒼頡篇》。武帝時司馬相如作《凡將篇》，無復字。元帝時黃門令史游作《急就篇》，成帝時將作大匠李長作《元尚篇》，皆蒼頡中正字也。《凡將》則頗有出矣。至元始中，徵天下通小學者以百數，各令記字於庭中。」這段文字說明西漢時代武帝、元帝及成帝均有命大臣整理字書。這幾本字書多為學童習字之書，既有教育功能，就有規範必要，所以可以視之為西漢文字整理工作。

　　東漢時，熹平石經與《說文解字》可以說是漢代的文字整理工作最大成果。許慎身處東漢，當時是以隸書作為通行字體，然而隸書已經不同於小篆與古文字形體，導致許多人對於文字的解說錯誤，所以許慎以小篆為字頭，方便解說文字。文字解說錯誤會影響字義詮釋，進而干擾學術傳承正確性，甚至會使官員胡亂執法。因此，許慎在〈說文敘〉中就揭示「蓋文字者，經藝之本，王政之始。前人所以垂後，後人所以識古。故曰：『本立而道生。』知天下之至賾而不可亂也。」由此可知文字整理的重要性。

　　東漢許慎作《說文解字》為私人文字整理工作，而官方文字整理就以〈熹平石經〉為代表。東漢時期，政治上有黨錮之禍、學術上有今古文之爭，為了弭平紛爭，建立學術正統，所以在漢靈帝熹平年間刊刻〈熹平石經〉，不僅確立文字形體，更樹立儒學之正統。可說是漢代文字規範的重要事蹟。

秦代文字傳承

甲骨文	金文（西周早期）	金文（西周晚期）

石鼓文（春秋至戰國初）	小篆	《說文》籀文

甲骨文		金文（西周晚期）

金文（戰國早期）	小篆	《說文》籀文

東漢熹平石經拓片

UNIT 1-16
歷代文字整理概況：六朝至隋

圖解文字學常識與漢字演變

魏晉南北朝文字整理

　　魏晉南北朝是動盪不安的時代，由於政治環境的複雜混亂，所以文字也失去規範，各種字體混雜使用，魏晉南北朝的書法發展也因此多采多姿，但同時產生了大量的異體字、俗字乃至錯別字。《顏氏家訓》中就提到：

　　大同之末，訛替滋生。蕭子雲改易字體，邵陵王頗行偽字；朝野翕然，以為楷式，畫虎不成，多所傷敗。至為一字，唯見數點，或妄斟酌，逐便轉移。爾後墳籍，略不可看。北朝喪亂之餘，書跡鄙陋，加以專輒造字，猥拙甚於江南。乃以百念為憂，言反為變，不用為罷，追來為歸，更生為蘇，先人為老，如此非一，遍滿經傳。

　　除了上述隨意造字情況外，文字任意更換部件更是多見。例如《顏氏家訓‧書證》提到「鼀、鼅從龜」（《偏類碑別字》引〈唐乙速孤昭祐碑〉鼀作鼁）、「惡上安西」（《金石文字辨異》引〈隋龍藏寺碑〉惡作惡）。這些俗訛字數量眾多，已嚴重影響到經典解讀，甚至學術傳承，可見文字整理之迫切。此時最重要的兩本字書，當屬晉代呂忱的《字林》與梁朝顧野王的《玉篇》。

　　《字林》在南宋時亡佚。《魏書》中記載：「晉世義陽王典祠令任城呂忱表上《字林》六卷，尋其況趣，附托許慎《說文》，而案偶章句，隱別古籀奇惑之字，文得正隸，不差篆意也。」唐代封演《聞見記》則提到其體例為：「晉呂忱撰《字林》七卷，亦五百四十部，凡一萬二千八百二十四字。」由這兩段

文字可以知道，《字林》體例承繼《說文解字》，收入文字較《說文解字》多三千餘字，內容以正隸書寫，用意即在區別「古籀奇惑之字」。其書雖亡佚，但由散見在其他書籍的內容中，仍可一窺其糾正當時文字之用心。

　　《玉篇》一書在中國文字學或漢語詞典史上最重要的意義在於，它是第一本楷書詞典，並收入當時大量文字，可以反映當時語言文字現況，更影響了楷書詞典的整理。（關於《玉篇》的內容與體例，詳見本書「歷代重要字書介紹」）

　　曹魏時期為了建立太學教育的規範教材，官方將《春秋》、《尚書》及部分《左傳》刊刻成石經，名為〈正始石經〉。不同於〈熹平石經〉只刻隸書，〈正始石經〉上有古文、小篆與漢隸三種字體，所以又稱〈三體石經〉，不僅規範當時文字，也成為後來研究古文字的材料。

隋代文字整理

　　隋朝時間雖短，但從學者研究中可以知道，隋朝不但有管理文字的官員稱為「正字」，也有教授文字書寫的專門學校，主要學習《說文》、《字林》及石經的文字。由此可知，隋朝對文字整理的重視。現存隋朝的字書僅有顏愍楚的《俗書證誤》，內容主要是辨別相似文字正誤以及說明古今文字差異。這本字書已有後來唐代字樣書籍的雛型。不論是官方的機構與官員，還是辨正文字的書籍，均可見隋朝在文字規範工作上的用心。

東漢文字亂象

〈說文敍〉：「諸生競逐說字，解經誼，稱秦之隸書為倉頡時書，云：『父子相傳，何得改易！』乃猥曰：『馬頭人為長，人持十為斗，虫者，屈中也。』」

	長	斗	虫
小篆			

隸書	長 史晨前后碑	斗 禮器碑	宅 馬王堆帛書
	争 包山楚簡	攵 史晨前后碑	

原來我叫做「長」嗎？

我拿的是「斗」嗎？還是我手在抖？

 魏晉南北朝文字亂象

《顏氏家訓·雜藝》：「乃以百念為憂，言反為變，不用為罷，追來為歸，更生為蘇，先人為老，如此非一，遍滿經傳。」

正確字形	憂	蘇（穌）	罷	歸
魏晉南北朝異體字形	慁	甦	甬	逨

UNIT 1-17
歷代文字整理概況：唐至五代

唐代的文字整理

文字整理到了唐代，興起了一股前所未有的正字運動熱潮，這跟唐代社會變遷有很大的關係。魏晉南北朝時期文字混亂的情況延續到了唐代，為了政局的統一及國家管理，勢必得重新規範。從整體社會環境來看，蓬勃經濟發展，使民間用字需求增加，為了書寫便利，俗字就大量產生；從教育層面來看，學術文化大盛，圖書需求驟增，在印刷術尚未發明的時代，這些書籍是靠書手傳抄，若無制定文字規範，如何正確傳述學術？在教育方面，唐代培養學生注重正字使用規範，將規範文字的書籍，如《說文》等，列入學生必讀書籍。促使唐代正字運動大成功的另一關鍵是科舉制度。唐代科舉規定學生必須熟悉楷書字體，楷書是否寫得好、用字的正俗，都是錄取與否的關鍵，對於文字規範當然十分重視。

私人字樣整理

這一時期最重要的字樣書籍非顏元孫的《干祿字書》莫屬了。《干祿字書》從書名就揭示，這就是為了科舉所作的文字整理，藉由文字使用場合的區別，分出正俗通三級，每一級都有一定的書寫標準，讓人們可以依場合使用文字，既有符合科舉需求的正字，亦有適用於古籍閱讀學習的通字，更加入日常生活的俗字，全面整理各種社會上的用字。民間的字樣書籍除了《干祿字書》外，現可見的還有敦煌出土的字樣書籍，例如：《正名要錄》、《字樣》等，足見當時對於正、俗字書寫的重視。

官方字樣整理

上文提到，為了學術文化的發展，大量的書手需要文字規範，因此應運而生的就是許多字樣書籍（各書體例內容詳見本書「歷代重要字書」介紹）官方主導的正字書籍以《五經文字》與《九經字樣》為代表。《五經文字》蒐羅《詩經》、《尚書》等十幾種經典，依照部首排列，明確標示出何者為正字。《九經字樣》則是承繼這類官方正字書籍編纂而成。

官方主導正字運動除了編纂上述的正字書籍外，尚有石經的刊刻。延續前代〈熹平石經〉、〈正始石經〉樹立文字標準的精神，〈開成石經〉同樣是為了建立學術的規範而刻，字數更多達六十餘萬字，內容除了儒家經典外，更將《五經文字》與《九經字樣》刻於石經內容最後，充分顯示對文字規範之重視。

五代的文字整理

五代的政治社會環境與六朝相似，都是屬於動盪不穩定的時代，此一時期文字整理的代表著作，以郭忠恕《佩觿》為代表。《佩觿》可說是中國文字學史上第一本以辨似為重心的文字規範書籍，全書收入一千四百餘組相似文字，藉由相似文字形音義的解說，達到區辨文字的效果。文字整理工作主要是針對各種謬誤的字形，也就是錯別字加以糾正，其中有一大部分文字訛誤就是因為形音義相似所產生的誤用。唐代的《干祿字書》已有辨似字形的體例，到了五代，郭忠恕將此部分獨立為一整部字書，可見文字辨似是文字整理工作中重要的一環。

考試用正字

一定要寫「正」!!!!

我咧不會寫!!!

經典有通字

聰、聰都可以~

民間用俗字

知道賣啥就好

UNIT 1-18
歷代文字整理概況：宋元至今

宋代的文字整理

由於學術的發展，宋代的文字整理更加多元，規範文字的書籍有些內容為整理正、異體字，例如：張有的《復古編》、司馬光的《類編》；有些是辨析相似文字如：〈經典分毫字樣〉；也有綜合型字書如：陳彭年所編纂的《大廣益會玉篇》。不論是採取時宜的態度來擬訂正字，還是遵守六書與《說文》的標準，宋代對於文字的整理雖不若唐代正字運動的大張旗鼓，但也可以由豐富的學術內容看到宋代對於文字書寫的重視。

元代的文字整理

相較於唐宋兩代，元代不論在學術上或是文字整理上，都是較為衰落的時代。這一時期文字整理可以周伯琦的《六書正譌》與李文仲的《字鑑》為代表。兩書都將文字分為正、俗、隸等類型，於每一文字下分別說明其音義與類型，藉以區辨文字。

明代的文字整理

唐代因為手寫書籍風氣盛行，所以需要字樣來規範書寫。即使抄寫的書籍很多，每一書手的習慣或是每次抄書的狀態不同，由於都是單一文字謬誤的情況，所以影響較小；到了明代，印刷取代了手寫，當版刻出現謬誤，影響絕對遠大於唐代的手寫文字。明代書籍刊刻的數量相當大，從學術經典到俗刻小說，大量印行也加速文字傳播。為了因應這樣的情況，所以出現了焦竑的《俗書刊誤》、陳士元的《古俗字略》來整理文字。除了整理俗字的書籍，明代最重要的字書當屬梅膺祚的《字彙》與張自烈的《正字通》。《正字通》是承襲

《字彙》而來，兩者均為大型的字書，除了一般說解文字的內容外，更將〈辨似〉部分獨立出來，說解內容時也詳加辨析文字的差異或正俗。

清代的文字整理

清代最重要的文字整理工作，首推《康熙字典》的編纂。《康熙字典》內容承襲自明代《字彙》、《正字通》，但體例、內容已有差異，除建立完整的編輯體例說明外，對於部首的歸部、文字屬性的判別，都有不同於前代字書的見解。一般辨正類的書籍則以畢沅《經典文字辨證書》、鐵珊《增廣字學舉隅》為代表，前者依《說文》部首分部、再標明文字正、省、通、別、俗；後者則是承襲自辨似類字書，以辨析相似文字為主要內容。

現代文字整理

時至今日，文字整理的工作並未停歇，一般民間各種辨正文字的書籍繁多，而官方整理文字亦不遺餘力。臺灣文字整理工作，可分成幾種類型：以訂定字樣、收集文字正異體的代表是《異體字字典》；辨析相似文字的則有《常用國字辨似》；一般綜合型字書則有廣收歷代語料的《重編國語辭典修訂本》、為了教育學習而編的《國語辭典簡編本》、《國語小字典》等詞書，還有其他如新詞語料、常用語詞的整理，這些書籍都反映當代文字整理的觀念，不僅要規範用字，更不忘廣收語料以明其文字流變，畢竟，文字的正異體會隨時代不同而改變，所以全面的保留語料，並依照時代演變與社會需求規範文字，才是真正完整的文字整理工作。

《重編國語辭典修訂本》

本辭典記錄中古至現代各類詞語，兼採傳統音讀，並收入文獻書證作為例證。適用對象為教學者及對歷史語言有興趣的研究者及一般民眾。

《國語辭典簡編本》

本辭典企能編輯成一本簡易且符合實用的工具書，建於今日國語形音義的使用標準，並附上常用易混名物及概念等插圖，以利教學及海內外一般人士研習國語文所需。

《異體字字典》

建立漢字字形資料庫，可作為語文教育及研究的參考、國際漢字標準化、統一化工作的參考、修訂原《異體字表》的依據、日後擴編中文電腦內碼的基礎。

《常用國字辨似》

根據教育部國語辭典（簡編本）辨似資料加以編輯，以辨明常見之易混字、詞的用法為目標。

第2章
漢字分類型態與書體演變

UNIT 2-1
漢字的分類型態

為了研究方便，文字常依照不同的情況，分做不同類型，以下就五種常見的文字分類加以說明。

造字與用字原則──六書

文字根據造字原則可以分成象形、指事、會意、形聲四類，再依照其使用情況可以分成轉注、假借。這六類統稱為六書，也就是研究文字時最重要的類型。

記載的物體──載體

記載文字的物體，簡稱為「載體」。文字書寫在何種物體上，會影響文字書寫的特性與風格，所以在研究文字時，載體也是重要的一項分類。較常見的是刻在龜甲獸骨上稱為「甲骨文」、鑄在金屬器物上稱為「金文」或「銘文」、寫在竹簡、布帛上稱為「簡帛文字」，其他如：陶器上的文字稱為「陶文」、刻在玉璽或印章上的文字稱為「璽印文字」、刻在石碑上的「碑刻文字」等，也都屬於此類型。

書寫的結構字形──書體

漢字演變過程中文字有不同書寫結構、形體，就是所謂「書體」。例如：甲骨文、金文、小篆、隸書、楷書、行書、草書等。書體的變化不單只是文字書寫筆勢不同，更重要的是來自於結構的改變。例如：「燕」甲骨文的形體作「𠚖」，小篆作「𤈦」，已失去原本鳥形，變得更加線條化，到了隸書變成「燕」，原本下方燕尾形狀變成四點。書體的演變有些有前後結構演變關係，例如：甲骨文→金文→大篆→小篆→隸書→

楷書；有些則是同一時期不同的書寫體式，例如：行書、草書與楷書就是同一時期因為書寫便利或書法字型等因素，形成不同書體。

文字的使用場合──正俗

依照使用場合，作為文字的類型名稱。《干祿字書》中就將文字分為「正」、「通」、「俗」。「正」是官方的標準用字；「通」是經書、典籍，或通行已久的用字；「俗」是流行於一般民間，為了方便書寫的用字。正、通、俗所反映的只是不同的文字使用環境，並無優劣之分別，因此，三者均應有相同重視與整理，才能保留不同社會文化。

正字的標準──正、異體

前文提到官方標準用字稱為正字，每一時代為了國家統治與宣達政令需求，所以必須要有標準的文字，才能達到全面有效的溝通。然而，文字並非一時、一人、一地所創造，會有同一語義不同形體，或是同一文字形體略有差異的情況，所以在整理文字時必須要先確立正字形體，其他同音義不同形體的文字就列入異體字。每一時代文字使用情況不同，唐代、明代視之為正字的文字，今日可能列為異體。因此，文字的正、異關係須在同一時代。

文字類型名稱，除可標示其書寫載體外，也可以作為一種書體結構，例如：甲骨文、金文，既可以做為載體類型，也是書體類別。因此，再討論文字類型之前，必須先了解所需研究範疇為何，方能找到正確的類型。

文字分類依據

載體 以記載文字的物體作為分類名稱，如：甲骨文、金文、璽印文字等。

書體 以文字書體作為分類的名稱。如：小篆、楷書、隸書、草書等。

文字分類依據

學理 依照文字學理，將文字依照造字、用字的理論分為六書。

用字

造字

轉注

象形

假借

指事

形聲

會意

場合 依照文字使用的場合來分類文字，如：官方考試用正字，民間用字可用俗字，一般典籍可用通字。

聰 聰 聰
上中通下正諸從怱
者竝同他皆放此

切 功 功
下 上
正 俗
蒙 蒙 蒙 蒙 蒙 蒙 取

正字標準 同一個時代由官方制定文字標準正字，其他與正字同音同義不同形體的文字稱為異體字。

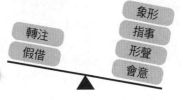

地

坔

正字

異體字

UNIT 2-2
漢字書體類型略述

甲骨文

清朝末年在河南安陽村發現了一批上刻有文字的龜甲跟獸骨。這批甲骨產生的時間大約在殷商時期，主要內容為占卜紀錄。甲骨文是用刀刻在龜甲或獸骨上的文字，為了方便刀刻，所以將書寫時一些圓形筆畫改成直線。早期甲骨文較接近圖畫，到了後期筆畫越來越抽象、線條也拉直後，與圖畫的差異就越大，但就文字發展而言象形成分還是居高。這時期的文字筆畫、偏旁等都還不固定。

金文

金文出現時期大約在商代到春秋戰國時代，西周到春秋是鼎盛時期，內容多簡短記錄作器者的族名，以及祭祀對象的稱號，也有記載事件、內容較長的銘文。金文是指鑄在青銅器上的文字。由於文字是先刻在銅範上，所以會先加以修整，文字線條也因此不像甲骨文用刀刻那樣纖細銳利，而是比較肥圓粗大。商代到西周金文漸漸走向方正、線條更加平直。

小篆

春秋戰國時期，各國文字漸漸發展出自己的特色，文字形體、書寫風格都各有不同，尤其在戰國中期過後，這樣的現象更加明顯。秦國建立在西周宗地，所以保留較多西周文字特色，加上位處西陲，文字變化也不若東方六國劇烈。因此，秦國統一天下後，開始整理文字，以大篆及秦國文字為基礎，調整、減省筆畫而成小篆。秦代就以小篆作為官方標準字體，而一般文書就用較為方便的隸書。

小篆特色為字體呈現長方形，結構固定且左右對稱，雖然已為線條化的文字，但結構上仍看得出造字本義，是古文字到現代文字的重要橋梁。

隸書

戰國中後期到秦代，隸書與大篆並行於世，即使到了秦代以小篆為標準字體，但隸書流傳更加廣泛。戰國到秦代，文字產生重大變化，小篆轉變成為隸書，減省與改變了部分文字結構、將彎曲的線條改為方正，這些改變都讓書寫更加方便。隸書在漢代發展達到極盛，也是當時通行的文字，字形較為寬扁，中畫短而橫畫長，近似橫置的長方形，與楷書形體已十分接近。

楷書

隸書為一般常用的書寫文字，所以為了快速書寫，字體就容易變得草率，因此，這種簡省了隸書筆畫，但保存其書寫形式的書體就稱為草書。楷書就是由隸書演化而來。相傳東漢王次仲用漢隸制訂楷書寫法，所以楷書可說是隸書變體。

魏晉時期，楷書仍較接近隸書寫法，到了唐代，楷書發展成熟，名家輩出，書法上的「漢隸唐楷」，就是說明漢代以隸書見長，而唐代就是楷書的黃金時代。不同於隸書的寬扁寫法，楷書平直正方，至今仍為標準書體。

各種書體圖

甲骨文

金文（右為民國王褆書 金文 毛公鼎扇面）

小篆

隸書

楷書

草書

UNIT 2-3
漢字書體分期發展：殷商時期

漢字依照不同層次與角度可以劃分出不同類型，然同一材質之文字可能跨越不同時期並存，因此，欲了解文字發展全貌，須從文字歷時演變發展來看，以下就依照時間順序，由殷商到唐代，說明漢字由甲骨文到楷書的演變過程，以了解各種字體在不同時代的創新與交集。

殷商文字類型

殷商時期的文字主要分成兩大類，數量最多的是甲骨文，其次是青銅器銘文。雖亦有其他物品上發現文字，但仍以前兩者為大宗。

1. 甲骨文

甲骨文發現於商代後期王都遺址殷墟，距今大約三千四百多年。商朝滅亡後，甲骨就埋於地下，直至三千多年後，清光緒年間，偶然發現甲骨上的文字，開始挖掘甲骨片，開啟了迄今一百多年的研究。由甲骨資料可以發現，商代人好祭祀且迷信，遇事多占卜問吉凶。而卜卦的方式，即以龜甲、獸骨鑿洞後加熱，甲骨上便會產生裂痕，再以此紋路判斷吉凶。占卜者往往會將卜筮結果刻在甲骨上，故現今可見之內容多為卜辭。

卜辭內容依照事件不同，字數多寡也會不同，一條卜辭最多可達六十多字。為了節省甲骨材料，同一材料會反覆使用，所以同一甲骨上記載多條卜辭的情況就相當常見。甲骨材料眾多，記載的內容豐富，為目前研究殷商史最重要的材料。

龜甲與獸骨上雖可見少量墨筆書寫的資料，但絕大多數內容都是用刀刻出文字。占卜者卜出卦象後，寫手（刻工）將結果刻於甲骨上，由於書寫工具是刀，加上甲骨質地較堅硬，所以刻出的文字就變得細長，且為了快速與容易刻畫，便將原本線條改圓為方、線條拉直，塊狀書寫處也變為線條。

2. 銘文

商代銅器上已有銘文出現，相較於甲骨文一片動輒數十字，銅器上的文字多半只有寥寥數字，內容也僅是作器者名字、先人名號而已。

甲骨文的「冊」字為串聯竹片的樣子，裘錫圭認為商代已經開始使用毛筆書寫，主要載體是竹簡，字體為粗體而圓，殷商銘文就保留了這樣的特質。裘錫圭並推論，商代正體字應為竹簡、銘文上的字形，只是因為竹簡不容易保存，所以只剩下字數較少的銘文。而甲骨文細長文字就與銘文渾圓字體有了差異，可視之為當時的俗體字。這也可以解釋商代甲骨文「日」為何寫成方正字形，而周代金文仍作「◉」如此不符合文字演變規律的原因。

殷商文字特色

商代文字依照載體、書寫工具以及書寫習慣來看，大致可以歸納出下列幾項特色：

1. 金文：粗體、筆畫較圓。

2. 甲骨：細體、筆畫方直。

3. 文字字形方向不固定：「目」金文字形有書寫成橫向 ◪◪，亦有直向書寫成 ◗。

4. 文字排列方向大致為：由上到下、由右至左書寫。

殷商甲骨文特色

1. 甲骨：細體、筆畫方直。

2. 文字書寫方向，由上而下、由右而左。

由上而下

由右而左

第2章

漢字分類型態與書體演變

 占卜過程示意圖

❶

先準備材料（龜甲、獸骨）。

❷

分離龜殼、腹甲，以及整理砍削。

❸

在腹甲內側鑿出一個個小洞。

❹

詢問完欲卜問之內容後，燒灼鑽鑿處。

❺
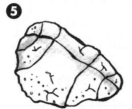

龜甲另一面會出現裂痕，就稱為卜兆。

❻

再將卜兆結果內容刻寫在甲骨上，此即卜辭。

UNIT 2-4
漢字書體分期發展：西周時期

西周文字類型

西周是銅器的全盛時期，此一時期文字主要是以銘文為主。除了銘文之外，尚有部分甲骨文與玉石文字。

1. 銘文

西周時期文字的載體有銅器、甲骨及玉石，主要研究資料多來自於銅器。相較於殷商時期銅器上僅有少量文字，西周銘文字數大量增加，單篇銘文百字以上為常見，而兩百字以上的銘文也為數不少。長篇銘文到春秋時代大量減少，雖仍可見數百字內容，但數量上遠不及西周。從西周到春秋時期，不止是銘文的字數減少，銅器的擁有權，也從周王朝貴族，漸漸轉向了地方諸侯國。春秋初期，各國文字沿襲了西周銘文的寫法，但到了春秋晚期，文字結構雖然不變，但是書寫的習慣與風格卻開始出現差異。

2. 甲骨文

除了銅器，1977 年岐山所發現的周原甲骨，則是西周甲骨文字的代表。由字體特色來看，這些甲骨文字形體接近商代末期的文字特色；由內容來看，多數為周王朝占卜內容，甚至有學者指出當中亦有周朝滅商之前的卜辭。

3. 玉石文字

1965 年新田遺址發現了大批玉石，上面記載了許多盟誓內容，學者稱為「侯馬盟書」。從字體來看，較為接近戰國文字之特色，加上盟書之內容多與趙鞅、范中行之爭有關，所以可知這批出土文獻的時代應屬春秋晚期。「侯馬盟書」以墨筆書寫，多數為朱色，少數為墨色。類似這樣的文物，後來還在河南、沁陽等地陸續發現。

西周文字特色

1 線條化：線條取代團塊筆畫。

2 平直化：曲折筆畫拉直。

3 漸趨方正：由不定形變方正。

關於籀文

籀文年代一般是被界定在西周晚期，大約周宣王時代，是指記載在《史籀篇》中的文字，然因此書已經失傳，故目前所見乃由許慎《說文解字》中輯錄出來，約有兩百多字。歷來對於籀文出現的年代有不同說法，王國維認為其文字結構與寫法已經接近小篆、但又較為複雜，推測《史籀篇》為戰國時代秦國教導學子之文字；唐蘭提出籀文結構繁複，不同於西周宣王時文字的特徵，但卻接近春秋戰國時代文字形體，加上唐蘭認為史籀應為春秋戰國時代的史留，故將籀文時代訂在春秋戰國。

裘錫圭則提出籀文並非所有的文字均較小篆繁複，亦有文字結構較為簡省者，例如：「姒」作「妣」、「蓬」作「莑」、「磬」作「殸」等。籀文散佚已久，《說文解字》收錄的部分籀文與春秋戰國時期文字相合，可能是因為籀文流傳期間，受到後來文字的影響而產生形體變異，並不能因此認定籀文產生時間較晚。又籀文也與戰國時期其他六國文字相合，因此更無法判定籀文是秦代的文字。故裘錫圭認為籀文應該就是西周晚期周宣王太史史籀所作的一部字書。

常見銅器分類與功用

酒器之盛酒器

尊　罍　卣　壺

酒器之飲酒器

觶　爵　觚　角

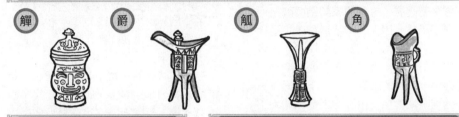

酒器之溫酒器、調酒器

斝（溫酒）　盉（溫酒）

食器之烹飪器

甗　鬲　鼎

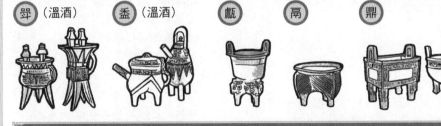

食器之盛食器

盨　簋　簠　豆　敦

水器

盤　匜　鑑　盂

UNIT **2-5**
漢字書體分期發展：
戰國時期Ⅰ——六國文字的類型

圖解文字學常識與漢字演變

六國文字的類型

　　唐蘭將戰國時期的文字分為秦系文字與六國文字。春秋時期，不僅是政治、文化制度有了變革，文字也開始變化，但文字改變的幅度仍未若戰國時代的顯著。戰國時期，七大國與其他小國政權蓬勃發展，每個國家開始發展自己的用字風格，因此，文字形體產生了極大變化。東方六國因為變革快速，大量產生的俗體字衝擊了正字發展。秦國位處邊陲，受到的衝擊較小，所以保留較多西周時期文字特色，文字變化速度不及東方六國。

　　六國文字的載體更加多元，除了銅器之外，陶器、布帛、簡牘、石器、貨幣、璽印等物品，都可作為書寫文字的器具，其中，金文仍是最主要的文字材料。

1. 金文

　　戰國時期的銘文內容上雖還是有較為長篇的銘文，但中期過後，銘文內容明顯減少，多是註記做器者的名字及年代，而銅器也從西周時多為禮器，到戰國兵器數量變多。文字呈現的方式也從鑄造在器物上，轉變成用刀刻畫，書體也從莊重轉變成較為潦草。

　　戰國時期最著名的禮器為曾侯乙墓的編鐘，其所記載的銘文約有兩千八百字；而〈鄂君啟節〉則可以代表楚國的標準字體。一般兵器上的文字較能反映民間日常書寫的字形。

2. 璽印

　　戰國陶器上的文字多用璽印打印，所以多數陶文也就是璽印文字。戰國時代留下許多官方與私人的璽印。一開始是用來打印在陶器上，內容多是製器者的名字或是物品產地材質。後來發展於商業、政治用途，就用來代表個人身分地位。多數是銅，也有少數為銀跟玉做成。雖然璽印文字常因為要遷就璽印外形而使字形改變，與一般書寫或鑄造的文字不同，但因其數量眾多，所以仍是研究戰國文字重要資料。

3. 貨幣

　　戰國時期的貨幣多是青銅鑄造，貨幣種類有刀幣、貝幣、布幣、圜錢、蟻鼻錢等等。貨幣上的文字多是地名、重量或價值。

4. 簡帛

　　上述三種載體上的文字，多是刻畫、打印或鑄造在物品上的文字。戰國以前，手寫文字僅少量出現在甲骨或玉片盟書上，直到戰國，書寫在竹簡與布帛上的資料開始大量增加。廉價的竹簡及木片成為當時書寫的最好選擇（竹製的稱為簡，木製的稱為牘），將竹子、木片切割成長條狀，再用絲繩或皮繩串連起來成冊，冊的古文字形，即可反映簡牘串接的樣貌。

　　目前出土的竹簡資料以楚國為大宗，例如：郭店楚簡、清華簡、上海博物館藏戰國楚竹書、包山楚簡、九店楚簡、曾侯乙墓出土竹簡等等。（秦簡資料列於下文「秦系文字」部分）

　　布帛也是當時常見的書寫物品，較之簡牘更不容易保存。現存最早的資料時代約在戰國時期。目前可見的帛書資料，以馬王堆帛書及長沙子彈庫楚帛書最為知名。

常見銅器分類與功用

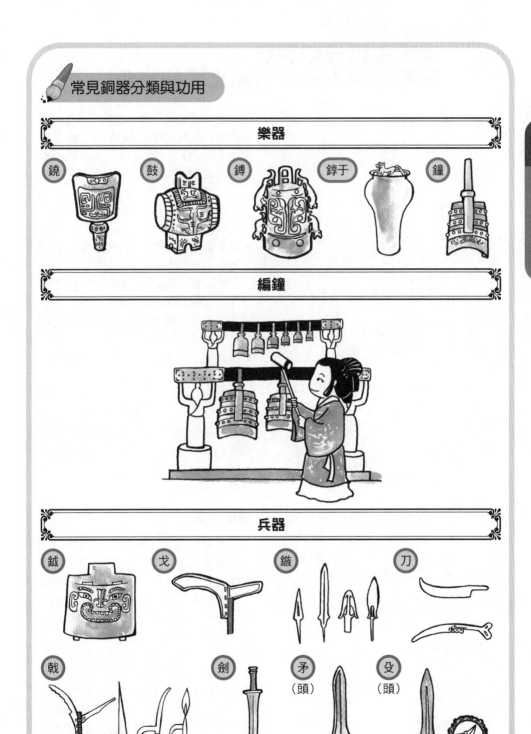

樂器

鐃　鼓　鎛　錞于　鐘

編鐘

兵器

鉞　戈　鏃　刀

戟　劍　矛（頭）　殳（頭）

UNIT **2-6**
漢字書體分期發展：
戰國時期Ⅰ──六國文字的特色

六國文字的特色

裘錫圭在《文字學概論》中提出六國文字的特色有：簡化、繁化及各國異形三種特色，茲略述如下。

1. 簡化

六國文字俗體字盛行，簡化是其中最明顯的特色。書寫時常減省筆畫、簡化偏旁或減省重複的構形。例如：

馬，西周金文有作，春秋時期作，戰國時作，減省了下方馬四肢的筆畫。

棄，西周金文作，戰國楚文字有作形，簡化了中間華的部分，只留下ㄊ、廾。

楚，西周晚期金文作，戰國楚文字有作形，將上方原本兩個木字省略其中一個。

2. 繁化

相較於簡化現象，戰國文字繁化的情況較少，但增加筆畫或是偏旁的情況仍屬可見。例如：

相，西周早期作，到了春秋晚期寫作。已經開始出現增加筆畫的繁化。戰國楚文字相的形就有，增加下方兩筆；，增加一筆；增加「又」的結構。

命，西周中、晚期金文有作、。戰國楚文字有作、，前者增加了兩筆畫，後者甚至增加了偏旁「攴」。

陳，西周中期作，春秋時作，到了戰國早期、中期、晚期分別作、、，均增加了偏旁「土」。

3. 各國異形

前兩項文字的變化主要是著重在歷時角度，將戰國文字與前代文字的字形結構比較，而有簡化或繁化的情形。而從共時角度來看，同一個時代平面，戰國時期各國也發展出自己的文字特色，例如「平」字，在秦國文字作（睡虎地秦簡），六國文字中的晉系文字作「」（《璽彙》3310）、楚系文字作「」、齊系文字作「」（《璽彙》0313）、燕系文字作「」（《貨系》2317），不論是從筆畫還是結構，各國文字都有不同之處。

何琳儀《戰國文字通論》提出十個字作為各國字形不同的例子，茲以其中「安」、「乘」兩字的例子說明各國文字字形的差異（參右圖）。

六國文字的特色，除了裘錫圭所提出的三種外，何琳儀在《戰國文字通論》中更細分為簡化（其中又分為單筆簡化、複筆簡化、濃縮形體、刪減偏旁等十三項）、繁化（又分為增繁同形偏旁等四項）、異化（又分為方位互作等七項）、同化、特殊符號等，亦可提供參考。

關於大篆

大篆的說法大概可以分為幾種，一是指籀文這一類時代早於小篆、形體結構與小篆相似的文字。古代學者也有人將大篆定義為小篆以前的古文字。亦有人將西周晚期的石鼓文、金文稱為大篆。王國維則將春秋戰國時期秦代文字稱為大篆；唐蘭則是依照自己的觀點認為大篆是春秋到戰國初期的文字。各家學者均有不同之看法。一般來說，大篆即小篆之前的古文字，時間最晚是在戰國之前，後來的小篆就是由大篆減省形體而來。

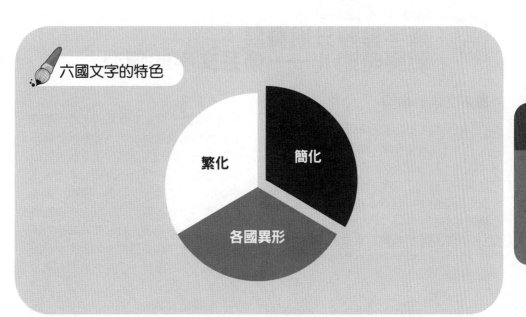

六國文字的特色

繁化　簡化

各國異形

何琳儀《戰國文字通論》各國文字異形例

齊　燕　晉　楚　秦

UNIT 2-7

漢字書體分期發展：
戰國時期 II ── 秦系文字的類型

秦系文字的類型

秦系文字是指春秋戰國時代的秦國文字以及後來的小篆。春秋早期的秦系正體字，形體接近西周晚期文字，往下發展到了戰國，文字越來越整齊勻稱，這一脈絡的文字為秦系正體字，後來就演變為小篆。

秦系文字的載體與東方六國大致相同，其中以石刻文字較為特別，茲分述如下：

1. 石刻

石刻文字是研究秦系文字的重要資料。這些資料大概可以分成三個時間點來看，第一為介於春秋與戰國交替之際的石鼓文。因為石墩形狀與鼓相似，所以稱為「石鼓」。石鼓文與金文有較大差別，可說是承接西周金文與秦代小篆中間的過渡字體，張懷瑾在《書斷》中稱石鼓文是「倉頡之嗣，小篆之祖。以名稱書，遺迹石鼓。」經古學者考證時間大約在秦穆公時代，是中國現存最早的刻石文字。

第二是戰國中期以後，秦國石刻有詛楚文。〈詛楚文〉是戰國中晚期秦楚交戰之際，秦王向神靈祈求，降禍於楚軍的禱詞。〈詛楚文〉於北宋時發現，共有三篇，據所祈求之神名命名為「巫咸」、「大沈厥湫」、「亞駝」。

第三是《史記・秦始皇本紀》記載秦國統一天下後，秦始皇巡行各地、群臣為了歌頌其功德以流傳後世，所留下來的刻石。這些刻石共有七處，分別是「嶧山刻石」、「泰山刻石」、「瑯琊臺刻石」、「之罘刻石」、「東觀刻石」、「碣石刻石」和「會稽刻石」。又稱「秦七刻石」或「秦七碑」。

2. 金文

秦系金文除記載在兵器上外，最有名的就是商鞅量銘文，內容明確註明是商鞅變法時製造。秦國併吞六國後，除了整理文字外，也統一全國度量衡，這些器具上刻了統一度量衡的詔書、重量或地名等內容，這些文字就成了後來研究秦代金文的重要資料。如同其他六國的金文，秦代許多器物上的金文也是用刀刻畫，字跡潦草，這些文字與後來隸書的形成有關。

3. 簡帛文字

除了上述兩項資料，最能展現秦代一般書寫實況的，當屬簡帛文字。最早出土的秦代簡帛資料為睡虎地秦簡。這批竹簡於 1975 年出土，約有 1155 枚完整竹簡，內容抄寫的時間大約在戰國末年到秦代，裡面主要是記載秦國的法律制度、大事記以及〈日書〉，可做為研究秦代政治、法律、社會的依據，也是研究隸書發展的重要資料。

2002 年里耶秦簡，是現今發現數量最多的秦簡，共有三萬多枚竹簡，《里耶發掘報告》中提到「內容豐富，涉及政治、軍事、民族、經濟、法律、文化、職官、行政設置、郵傳、地理等諸多領域，極大地豐富了人們對中國歷史上起承前啟後作用的秦王朝有關制度的了解和認識，對秦史研究有不可估量的意義」，所以被稱作「近百年來秦代考古最重要的發現之一」對於重建秦國歷史及研究秦代書法有相當大之貢獻。

4. 其他

秦代其他文字的載體還有如璽印、陶文、漆器等等，這些載體上的文字多為篆文，亦可作為後來文字發展的參考。

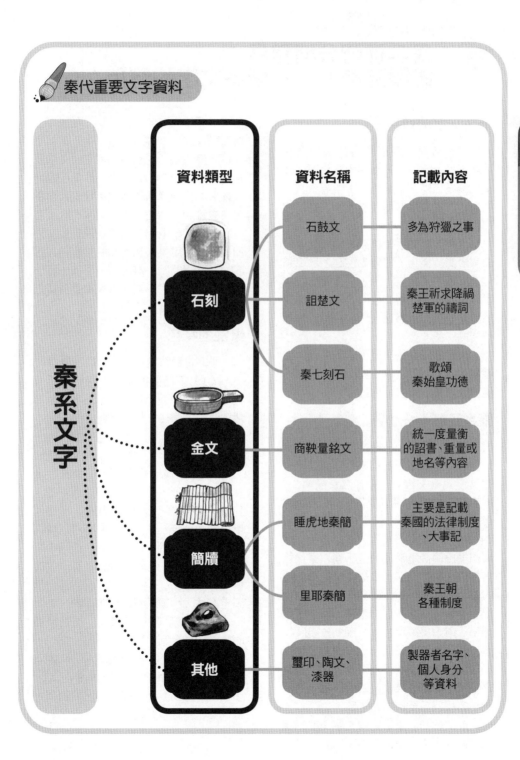

秦代重要文字資料

資料類型	資料名稱	記載內容
石刻	石鼓文	多為狩獵之事
	詛楚文	秦王祈求降禍楚軍的禱詞
	秦七刻石	歌頌秦始皇功德
金文	商鞅量銘文	統一度量衡的詔書、重量或地名等內容
簡牘	睡虎地秦簡	主要是記載秦國的法律制度、大事記
	里耶秦簡	秦王朝各種制度
其他	璽印、陶文、漆器	製器者名字、個人身分等資料

秦系文字

UNIT **2-8**
漢字書體分期發展：
戰國時期 II ── 秦系文字的特色

秦系文字的特色

春秋時期，秦國因為位處於宗周舊地，加上地處偏遠受到的文化衝擊較小，秦系正體文字就傳承了西周金文。相較於六國文字形體多變，秦系文字的變化較少。

裘錫圭《文字學概論》提到「秦國文字形體的變化，主要表現在字形規整勻稱程度的不斷提高上。」這樣的特色不僅是存留在正體文字上，戰國時期開始發展的秦國俗體文字，也是屬於較為整齊的字體。

秦系的正體後來發展成為小篆，俗體發展成為隸書。以下就小篆與隸書的發展說明秦系文字特色為何。

秦系正體──小篆

〈說文敘〉中記載小篆由來是「秦始皇帝初兼天下，丞相李斯乃奏同之，罷其不與秦文合者。斯作《倉頡篇》，中車府令趙高作《爰歷篇》，太史令胡毋敬作《博學篇》。皆取史籀大篆，或頗省改。所謂小篆者也。」由這段文字可歸納出兩個重點：一是小篆為秦代官方整理出來的文字；二是小篆是由史籀大篆省改而來。《漢書・藝文志》中也提到小篆「文字多取史籀篇，而篆體復頗異，所謂秦篆者也。」因此，小篆又可以稱為秦篆。然而，小篆並非是秦統一天下之後，李斯才創造的文字，在此之前，已可在石鼓文及其他銅器上看到與小篆相似甚至相同的字形。

前文提到，秦系正體文字主要是繼承了西周金文的正體字而來，有學者將

金文、石鼓文字稱之為大篆，張懷瑾更稱石鼓文是「小篆之祖」。以「車」字為例（參右圖），西周晚期的金文以及春秋至戰國初期的石鼓文，形體已經與小篆形體相同，都是簡省甲骨文與早期金文複雜的結構而形成。又如「敗」字（參右圖）小篆字形明顯是減省金文與籀文形體。可見小篆的發展其實早在西周晚期已經開始。秦統一天下後，將小篆作為標準文字，秦刻石與權量器具上的文字，可視為小篆的代表。

秦篆的特色

小篆書體特色可以分為以下幾點：

（1）筆畫圓而彎曲：相較於甲骨文、金文不規則的筆畫，小篆字形較為渾圓流暢。例如：祭，甲骨文作「𥝢」、金文作「祭」、「祭」，小篆字形作「祭」，上方「月」與「又」結構，筆畫渾圓。

（2）結構簡約固定：甲骨文與金文早期的字形，筆畫與結構位置不定，到了小篆，文字結構趨向簡約，形體也變得嚴謹固定，使全篇書寫時可以成為縱橫整齊的序列。例如：福，西周中期金文有作「福」、「福」、「福」等形，晚期有作「福」、「福」，結構或筆畫均無固定寫法，小篆就固定寫作「福」。

（3）字形勻稱而修長：小篆字體的線條均勻對稱，筆畫粗細整齊劃一，不論點畫長短均有一致的寫法。例如：鼎，甲骨文作「鼎」、金文有作「鼎」、「鼎」，小篆字形作「鼎」，小篆的鼎左右對稱，每一筆畫粗細也相當。

車

甲骨文	金文 （西周早期）	金文 （西周晚期）
	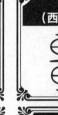	
石鼓文 （春秋至戰國初）	小篆	《說文》 籀文

敗

甲骨文		金文 （西周晚期）

金文 （戰國早期）	小篆	《說文》 籀文
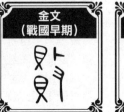		

UNIT **2-9**
漢字書體分期發展：
戰國時期Ⅱ ── 秦隸

圖解文字學常識與漢字演變

秦系俗體 ── 秦隸

　　隸書的發展大致可以分為兩個階段，第一是在戰國時期到秦代，這時期隸書又可稱為「秦隸」，也就是秦系文字的俗體，主要特色是改變了小篆筆畫書寫方式，書體介於小篆跟成熟隸書之間，即此部分所要說明的內容。第二階段是在漢代，隸書已經發展成熟，脫離小篆字形，並且從秦代俗體變成漢代正體，又稱為「漢隸」。關於漢代隸書的發展與特色留在下一階段說明。

秦隸的形成

　　〈說文敘〉中提到：「是時，秦燒滅經書……官獄職務繁，初有隸書，以趨約易。而古文由此絕矣。」這裡提到隸書是因為秦代獄官為書寫方便，減省文字形體形成。張懷瑾《書斷》指出隸書是程邈所作：「隸書者，秦下邦人程邈所作也。」

　　上文戰國秦簡資料提到，秦國金文有部分是用刀刻，這類文字字體多半較為潦草，接近秦代書寫俗體。秦地簡牘也可以找到近似後來隸書的字形，由這些出土文獻可以知道，隸書在此時已漸形成，時間約在戰國晚期，而非〈說文敘〉與《漢書・藝文志》中所說的秦代。

秦隸的特色

　　〈說文敘〉與《漢書・藝文志》所提到的「以趨約易」是秦隸重要特色。裘錫圭《文字學概論》提到「秦國人在日常使用文字的時候，為了書寫的方便，也在不斷破壞、改造正體的字形。由此所產生的秦國文字的俗體，就是隸書形成的基礎。……用方折的筆法改變正規篆文的圓轉筆道的風氣頗為流行。有些字僅僅由於這種的變化，就有了濃厚隸書意味。」裘氏認為可將秦簡的字體看作由篆文俗體演變成的新字體，也就是秦隸。他就將秦國到西漢這個過程的隸書，稱為「早期隸書」，與後來再經演變的成熟隸書區隔。

　　秦隸的特色有：

　　1. 構形仍多似篆書。 隸變對於漢字最大的影響就是文字結構改變。不過在秦隸階段，許多文字仍保留小篆的結構。例如：「更」小篆作「𣍂」，秦隸作「𣍂」，下方均為「攴」、上方均為「丙」。漢隸作「更」結構已大大不同。

　　2. 筆畫變為平直方折。 相較於小篆筆畫圓滑，秦隸的筆畫已變為平直，轉折處也呈現方形。例如「然」，小篆字形作「𤟇」，秦隸字形為「然」左上方月字與右上方犬字，筆畫明顯已由原本圓滑變為直筆，漸漸形成後來隸楷字形中點、橫、豎、撇、折等基本筆畫。

　　3. 字體趨向扁方。 相較於小篆修長的形體，秦隸字形上下的距離較短，字形較為扁方。例如：「馬」小篆作「馬」四足向下延伸，秦隸作「馬」四足幾乎等長，整體字形也短縮；「經」小篆作「經」，秦隸作「經」，右側「巠」明顯變為扁方。

　　秦代的官方正體是小篆，隸書是一般日常事務所使用的文字，也就是俗體。雖然小篆是標準文字，但隸書才是大量使用的文字，所以裘氏曾說「秦王朝實際上是以隸書統一了全國文字」。秦結束後不久，西漢就以隸書為通行字體。

小篆書體的特色

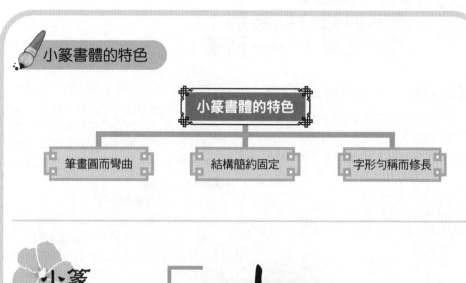

```
小篆書體的特色
├── 筆畫圓而彎曲
├── 結構簡約固定
└── 字形勻稱而修長
```

小篆

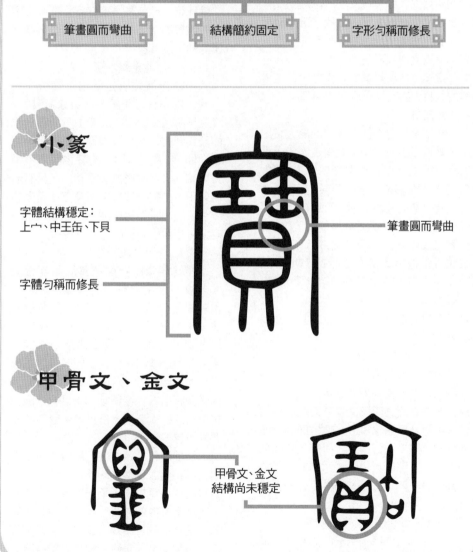

字體結構穩定：
上宀、中王缶、下貝

字體勻稱而修長

筆畫圓而彎曲

甲骨文、金文

甲骨文、金文
結構尚未穩定

UNIT **2-10**
漢字書體分期發展：
漢代之後Ⅰ——隸書1

漢代以後——隸楷階段文字發展

小篆字形算是古文字的終結，從隸書開始就進入的現代文字的階段。漢代隸書就文字結構來說，已與楷書十分相似。隸、楷之後，中國文字就大致定型，一直流傳到現代。

這部分所要討論的是漢隸，研究漢隸的資料大致可以分成下列幾種：

1. 簡帛

從二十世紀之後，漢代簡帛大量出土，數量眾多，例如：湖南長沙馬王堆簡帛（戰國晚期到漢景帝期間）、安徽阜陽雙古堆漢牘（秦到西漢初年）、湖北江陵張家山漢簡（春秋到西漢初年）、鳳凰山漢簡（西漢文帝到景帝）、湖南元陵虎溪山漢簡（西漢文帝時期）、山東臨沂銀雀山漢簡（漢武帝時期）、居延漢簡（漢中晚期到東漢初年）、甘肅武威漢簡（西漢中晚期）等等。這些都是研究隸書重要的材料，茲就其中四項略為介紹：

（1）銀雀山漢簡

1972 年山東臨沂銀雀山兩座漢墓中發現的竹簡資料稱為銀雀山漢簡。竹簡書寫的時間為西漢文景時期至武帝初期，書體為早期隸書。完整竹簡與殘簡數量約有四千九百多片。內容包含《孫子兵法》、《孫臏兵法》、《六韜》、《尉繚子》、《晏子》等古籍，提供了許多古代兵法的研究資料。

（2）長沙馬王堆簡牘帛書

1973 年湖南長沙馬王堆發現大量簡牘與帛書，總字數多達十二萬餘字，內容包含醫書、《天文書》、《周易》、《老子甲本》、《老子乙本》等，對於古代醫療研究有重要價值。這批資料雖寫於漢代初年，但部分內容仍保持篆隸並存的秦隸風格，也就是早期隸書。部分文字亦有展現典型漢隸的書體，算是秦隸到漢隸的過渡資料。

（3）河北定縣木簡

1973 年河北省定縣出土七百多枚木簡，內容有《論語》、《儒家者言》、《文子》、《太公》、《日書》等典籍。木簡書寫時間約在西漢中期（漢昭帝至宣帝期間）。這批木簡上的隸書與東漢中晚期碑刻文字的書體幾乎相同，具有形體扁平、勻稱，波磔平衡及蠶頭雁尾的特色，這表示西漢中期隸書已進入成熟時期，是目前公認的「八分書」。

（4）居延漢簡

居延漢簡由新簡和舊簡兩部分組成，1930 年左右在內蒙古額濟納河，也就是漢代居延地區發現一萬多枚木簡，這部分稱為舊簡；1970 年代同一地區再發現兩萬多枚木簡稱為新簡，新、舊共計 3 萬多枚。王國維曾將居延漢簡與殷墟甲骨、敦煌遺書，以及故宮內閣大庫檔案，合稱為二十世紀中國文化史上的四大發現。這批漢簡資料的重要性可見一斑。

這批漢代簡牘文書記載西漢中晚期到東漢初期居延地區的社會、政治乃至日常生活各項事務，是研究漢代當地社會，極具價值的素材。居延漢簡上可見的書體有秦隸、漢隸、篆書、草書、行書等多種字體，是研究漢代書體發展的重要資料。

長沙馬王堆簡牘帛書《老子》

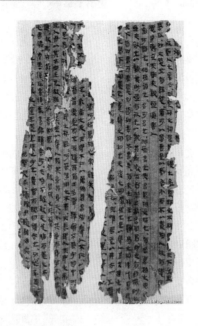

長沙馬王堆拼湊後的帛書

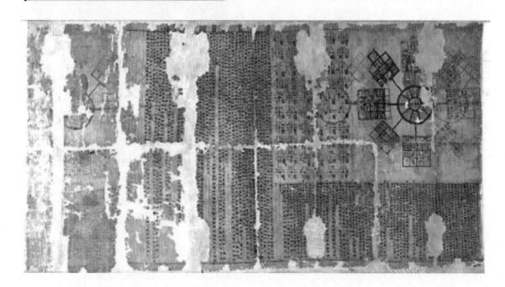

UNIT *2-11*
漢字書體分期發展：
漢代之後Ⅰ──隸書2

2. 石刻

西漢初年，承襲秦代文字，所以書體還略帶篆文的風格，也就是風格較似秦隸的早期隸書，這點可以在馬王堆簡帛資料上得到印證（參右圖一，秦隸特色參見上文）。這個時期碑刻文字資料極為稀少，據學者統計，從漢朝建立到新莽時期，西漢碑刻資料僅有十五件，可能是由於漢初國家尚處於休養生息階段，所以較少像秦代一樣，樹立碑石宣揚國力。

（1）石刻文字的書體轉變

現今留存的西漢石刻文字多延續前一時代的文字風格，或用篆文，如：〈群臣上醻刻石〉（參右圖），全篇即以小篆刻成；或用秦隸，西漢宣王時的〈魯孝王刻石〉就是用秦隸刻成，筆畫多用圓筆，如「月」起始筆畫均呈現圓筆。橫畫波磔雖還不明顯，但筆畫拉直、轉角方折的寫法，已與小篆書寫方式大大不同。東漢初年的〈袁安碑〉、〈李昭碑〉仍用篆文書寫。

東漢立碑風氣盛行，石刻文字由前期以小篆、秦隸為主轉變為漢隸。東漢中期過後，隸書發展不僅成熟，且書寫規範已然定型，成為文字主流，除日常文字書寫外，也大量使用在碑刻文字上。這些碑刻完全展現隸書端正、勻稱、波磔顯著的風格。例如：「二」字，西漢〈魯孝王刻石〉寫作「二」，末筆仍呈現圓筆，而〈熹平石經〉寫作「二」，末筆已具隸書的波磔寫法。

（2）熹平石經的內容與特色

眾多碑刻資料中〈熹平石經〉可做為東漢代表。〈熹平石經〉，又名〈漢石經〉或〈一體石經〉，共有四十六塊。是中國歷史上最早官方頒定的儒家經書，以當時標準文字隸書刊刻《魯詩》、《周易》、《尚書》、《儀禮》、《春秋》、《公羊傳》及《論語》七經典。

漢代提倡儒學，設立五經博士，然因今古文之爭，典籍傳抄頗多謬誤，造成學術傳承混亂。到了東漢，為了確立官方學術正本，蔡邕等人奉命刊刻上述經典於石碑上作為定本，讓各地學者儒生有標準可循、學術也才能正確傳承。直到東漢末年，因為戰亂緣故，石經大半遭到破壞。後經唐代、宋代乃至近代學者蒐集整理，恢復部分碑文。

由於是官方制定的學術範本，所以可知文字應為東漢標準字體，刻石上的書體筆法端莊，結構勻稱，筆畫平直厚實，並有蠶頭雁尾，被譽為漢隸的典範。

從隸書的發展可以知道，歷代正字的形成，總是先由民間的俗寫文字開始，形成風潮與發展出規模後，才成為後來官方標準正字。隸書開始發展到完全成熟、進入正體字階段，歷經了數百年的時間，才成為標準字體，所以任何書體的產生，絕不是短時間內可以成型，是需要漫長時間演化、逐漸改變才能形成。

隸變是小篆演變到隸書的變化成過程。隸書對於小篆的改造大致可以從兩方面來看，一是結構的改變，為了書寫快速，人們將小篆寫得草率，減省了部分結構；二是轉圓為方。小篆常有圓弧形的長線條，隸書的寫法是把這些長線條拉直變短，圓弧處轉變成方折。透過這樣的改造，讓文字有了不同以往的新樣貌。

小篆到漢隸演變圖

	小篆	西漢／ 馬王堆帛書	東漢中晚期／ 衡方碑	東漢中晚期／ 郭有道碑

	小篆	西漢／ 馬王堆帛書	東漢中晚期／ 衡方碑	東漢晚期／ 白石君碑

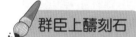 群臣上醻刻石　 袁安碑

 熹平石經

UNIT 2-12
漢字書體分期發展：漢代之後Ｉ──隸書3

圖解文字學常識與漢字演變

隸書對小篆的改造

小篆是古文字最後的階段，隸書的出現，正式宣告漢字從古文字時代進入到現代文字的階段，不僅是書寫風格上的差異，更重要的是結構與字形的改變，使漢字有了全新的面貌。小篆與隸書的差異可分成下列幾點：

1. 形體由象形變符號

小篆雖然已與甲骨文跟金文的差異頗大，但整體而言，小篆線條仍保留了文字象形的樣貌。隸書將小篆圓滑的線條拉直、變短，成為方正的筆畫。

2. 部件的移位與變形

隸書對於小篆另一項重大的改造，就是改變原本小篆的部件結構。這部分可以分成兩種情況來說：

（1）同一部件變為不同形體

這類文字是在小篆中屬於同樣形體的部件，為了符合隸書的方正結構，所以改變了原本的部件及構字位置，成為不同形體，例如：

從「爪」的文字，多數維持原本小篆字形，置於文字形體上方，顯示手掌向下抓取的形狀；有些則為了讓文字能夠方正呈現，而將原本的形體直立，置於文字左側，如：同樣具有「爪」，其中爪、孚，隸書是維持小篆原本的寫法；印、褎，隸書就將原本橫置的爪字，直立置於文字結構的左側（見右圖一）。

（2）不同形體變為相同部件

這類文字在小篆時可以看出是不同形體，到了隸書卻變成相同的偏旁，例如：偏旁「爫」，受、愛、舜，三字的上方都為「爫」，但受字上方小篆為

「爪」，舜字小篆則是「𠬪」，而爵字上方小篆是象徵酒器的形體，隸變之後都變成了「爫」（見右圖二）。

又如：偏旁「罒」，曼、買、羅、罪四字均有「罒」部件，曼字中間的「罒」是「目」的意思；買、羅、罪上方的「罒」，小篆字形是网，也就是網子的意思，隸變之後都變成「罒」（見右圖三）。

（3）減省部分形體

隸書是為了書寫方便而產生的書體，所以有些文字在書寫過程中會減省小篆原有的結構，例如：星，小篆字形上方為「晶」（曐），隸書將晶簡化為日；胃，𦝠，隸書則省略了小篆上方四點。

隸書的形體特色

1. 字形扁方，橫長直短

篆書和楷書多為縱勢，形狀成直立長方，筆畫為上下直的延伸；隸書字形扁方，筆畫向左右橫的發展。

2. 蠶頭雁尾，一波三折

隸書書寫橫筆時先逆鋒向左行筆，再往左下按筆，然後提起向右運行為平出；最後寫挑腳時，筆峰向下按，再慢慢提起，向右上挑出，形狀如雁收筆。落筆、行筆、收筆三個步驟，即稱「三折法」。（參右下圖「一」字寫法）

3. 撇捺出挑，左右舒展

撇與捺收筆時會往上挑起，向左右舒展開來。

漢字由小篆轉變為隸書，不僅展現不同的書體風格，更是宣告古文字時代結束，漢字進入現代文字階段。

🖌 同一部件變為不同形體

	爪	孚	印	襃
小篆	爪	孚	印	襃
隸書	爪	孚	印	襃

🖌 同一偏旁變為不同形體（爪）

	受	采	舜	爵
小篆	受	采	舜	爵
隸書	受	采	舜	爵

🖌 不同形體變為相同偏旁（罒）

	曼	買	羅	罪
小篆	曼	買	羅	罪
隸書	曼	買	羅	罪

🖌 隸書的形體特色

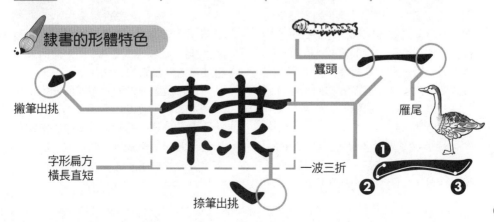

撇筆出挑

蠶頭

雁尾

字形扁方
橫長直短

一波三折

捺筆出挑

❶　❷　❸

UNIT 2-13
漢字書體分期發展：漢代之後 II ── 草書

圖解文字學常識與漢字演變

漢代居延漢簡已發現多種漢字書體，到了魏晉南北朝，篆書、隸書、草書、楷書和行書，都有使用情況，其中又以草書、楷書和行書三種最為盛行。

草書的發展

草書的名稱一開始是指稱小篆到隸書的草寫、簡化的書寫方法，後來變成一種書體的專稱。起源的時間大約在戰國末年。

〈說文敘〉中提到「秦書有八體。一曰大篆，二曰小篆，三曰刻符，四曰蟲書，五曰摹印，六曰署書，七曰殳書，八曰隸書。漢興有草書。」近年來出土的戰國至漢初竹簡，已經證明草書並非在漢代才開始，對於〈說文敘〉的內容，或許可以解釋為西漢時草書的便利性已經可作為隸書的輔佐書體，使用於日常文字中。

草書的類型

1. 章草

到了東漢，草書經文人整理，有了一致及規律的寫法，此時草書稱之為「章草」。北宋黃伯思《東觀餘論》提到「凡草書分波磔者名章草」，這就說明「章草」結構雖明顯簡化隸書，但仍保留一些隸書寫法中的波磔。在當時已經形成一股熱潮。草書在東漢的發展已經成熟，許多文人甚至專精於章草，例如：蔡邕、張超、徐幹、張芝等人。

2. 今草

張懷瓘《書斷》中提到今草的由來，他說「章草之書，字字區別；張芝變為今草，如流水速，拔茅連茹，上下

牽連。」由這段話可以知道，今草是立足於章草的基礎上發展，章草上下字獨立而基本不連寫，每字都是獨立個體，保留較多隸書形體；今草則是書寫更加流暢，上字末筆與下字首筆相呼應。今草在經過晉朝王羲之等人發揮後，成為後來草書的標準。

3. 狂草

狂草是在今草的基礎上，把原本點畫連寫，進一步變成「一筆書」。此時狂草不再是一般人日常所用的簡便書體，已成為一種藝術的表現，亦是唐代書法的另一高峰。代表人物是張旭和懷素，兩人齊名。後世有「張顛素狂」或「顛張醉素」之稱。

草書的特色

由上述三種草書的內容，可以歸納出草書的特色有：

（1）簡省文字書寫結構：「論」隸書作 **論**，草書作 ↙，簡省左邊言部為一筆，右下側也簡為兩點。

（2）筆畫連貫書寫：「如」隸書作 **如**，草書連貫書寫成 **ㄨ**，「如」的左側女字與右側口字連貫書寫。

（3）著重書法的藝術性。草書發展到狂草階段，筆畫簡省到會有文字識讀困難，所以已非實用書體，反而成為書法家追求藝術的一種展現。

草書是因隸書簡化小篆而開始；章草則是隸書簡便書寫而成，到了今草，除了立足章草的基礎，也受到了楷書的影響；而狂草誇張放肆的形體，已跳脫文字演變的規律，進入到藝術的層次。

隸書、章草、今草、狂草各書體之比較

章草代表作品

章草上下字獨立而基本不連寫，每字都是獨立個體，保留較多隸書形體。

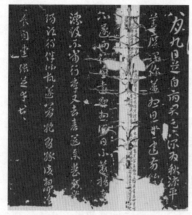

東漢・張芝〈秋涼平善帖〉

三國・皇象〈文武帖〉

今草代表作品

王羲之〈漢時帖〉

今草則是書寫更加流暢，上字末筆會與下字首筆相呼應。

狂草代表作品

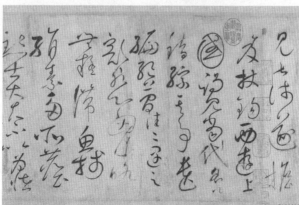

唐代・懷素
〈自敘帖〉

狂草不再是一般人日常所用的簡便書體，已成為一種藝術的表現。

UNIT **2-14**
漢字書體分期發展：
漢代之後 III —— 楷書

圖解文字學常識與漢字演變

楷書的發展

　　楷書於東漢末開始發展，魏晉南北朝字體發展完成，唐代為其鼎盛時期，其後一直流傳與使用到現在。唐朝在楷書方面成就最大，一方面是因為書體的演變，一方面是科舉取士，使得楷書得以普遍地發展。漢字手寫書體有三大典範，一為「秦篆」、二為「漢隸」，第三就是以法度嚴謹著稱的「唐楷」，三者均為中國書法史上重要的書體。

楷書的異稱

　　楷書一開始是指筆畫平直、字體端正的字體，唐代以後就專指由隸書演變而來的正體書法。約起源於後漢，至魏完備成體，通行至今。楷書又名「正書」或「真書」，因其「形體方正，筆畫平直，可作楷模」所以這種端整的字體就稱為楷書。由於楷書是在隸書上基礎上變化而成的書體，所以又有人將其稱為「今隸」，隸書稱為「古隸」。

楷書的發展階段

　　楷書發展可以分成兩階段。魏晉時期可視為初期，這時的楷書，仍略為保留隸書形體，結構還是較為橫寬。翁方綱說：「變隸書之波畫，加以點啄挑，仍存古隸之橫直。」就是形容這階段的楷書特色。主要代表作品有鍾繇的〈宣示表〉、王羲之的〈黃庭經〉等。

　　南北朝之後，楷書南北方發展不同，北方保存較多隸書風格，質樸嚴謹，以榜書見長；南方風格則較為疏散放縱，多展現於尺牘作品上。唐代楷書大盛，已去除隸書尾部的挑筆，改成平直的書寫。開成石經可以視為唐代標準楷書，後世皆以此為規範。

楷書的特色

　　1. 改隸書挑筆為平直：楷書與隸書的主要區別為省略尾部的挑筆。形體上是將隸書的「蠶頭雁尾」變成平直線條。例如：「里」，隸書字形作 **里**，末筆尾部挑筆上揚。楷書作 **里**，末筆明顯已無挑筆寫法。

　　2. 字形由扁平改為方正：隸書形體較為扁方，到了楷書，縮短文字左右距離，變成較為正方。例如：「功」，隸書字形作 **功**，字體左右距離較長，呈現扁方；楷書作 **功**，左右距離縮短，字形趨向正方。

　　3. 楷書不僅承繼隸書的發展，也糾正了草書狂放的寫法，最後演變成正規書體。例如：「發」，隸書字形作 **發**，楷書承繼隸書字形作 **發**，草書字形作 **发**，字形狂放、筆畫減省過多，使文字不易辨別。

　　漢字發展到楷書已達到十分穩定的狀態，直至今日文字的使用，仍以楷書字形結構為主。而其正方形體對於後來文字書寫與印刷，都提供了相當的便利性。

楷書代表作家

　　書法史的楷書四大家及其代表作品為：唐代歐陽詢〈九成宮醴泉銘〉、〈皇甫誕碑〉、〈化度寺塔銘〉。唐代顏真卿〈多寶塔碑〉、〈顏勤禮碑〉、〈顏氏家廟碑〉、〈麻姑仙壇記〉。唐代柳公權〈玄祕塔碑〉、〈神策軍碑〉。元代趙孟頫〈玄妙觀重修三門記〉、〈千字文〉。

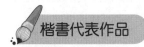

楷書代表作品

鍾繇的〈宣示表〉（墨拓本）

唐代歐陽詢〈九成宮醴泉銘〉
（故宮館藏九成宮醴泉銘拓本）

趙孟頫〈歸去來辭〉
（清乾隆三希堂法帖）

唐代柳公權〈玄祕塔碑〉（墨拓本）

唐代顏真卿〈多寶塔碑〉
（明董其昌雜書多寶塔碑）

UNIT *2-15*
漢字書體分期發展：
漢代之後Ⅳ——行書

行書的發展

行書約於東漢末年出現。關於行書的來源，唐代張懷瓘在《書斷》中提到：「（行書）即正書（楷書）之小譌，務從簡易，相間流行，故謂之行書。」

行書名稱最早見於西晉衛恆《四體書勢》：「魏初，有鍾、胡二家為行書法，俱學之于劉德升。」張懷瓘也認為：「行書者，劉德升所作也。」劉德升為東漢末書法家，被譽為「行書鼻祖」，以此推斷，行書應在東漢中後期就已出現。據近代出土的東漢文獻，更可證行書應是和楷書發展時間相當。

行書的類型

張懷瓘〈書議〉說：「行書非草非真，在乎季孟之間；兼真者謂之真行，帶草者謂之草行。」由上可知，行書是立足於楷書基礎發展，是介於楷書與草書之間的書體，又可分為行楷及行草。楷書書寫筆法多於草書者，稱為行楷；草書筆法多於楷書者，稱為行草。

行書介於楷書與草書之間，筆勢較為流暢。行書平衡了楷書與草書兩種書體優缺點。楷書特色是筆畫平直端正，各筆之間不以連筆書法，字體端正容易辨識、實用性高，但在書寫上速度較慢；草書則是簡省文字形體，並多連筆書之，書寫速度快且藝術價值高，但卻不易辨認。行書結合兩者，點畫之間雖牽連書寫，但仍保留楷書基本的結構，所以比草書更容易辨認，而連筆書寫則加快了書寫速度，比楷書更加便利。兼具實用與藝術價值，所以後來就成為一般人最常使用的書體。

行書特色大概可分為下列幾項：

1. 筆畫的連續性：行書的點畫之間，常有牽連的情形。例如：「好」字，楷書寫作 **好**，每一筆畫均獨立完成，筆畫間無連續書寫的情況；行書寫作 **好**，右邊的「子」一筆連續寫完。又有寫成 **好**，左邊「女」字橫畫延伸至右邊的「子」連續寫完。又如「照」，楷書作 **照**，下方四點分明，行書作 **照**，下方四點已連成一線。

2. 轉方正為圓弧：從隸書到楷書，漢字形體變為方正，轉折筆畫皆以直線書寫。行書遇轉折筆畫時，轉折處略帶圓弧。例如：「書」，楷書寫作 **書**，下方「曰」字形體方正。行書寫作 **書**，下方「曰」字轉折處則較為圓弧。又如「言」，楷書作 **言**，「口」形方正，行書作 **言**，「口」形較圓弧。

3. 無特殊規則：相較於小篆筆畫圓而彎曲、形體勻稱修長；隸書要具備「蠶頭雁尾」、筆畫重視波磔等規則，行書沒有特定寫法，筆畫方圓具存、線條粗細不拘、形體正斜皆可、字體大小都有，主要是隨書手意念，風格自然協調。

行書的書寫方便又無特殊規定，既可快速寫成、又便於識認文字，可說是所有書體中最容易書寫的一種。

三大行書與作者

行書作品眾多，其中被譽為天下三大行書的作品，第一為東晉書法家王羲之的〈蘭亭序〉；第二為唐代顏真卿的〈祭姪文稿〉；第三則是蘇軾的〈黃州寒食帖〉。三篇風格不同的作品，恰可代表行書發展的不同階段特色。

行書代表作品

王羲之〈蘭亭序〉（定武蘭亭真本）

顏真卿的〈祭姪文稿〉（引自《故宮書畫錄》）

蘇軾〈黃州寒食帖〉（清乾隆三希堂法帖）

第3章
漢字六書與三書理論

UNIT **3-1**
六書名稱與差異

圖解文字學常識與漢字演變

　　漢字的分類大致可以分為兩大類說法，一為三書說，主要提出這種說法的學者有：唐蘭將文字分成象形文字、象意文字、形聲文字；陳夢家則分為象形，假借，形聲；裘錫圭的三書說是將漢字分成表意字、假借字和形聲字三類。

　　漢字結構另一種普遍的說法則是六書說，茲說明如下。

六書名稱的由來

　　六書名稱最早見於《周禮·地官》：「掌諫王惡而養國子以道，……乃教之六藝，……五曰六書，六曰九數。」西漢劉歆在《七略》解釋六書為：「周官保氏掌養國子，教之六書，謂象形、象事、象意、象聲、轉注、假借，造字之本也。」鄭康成《周禮注》引鄭眾《周官解詁》中的說法提到六書是：「象形、會意、轉注、處事、假借、諧聲。」班固《漢書·藝文志》：「古者八歲入小學，故周官保氏掌養國子，教之六書，謂：象形、象事、象意、象聲、轉注、假借，造字之本也。」這段話應該是刪節自劉歆的說法。相較於其他家只是提出六書的名目，許慎在〈說文解字敘〉中不只提到六書名稱，更進一步說明了六書的內容「保氏教國子以六書：一曰指事，指事者，視而可見，察而見意，上下是也；二曰象形，象形者，畫成其物，隨體詰詘，日月是也；三曰形聲，形聲者，以事為名，取譬相成，江河是也；四曰會意，會意者，比類合誼，以見指撝，武信是也；五曰轉注，轉注者，建類一首，同意相受，考老是也；六曰假借，假借者，本無其字，依聲託事，令長是也。」

　　到了宋代，顧野王《玉篇》中的六書名目雖然跟許慎相同，但順序變為

「象形、指事、形聲、轉注、會意、假借」。陳彭年的六書次第則為「象形、會意、諧聲、指事、假借、轉注」。各家說明六書的內容雖是大致相同，但還是可從名稱與次第看出略有差異。

六書名稱差異

　　各家說法中，象形、轉注、假借的名稱都是相同的，不同的為指事、會意、形聲。茲就此三種略為說明：

1. 許慎「指事」

　　鄭眾稱為「處事」、班固稱為「象事」，許錟輝在《文字學簡編》中提到「『事』是抽象的，『物』事具體的。『事』包括部位、觀念、動作等。……以此內涵來考量，許慎稱『指事』，名實最相切合。」用「指」可以指明狀態、部位、指出動作，較之「處」只能用於部位狀態、「象」多表形態來得包容更廣，因此，「指事」名稱與內容的確最為相合。

2. 許慎「會意」

　　劉歆、班固稱為「象意」。許慎所說的會意字主要是會合兩個獨體的文而成為一個新的字義。若稱「象意」僅能表現出象某種意思，那麼就無法凸顯會合兩文字的概念了，因此，稱為「會意」仍是較為合理。

3. 許慎「形聲」

　　劉歆、班固稱為「象聲」，鄭眾稱為「諧聲」。形聲字主要是先利用聲符記錄語言中的讀音，再加上事物類別的形符，組合成一個新的文字。不論是象聲還是諧聲，均只著重在聲符，無法表現出加上形符強調類別的概念，因此，此項仍以許慎所用之「形聲」一詞最符合實際狀況。

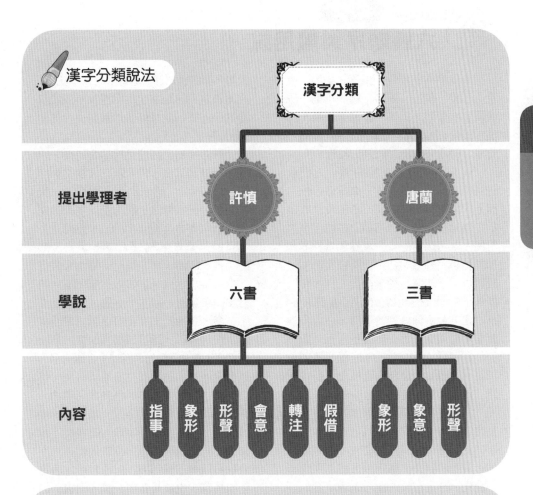

漢字分類說法

		漢字分類
提出學理者	許慎	唐蘭
學說	六書	三書
內容	指事 象形 形聲 會意 轉注 假借	象形 象意 形聲

各家六書名稱與順序

	出處	一	二	三	四	五	六
鄭眾	《周禮解詁》	象形	會意	轉注	處事	假借	諧聲
班固	《漢書藝文志》	象形	象事	象意	象聲	轉注	假借
許慎	〈說文解字敘〉	指事	象形	形聲	會意	轉注	假借
顧野王	《玉篇》	象形	指事	形聲	轉注	會意	假借
陳彭年	《廣韻》	象形	會意	諧聲	指事	假借	轉注
鄭樵	《通志六書略》	象形	指事	會意	諧聲	轉注	假借

UNIT **3-2**
六書順序與體用說

許慎的六書依照「指事、象形、會意、形聲、轉注、假借」順序排列，班固則以「象形、象事、象意、象聲、轉注、假借」為次第，而鄭眾則是「象形、會意、轉注、處事、假借、諧聲」。

就文字發展的歷程來看，人們會先由描繪具體物象的外形來記載事物，因此，象形為造字最開始的階段是肯定的。立足於具體概念基礎上，加上一些符號，就可以進一步表現抽象事物，此即為指事。象形與指事這兩種獨體文形成後，文字才開始從單純發展到複雜，進入了兩個文組合為一個新字的階段。會意是結合兩個單獨的形符，在組合上就是會合兩文意思；形聲是組合一個形符、一個聲符，概念較為複雜，需區分記錄語音與事物類別兩者概念，所以會意在前、形聲在後較為合理。

至於轉注與假借，若是將六書都視為造字的方法，那麼前四者為基本的造字方式，後兩者為輔助方法；若是將轉注、假借視為文字應用的方法，那麼造字在先、應用在後的觀念來看，這兩者當然就必須在前四者成立後才會出現。

由以上的說明看來，六書順序當以班固所提出的「象形、象事、象意、象聲、轉注、假借」較為合理。

六書學說的分歧

六書是文字的六種類型，然而這六種類型到底是分屬造字與用字兩個層次？還是均是造字的方法？歷來學者有不同說法，大致可分為下列兩種：

1. 體用說

所謂體用說是將六書分為體與用兩大類，前四書為體，是造字的基本法則；後兩書為用，是文字使用遇到不同狀況的調節方式。此派學者以戴震與段玉裁為代表。

戴震提出「四體二用」之說後，段玉裁接續其說法。段玉裁在《說文解字注》中提到：「趙宋以後言六書者，胸襟狹隘，不知轉注、假借所以包訓詁之全，謂六書為倉聖造字六法，說轉注多不可通。戴先生曰：『指事、象形、形聲、會意四者，字之體也；轉注、假借二者，字之用也。』聖人復起，不易斯言矣。」象形、指事、會意、形聲為文字主體，多數的文字都可以歸於這四種造字法。象形、指事為獨體的文，是所有文字的根本；會意、形聲是合體的字，組合兩個以上的獨體文而成；轉注、假借為文字應用的法則，也就是用字法。轉注是同一語源的文字，因為時間、地域不同，而產生不同字形，這些文字會具備相同的語義核心，後來人們在用字時就可以有不同選擇，但依然可以表達相同語義，也就是多字一義、同義詞的概念。《說文》中轉注舉列的「考」、「老」在造字概念上分屬形聲與會意，只有在兩者互相解釋時才屬轉注。假借是因應文字數量不足，用同音字形來寄託不同語義的方式，也就是一字（形）具備多義的情況。假借所舉的「令」造字概念屬於形聲兼會意、「長」屬於象形。《說文》在解釋轉注與假借時所舉的「考」、「老」與「令」、「長」四個例子都是在既有文字基礎上，因應不同的使用狀態而產生轉注與假借情形。並無創造新字形的情況。

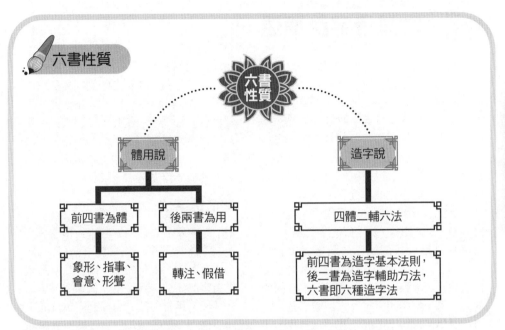

六書性質

六書性質

體用說　　　　　造字說

前四書為體　後兩書為用　　　四體二輔六法

象形、指事、　轉注、假借　　前四書為造字基本法則，
會意、形聲　　　　　　　　　後二書為造字輔助方法，
　　　　　　　　　　　　　　六書即六種造字法

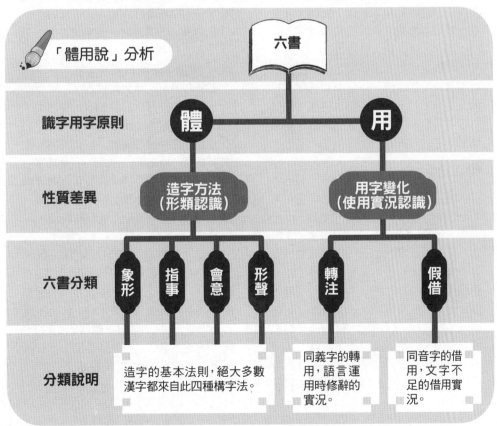

「體用說」分析

六書

識字用字原則	體		用	
性質差異	造字方法（形類認識）		用字變化（使用實況認識）	
六書分類	象形　指事　會意　形聲		轉注	假借
分類說明	造字的基本法則，絕大多數漢字都來自此四種構字法。		同義字的轉用，語言運用時修辭的實況。	同音字的借用，文字不足的借用實況。

2. 造字說

所謂造字說是指六書皆為造字的法則。班固《漢書‧藝文志》中提到「象形、象事、象意、象聲、轉注、假借，造字之本也。」班固將六書皆界定為造字之本。章太炎也認為轉注與假借應為造字之法，他在《國故論衡》中提到「轉注、假借，就字之關聯而言。指事、象形、會意、形聲，就字之個體言。雖一講個體，一講關聯，要皆與造字有關。」魯實先立足於班固說法，認為六書皆「造字之本」，其著作《轉注釋義》、《假借遡源》兩本書，就是為了說明這樣的理念，進一步提出六書為「四體二輔六法」。所謂四體，為象形、指事、會意、形聲，是造字的基本原則；二輔，就是指來輔助造字的原則，也就是轉注與假借；而六法就是說六書皆為造字之法。

不論是體用說還是造字說，均認同前四書為造字之法，這個學說與體用說最大不同的是，體用說認為轉注、假借為用字的原則，而造字說則認為這兩者也是造字的方式之一。

轉注造字法

轉注是如何造字的？章太炎先生在《國故論衡‧轉注假借說》中提到：「蓋字者，孳乳而寖多，字之未造，語言先之矣。以文字代語言，各循其聲，方語有殊，名義一也。其音或雙聲相轉，疊韻相迤，則為更制一字，此所謂轉注也。……然自秦漢以降，字體乖分，音讀或小與古異，《凡將》、《訓纂》，相承別為二文，故雖同義同音，不竟說為同字，此皆轉注之可見者。」由這段內容可知，章氏認為所謂轉注，是因為同一

名義，因為古今、方言的差異，所以更制一字。這些名義相同的文字，是來自於同一個語源（初文），再分造出不同音義相同的文字，因此，這些文字之間一定會具備聲音相近或相同的關係。這樣由初文再衍生出其他音義相關文字的方式就稱為轉注。

假借造字法

歷來學者將假借分為兩大類型，其一為「本無其事，依聲託事」、其二為「本有其字，但仍假借」兩種。所謂假借造字的方法，就是第一種類型。焦循在《周易用假借論》中提到「本無此字而假借者，作六書之法也；本有此字而假借者，用六書之法也。」這裡的「作六書之法」所指的就是造字的方法。王引之在《經義述聞‧經文假借》中也說：「蓋無本字而後假借他字，此謂造作文字之始也。至於經典古字，聲近而通，則不限於無字之假借者，往往本字見存，而古本則不用本字，而用同聲之字。」兩位學者都認為「本無其字的假借」就是一種造字法，而「本有其字」的假借才是一種用字法。魯實先在《假借溯源》一書中更將造字假借分為三類：「一形符假借，二是聲符假借，三是形符、聲符都假借。」

假借之所以能稱為造字法，是因為即使沒有創造新的字形，但因為同音的關係，將另一個語義寄託在同音字形中，成為新的文字。例如：「易」本義為「蜥蜴」（易的字形＋蜥蜴的字義），假借義為「容易」時，就是造出了一個新字（易的字形＋容易的字義）。

造字說

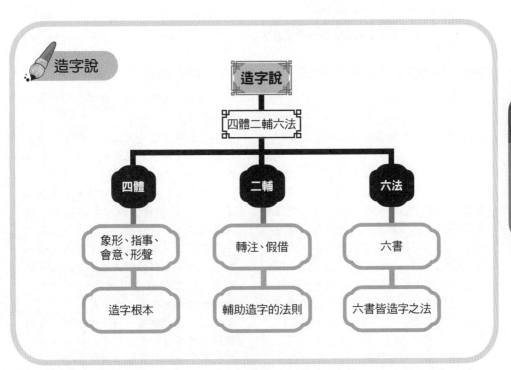

```
造字說
    │
四體二輔六法
    │
┌─────────┬─────────┐
四體       二輔       六法
│          │          │
象形、指事、 轉注、假借   六書
會意、形聲
│          │          │
造字根本    輔助造字的法則 六書皆造字之法
```

六書造字方法

六書皆為造字法

我八歲

象形	以描繪具體事物外形造字
指事	用具體物形加上抽象符號造字
會意	會合兩個以上形符的意義，產生新字
形聲	用形符表示事類、加上表聲音的聲符造字
轉注	同一個語源（初文），再分造出不同音義相同的文字
假借	文字整體或部分結構，因為同音關係借用他字形體，產生新字

UNIT 3-4 六書性質的檢討

用字法與造字法的觀察角度

學者對於六書的討論，除了前四書內容，各家有不同細緻分類外，長期以來的爭議都在於轉注與假借究竟是造字法還是用字法。

事實上轉注與假借是用字法還是造字法，主要是因為學者們從不同角度來解讀。若從是否產生新字形來看，轉注與假借並無創造新字形，這兩類文字的字形，還是可以歸入前四書當中，所以部分學者就認為，轉注與假借既然未創造新字形，那就是運用文字的方法。

若從建立一個新的文字這點來看，文字是由形音義三者匯聚而成，轉注的初文與後來產生的文字，雖有共同的音義交集，但已有了字義上的差別，造字說的轉注是著重在初文與後來產生的文字關係，所以可以算是造出新的文字。假借字雖因同音關係借用了其他文字的形體，但賦予這個形體的意義已經不同，例如：「易」本義為蜥蜴，假借義為容易。前者是由讀音「一ˋ」加上字義爬蟲類的一種，加上「易」的字形；後者是由讀音「一ˋ」加上字義「簡單、不困難」，借用「易」的形體，變成一個新的文字。

綜上所言，若從出現一個新文字（形音義）來看，那麼六書可以看做是造字法；若從有沒有出現新的字形來看，六書前四者為造字、後兩者就是運用文字的方法，轉注是利用相同音義的文字互相解釋，屬於文字與文字之間關係的聯繫方式；假借是用舊的字形承載新的字義，是漢字調節數量的一種方法。

六書學說的檢討

曾榮汾曾以「語言用字實況」來考慮六書問題，他提出：

這套語言形符系統的「形符分類」可就前四書觀之。也就是說漢字的形符類別分為指事、象形、形聲、會意四類，而在使用上，有同義字的轉用，是為轉注；有同音字的借用，是為假借。轉注是語言運用時修辭的實況，假借是用字不足的借用實況。作為學習漢字的初步，前四書是形類的認識，後二書是使用實況的認識，所以「轉注」和「假借」的形符仍為前四書。由此觀之，「六書」正是前人學習識字、用字的原則，有此體認，則所寫的基本字形概在前四書，語文用字變化概在後二書，此套「語言記錄符號」之性質盡在於此，所以前四書就是漢字形體的主體，以此為基礎，依形見義，結合使用實況，詞義體系自可推之。

〈說文敘〉中提到「周禮八歲入小學。保氏教國子，先以六書。」若是由這段話來看，古代孩童在八歲時要學習六書，那麼《說文》中的六書，應該是學童們可以理解跟學會的內容，先學會前四書作為習字的基礎，在實際寫作文章時，遇到修辭可以用同義詞（轉注概念）替換，讓文章詞彙更豐富；閱讀古書若是遇到同音字借用的情況，就明白那是假借字，所以形體與字義沒有直接關係。如果回到《說文》中提到。學習六書的人是八歲孩童這點來看，那麼用曾榮汾的「語言用字實況」來分析六書，似乎較可符合文獻的內容與實際的狀況。至於諸家的說法，則可視為後來六書學理的闡發。

從語言用字實況來看六書

漢字形體的主體	漢字的使用實況
⬇	⬇
指事、象形、形聲、會意	轉注、假借
⬇	⬇
漢字造字的形符類別	轉注是同義字的轉用、語言運用時修辭的實況 假借是同音字的借用、文字不足的借用實況
⬇	⬇
學習識字、形類的認識	使用實況的認識

周禮八歲入小學。
保氏教國子，先以六書。

UNIT **3-5**
六書內容概述 I

圖解文字學常識與漢字演變

六書名稱雖有不同，但已經指出六書是文字的基礎。到了東漢，許慎在《說文解字》的敘中更進一步說明何謂六書及其內容。

象形——畫成其物，隨體詰詘

所謂象形的造字方式，就是依照物體彎曲的形象，描繪出物體外形。象形是屬於獨體的文，用單一形體就可以表示該物類的特色，多數具體物類的文字都是如此創造出來。這一類的文字也成為後來合體字（形聲字、會意字）的基礎。日、月等字都是象形。除了日、月，許多動物或物體的文字也是利用象形的概念來造字，例如：魚、馬、鹿、刀這些字。因此，象形的文字都是具體的物類。

指事——視而可識，察而見意

所謂指事的造字方式，就是看見字形後可以辨別事類，仔細觀察後可以了解字義。與象形一樣，都是獨體的文，兩者區別在於：象形是具體描繪物象，指事是表示無形的抽象概念，或事物特徵。指事又分為兩種，一種是在既有象形文字加上不成文的符號，用符號來標明事物特徵，例如：「刃」，是在刀上加上一點，指出刀子最鋒利的部分，所以就是刀刃的「刃」。又如：「旦」上方是日，下方一橫為地平面的概念，日出於地面表示早晨的意思，即為「旦」。另一種是用兩個符號來表示一個概念，例如：上，古文字寫作 **二**，長橫代表一個基準點，短橫標示出在此之上，因而有上的概念。

會意——比類合誼，以見指撝

所謂會意的造字方法是會合兩個以上獨體文的字義，組成一個新的字義。例如：人言為信（人說話就要有信用）、止戈為武（能停止戰爭才是真正的武功）。會意的組成文字是形符與形符的組合，這些形符與組成的會意字並無聲音上的關係，這也是會意字與形聲字不同的地方。會意字與其組成結構無聲音關係，而形聲字的組合中，必定有一個部分作為聲符，所以形聲字與其組成結構有聲音上的關係。

形聲——以事為名，取譬相成

所謂形聲字就是用事物的類別作為形符，取用語言中同音的文字作為聲符，所組合而成的文字。形聲又分成兩種，一種是形符表達事物類別，聲符只標明聲音，例如：河、花。另一種聲符不僅注音，構字上也有意義，例如：「青」為聲符，又有美好的意思，加上形符表示類別不同，加上「水」則是「清」（水清澈）、加上「日」則是「晴」（天氣好）。由於這樣方式造字方便，因此，大部分漢字都是以這樣的方式造出。形聲的造字方法是非常進步的造字理念，只要掌握到語音以及事物的類別，就可以創造出無限的文字，也可以保留文字聲音的線索。

簡單來說，象形、指事、會意、形聲是造字的原則，幾乎所有文字都是用這四種方式創造出來。轉注與假借則是用字的原則，文字使用時會因為不同的狀況而有一些調整，因此，就需要轉注跟假借。

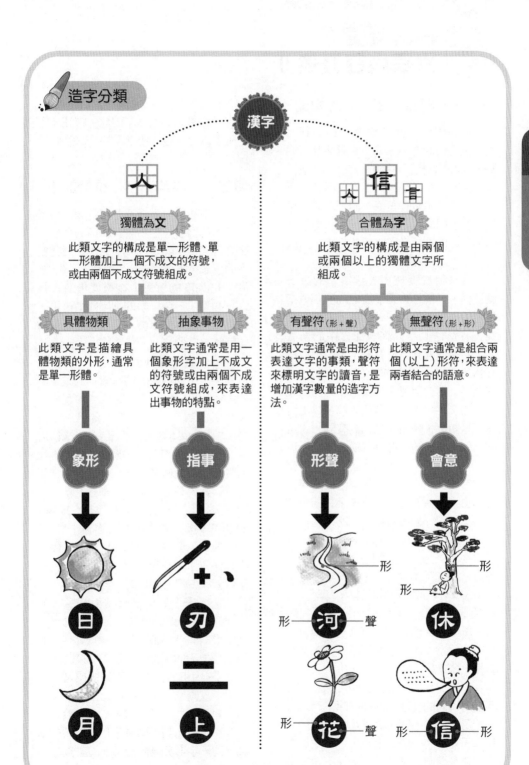

造字分類

漢字

人

獨體為**文**

此類文字的構成是單一形體、單一形體加上一個不成文的符號，或由兩個不成文符號組成。

信
人 言

合體為**字**

此類文字的構成是由兩個或兩個以上的獨體文字所組成。

具體物類

此類文字是描繪具體物類的外形，通常是單一形體。

抽象事物

此類文字通常是用一個象形字加上不成文的符號或由兩個不成文符號組成，來表達出事物的特點。

有聲符（形＋聲）

此類文字通常是由形符表達文字的事類，聲符來標明文字的讀音，是增加漢字數量的造字方法。

無聲符（形＋形）

此類文字通常是組合兩個（以上）形符，來表達兩者結合的語意。

象形

日
月

指事

刃
上

形聲

形
形 — 河 — 聲
形 — 花 — 聲

會意

形
形 — 休
形 — 信 — 形

UNIT **3-6**
六書內容概述 II

轉注——建類一首，同意相受

　　所謂轉注，就是建立一個語根，同一個語根的文字，聲音與意義都有關聯，所以可以相互解釋。例如：考、老。語言會有古今、地域的不同，因此，所創造的文字也會有差異，同一語義，可能會有不同的字形來表達，而這些不同的字形，因為聲音與字義的相近，所以可以用來互相解說。

　　歷來對於轉注中「建類」的說法有三種，一種是強調形體上的關聯，指具有同一形符的文字，字義上就會有相關，有點類似今日許多部首中的部屬字，字義都與其部首有關；另一種說法是具有相同聲韻關係的文字，字義就會有關聯；第三種說法是具備相同的語義核心的文字字義就會有關。綜合以上說法可以知道，轉注就是指具有同一「語根」的文字，語義會有共通之處，所以可以互相解釋。而所謂「語根」就是相同的音義根源，亦即具備同一個語義核心。也許這些文字字義不完全相同，但因為具備同一個語義核心，所以這些文字就可以互相解釋，例如：「考」、「老」這組字，「考」有高壽（長壽）、稽核、考試、探究等意思。「老」有年紀大、熟練、總是、陳舊等意思。「考」與「老」都具有「高壽」、「年紀大」的共同語義，所以在這個意思上可以互相解釋。具有相同意義的文字在使用時可以互相替換，這就是「轉注」。

　　既然文字的意思都相同，那為何又要使用不同的文字來解釋？除了因為各地所用的文字不同，需要互相解釋以方便溝通外，另一個原因是，古人在寫文章時要表達同一個語義，但又不希望文字重覆使用，就用同義字替用。

　　簡單的說，轉注就是「多字一義」，即今日同義詞的概念。因此，轉注一定是兩字以上一組，不會是單一文字的情況。

假借——本無其字，依聲託事

　　所謂假借，就是有些有音義但尚未有字形的語言，借用語音相同的字形來寄託音義。例如：「令」，原本是發號施令的意思，後來假借為「縣令」；「長」，原本是長度的意思，後來假借為「長官」的意思。這一類的文字雖被借用，但仍保留原本的字義，形成本義與假借義同時存在的情況。

　　另一種情況則假借之後，由於假借義常用，使得原本的語義就消失了。例如：「西」原本是「棲息」的意思，後來假借為「方位」，棲息的意思就消失了。「來」本義是「麥子」，後來假借為「往來」的意思，「麥子」的意思就消失了。或是假借之後，假借義太常使用，只好另外造一個字來寄託原本的字義。例如：「易」原本是爬蟲類「蜥蜴」的意思，後來被假借為「容易」，所以加上形符「虫」來標示類別，用「蜴」字來保留原本語義，而「易」後來就只保留大家習用的假借義「容易」。

　　文字學上的假借常常與文獻上的「通假」混而為一，要特別注意的是，文字學的假借必須要是「本無其字」而後才「依聲託事」的情況，與文獻上「本有其字」，但是因為書寫習慣或是倉促之間，以同音字替用的情況完全不同。

　　簡而言之，假借是一字多義，在文字不足時，利用同音字形承載新的語義，同一字形具備兩種以上的語義。

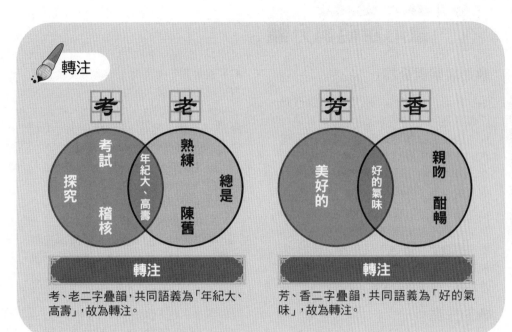

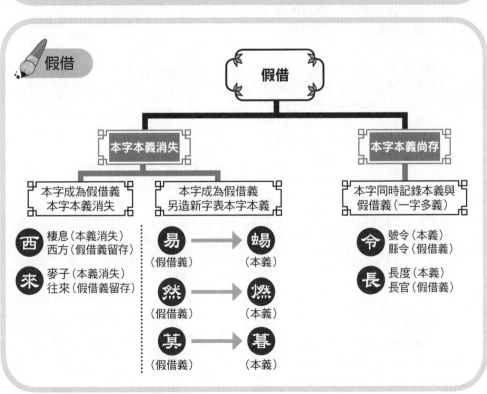

轉注

考、老二字疊韻,共同語義為「年紀大、高壽」,故為轉注。

芳、香二字疊韻,共同語義為「好的氣味」,故為轉注。

假借

UNIT 3-7
象形說明與分類

象形說明與分類

　　許慎〈說文敘〉所提到的象形是「畫成其物，隨體詰詘」，簡而言之，就是直接描繪事物外形的文字。然而這樣的分類過於簡略，未能闡明象形所包含之內容，所以後來學者又將象形細分成不同類型。例如：段玉裁《說文解字注》將象形分為獨體象形和合體象形兩類；王筠《說文釋例》則是將象形分為正例和變例（變例下又分為十類）；朱宗萊《文字學形義學篇》分成純形和合體象形、變體象形三類。

象形分類

　　綜合各家說法與分歧，象形概可分為獨體象形、變體象形、省體象形、合體象形四類。茲分述如下：

　　1. 獨體象形

　　所謂獨體象形，就是直接描繪物體的外形，文字是完整無法分割的字體。這類文字就是象形的正例，或稱為純體象形。獨體象形通常是最早創造的文字，也就是最早的初文。例如：

　　馬，《說文》：「馬，怒也。武也。象馬頭髦尾四足之形。凡馬之屬皆从馬。」

　　目，《說文》：「目，人眼。象形。重童子也。凡目之屬皆从目。」

　　冊，《說文》：「冊，符命也。諸進受於王也。象其札一長一短，中有二編之形。凡冊之屬皆从冊。」

　　2. 變體象形

　　所謂變體象形就是改變獨體象形的筆畫或是位置（多左右相反）而形成的文字。這類文字多與原本獨體象形文字

的字義有關，但需要先知道其演變由來方能聯想其字義。例如：

　　夭，《說文》：「夭，屈也。从大，象形。」案：夭（夭）乃變化大（大）之上方筆畫而成。

　　屮《說文》：「屮，蹈也。从反止。讀若撻。」案：屮（屮）乃變化止（止）之位置而成。

　　3. 省體象形

　　所謂省體象形，就是減省原本獨體象形部分結構而成的文字。這類文字與變體象形相同的是，字義都與原本的獨體象形有關，亦需先知其演變由來，方能聯想其字義。例如：

　　片，《說文》：「片，判木也。从半木。」案：片（片）為木（木）之省體。

　　夕，《說文》：「夕，莫也，从月半見。」案：夕（夕）為月（月）之省體。

　　4. 合體象形

　　所謂合體象形，就是以一個文（獨體象形）為主體，加上不成文的符號，所組合而成的文字。或稱為增體象形。例如：

　　巢，《說文》：「巢，鳥在木上曰巢，在穴曰窠。从木，象形。凡巢之屬皆从巢。」案：巢，小篆作巢，上方結構為「臼」與「巛」。徐鍇《說文繫傳》解釋為：「臼，巢形也；巛，三鳥也。」所以「巢」字是象形「木」字，加上方的巛符號。

　　血，《說文》：「血，祭所薦牲血也。从皿，一象血形。凡血之屬皆从血。」案：血，小篆作血，下方為象形皿字，加上方一短橫畫符號，象徵血的形狀。

象形分類

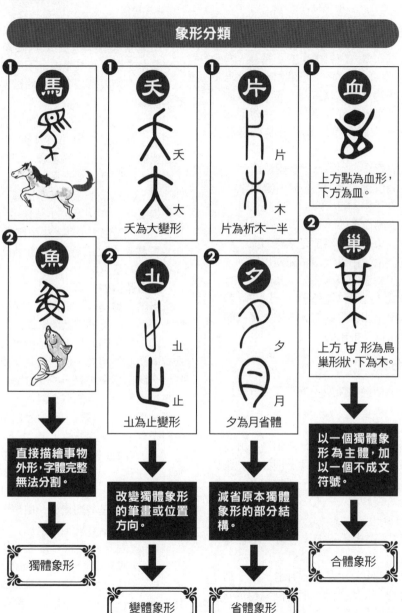

象形分類

① 馬

馬

② 魚

魚

→ 直接描繪事物外形，字體完整無法分割。

→ **獨體象形**

① 夭

夭　天為大變形

夭　大

② 屮

屮　屮為止變形

屮　止

→ 改變獨體象形的筆畫或位置方向。

→ **變體象形**

① 片

片　片為析木一半

片　木

② 夕

夕　夕為月省體

夕　月

→ 減省原本獨體象形的部分結構。

→ **省體象形**

① 血

上方點為血形，下方為皿。

② 巢

上方 形為鳥巢形狀，下為木。

→ 以一個獨體象形為主體，加以一個不成文符號。

→ **合體象形**

UNIT **3-8**
指事說明與分類

指事說明

〈說文敘〉中對指事的定義為「視而可識，察而見意，上下是也。」就是觀看文字的外形可以識別，仔細明察後可知道其字義。許錟輝在《文字學簡編基礎篇》中將指事的事劃分為四個範圍：

1. 表觀念，如「乃」表困難觀念；
2. 表位置，如「上」表所處位置；
3. 表狀態，如「凶」表情況狀態；
4. 表動作，如「入」表所作動作。

由於象形與指事都是獨體的文，兩者容易混淆，由以上指事範圍也可以大致歸納出兩者的差異在於：象形是用直觀的方式，描繪物體外形，所以是具體的；指事是用直覺的方式去表達事義的概念，所以是抽象的。

指事分類

依照結構的類型，指事又可分為以下三類：

1. 獨體指事

所謂獨體指事，就是用線條符號組成一個獨體的文，來表達一個抽象的概念。又稱為「指事正例」。例如：

上，《說文》：「⎤，高也。此古文上，指事也。」案：上，金文字形為 二，以長畫表示基準，短畫表示在此基準之上，所以有上的意思。

八，《說文》：「八，別也。象分別相背之形。」案：八，取其兩者相背的字形，所以有分別之義。

夊，《說文》：「夊，行遲曳夊夊，象人兩脛有所躧也。」案：𠃌 表示人的兩脛，乁 則是象拖行的樣子。

2. 變體指事

所謂變體指事，是以一個獨體的指事文為主體，將其變成上下或左右相反的字形，字義則多與主體的指事文相反。例如：

幻，《說文》：「幻，相詐惑也。从反予。」案：幻（𢆶）為予（𠄔）上下相反之變體。予是相予的意思，幻為相予又不予，所以有詐惑的意思。

乏，《說文》：「乏，《春秋傳》曰：反正為乏。」案：正，小篆作 𠇍，《說文》：「正，是也。」乏，小篆作 𠔿，《說文》解釋為「反正為乏」，所以乏就有「不正」的意思。

3. 合體指事

所謂合體指事，是指一個獨體的文加上一個不成文的符號所形成的文字。與獨體指事不同的是，獨體指事雖然也常有兩個部件組成，但兩者為不成文符號，合體指事中必有一成文符號。合體指事也常與會意字的概念混淆，會意字為兩個以上成文符號，而合體指事組成中則是有不成文的符號。

本，《說文》：「本，木下曰本。从木，一在其下。」案：本是由木與記號一橫筆組成。古文作 𣎳，下方原點即標示位置之符號，後演變成一橫筆。標示樹木之下，所以有根本之義。

𡿧，《說文》：「𡿧，害也。从一雝川。《春秋傳》曰：『川雝為澤凶。』」案：𡿧是由𡿧（川）與一橫筆組成。古文作 𤱊、𡿨，中間一橫筆或一點作為標示阻礙的符號，後演變為一橫筆。河川遇到阻礙會形成災害，所以字義為害。

指事分類

獨體指事

線條符號組成一個獨體的文

例如

八

例如

上

變體指事

一個獨體的指事文為主體,變成上下或左右相反的字形,字義則多與主體的指事文相反。

例如

幻

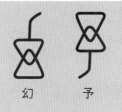

幻　　　予

例如

乏

正　　　乏

合體指事

一個獨體的文加上一個不成文的符號,所形成的文字。

例如

本

例如

牃

會意說明

〈說文敘〉:「會意者,比類合誼,以見指撝。武、信是也。」段玉裁對於會意的解釋為:「會者、合也,合二體之意也,一體不足以具其義,故必合二體之意以成字。……比合人言之誼,可以見必是信字,比合戈止之誼,可以見必是武字,是會意也。會意者,合誼之謂也。」簡而言之,會意就是會合兩個以上的文所形成的字,字義也與所組合的文有關。

會意分類

會意字大致可分為兩大類,一為異文會意,就是會合兩個以上不同形體的文;一為同文會意,是會合兩個以上同一形體的文。茲分述如下:

1. 異文會意

（1）異二文會意

此類文字是由兩個獨體文組成一個新的文字。例如:

信,《說文》:「信,誠也。从人,从言,會意。」案:人說出的言論,所以是誠信的意思。

牧,《說文》:「牧,養牛人也。从攴,从牛。」案:攴有擊打的意思,所以牧為管理牛隻的人。

（2）異三文會意

此類文字是由三個文組成一個新文字,例如:

盥,《說文》「盥,澡手也。从臼、水,臨皿。」案:臼為雙手,所以盥是在器皿中以水洗手。

解,《說文》:「解,判也。从刀判牛角。」

（3）會意加上圖形

這類的文字組成,除了匯集兩個

以上的文之外,另有部分部件是不成文的,有的表示實體物象,有的表示抽象概念,所以魯實先將這類文字稱為會意加象形,以及會意加指事。例如:

爨,《說文》:「爨,齊謂之炊爨。臼,象持甑;冂,為竈口;廾,推林內火。」案:爨,小篆字形作 爨,中間冂象灶門,僅為象物的圖形,並未成文。

畫,《說文》:「畫,界也。象田四界,聿所以畫之。」案:畫小篆作 畫,从聿从田,會意,田四周四畫,示意所畫出的田界,並未成文,為象田界之圖形。

2. 同文會意

（1）同二文會意

此類文字是會合兩個相同的獨體文所形成。例如:

林,《說文》:「林,平土有叢木曰林。从二木。」

炎,《說文》:「炎,火光上也。从重火。」

（2）同三文會意

驫,《說文》:「驫,眾馬也。从三馬。」

轟,《說文》:「轟,羣車聲也。从三車。」

3. 變體會意

所謂變體會意,是改變原本會意字全部或部分位置所成的文字。例如:

北,《說文》:「北,茝也。从二人相背。」案:北,小篆作 ᗇ,為从（ᗇ）之變體。《說文》:「从,相聽也。从二人。」从是兩人方向一致,所以有聽從的意思。北是改變兩人其中一個的方向,成為兩人背對,所以有乖違、違背的意思,也就是「背」字的初文。

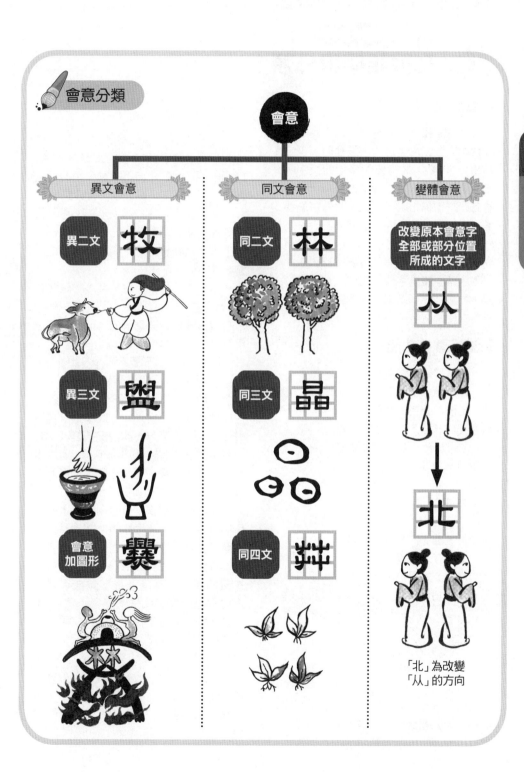

會意分類

會意

異文會意

異二文 牧

異三文 盥

會意加圖形 爨

同文會意

同二文 林

同三文 晶

同四文 茻

變體會意

改變原本會意字全部或部分位置所成的文字

从

北

「北」為改變「从」的方向

UNIT *3-10*
形聲說明與分類 I

形聲說明

〈說文敘〉:「形聲者,以事為名,取譬相成,江河是也。」這裡的「事」為事類,「名」是指標明事類的文字,所以是指「形符」。「譬」則是指可譬喻的聲音來相輔相成。因此,形聲字主要是由形符與聲符組成,通常聲符表音,形符表義。就如「江」、「河」,水為事物類別(形符),工與可為讀音(聲符)。形聲字是整體漢字最大部分,結合聲音與事物類別,可以創造出大量文字,也是最方便的造字法則。

形聲字聲符功能

茲將形聲字聲符的功能分述如下:

1. 單純表音

這類形聲字的聲符只單純標音,不具有任何意思,像狀聲詞「哇」、「咻」(口為形符,圭、休為聲符)等,或是單純記錄事物的讀音「江」、「桐」、「鈾」(水、木、金為形符,工、同、由為聲符),亦或像國家的名稱「鄭」、「邱」(阝即邑,為區域國家的意思,為形符,奠、丘為聲符)等。

2. 表音兼表義

形聲字的聲符除了標音外,還有兼具表義的功能。在《說文》或《說文解字注》中,以下三種釋義方式都表示聲符兼具表義功能:

(1)形聲兼會意

《說文》:「懼,恐也。從心,瞿聲。愳,古文。」段玉裁注:「從心瞿聲。其遇切。五部。愳,古文。昍者,左右視也。形聲兼會意。」案:昍,不僅是標注了懼讀音,也表示了因內心恐懼所

以左右張望的意思。

(2)亦聲

《說文》:「玲,送死口中玉也。從玉,從含。含亦聲。」段玉裁注:「按玲,士用貝,見士喪禮,諸侯用璧,見雜記,天子用玉。從王含,含亦聲。」

《說文》:「憙,說也。從心,從喜,喜亦聲。」段玉裁注:「顏師古曰:喜下施心是好憙之意。音虛記切。從心喜,喜亦聲。」

案:從某從某、從某某,都是會意字的說明方式,後加上「某亦聲」就表示這個形符也帶有聲音的功能,也就是聲符兼義的狀況。

(3)會意包形聲

《說文》:「仰,舉也。從人,從卬。」段注:「舉也。與卬音同義近。古卬仰多互用。從人卬。此舉會意包形聲。」案:聲符兼義的情況,其實就和會意字的形符有表音功能相同,所以不論是會意包形聲,還是亦聲字都可視作聲符兼義的一種。

會意與形聲都是會合兩個以上的文所形成的文字,那麼兩者的差別為何?會意是會合兩個形符,而形聲字會合一個形符與一個聲符。然而,聲符常會有兼義的情形,有學者將這類文字稱為「會意包形聲」或是會意「亦聲」,也就是會意字會合兩個形符時,其中一個形符同時也有表音的作用。《說文》中這類的文字釋為「從某某,某亦聲」,因此,這類文字在分類上就會有分歧,所以有學者提出,會意字為無聲字,凡有聲字者皆歸入形聲來解決這樣的問題。

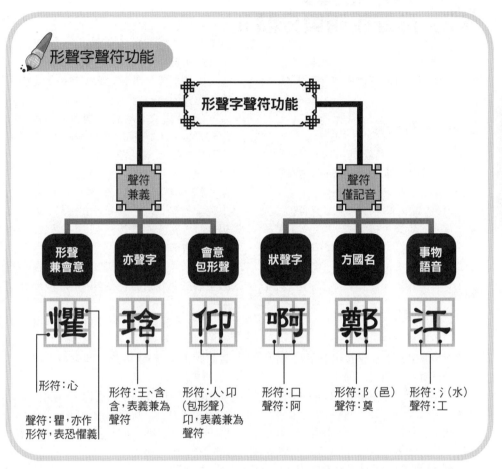

形聲字聲符功能

形聲字聲符功能

聲符兼義
- 形聲兼會意
- 亦聲字
- 會意包形聲

聲符僅記音
- 狀聲字
- 方國名
- 事物語音

懼 — 形符：心／聲符：瞿，亦作形符，表恐懼義

琀 — 形符：王、含 含，表義兼為聲符

仰 — 形符：人、卬（包形聲）卬，表義兼為聲符

啊 — 形符：口／聲符：阿

鄭 — 形符：阝（邑）／聲符：奠

江 — 形符：氵（水）／聲符：工

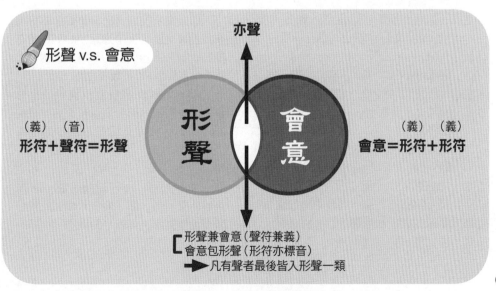

形聲 v.s. 會意

亦聲

形聲

會意

（義）（音）
形符＋聲符＝形聲

（義）（義）
會意＝形符＋形符

形聲兼會意（聲符兼義）
會意包形聲（形符亦標音）
➔ 凡有聲者最後皆入形聲一類

UNIT *3-11*
形聲說明與分類 II

圖解文字學常識與漢字演變

形聲字可以用組成結構及數目來歸類，大致可以分成正例與變例兩大類，茲分述如下：

正例（一形一聲）

形聲字的正例就是一形一聲的組合，即一個形符加上一個聲符，多數的形聲字都是這樣的組合。例如：

清，《說文》：「清，朖也，澂水之皃。从水，青聲。」

楷，《說文》：「楷，木也，孔子冢蓋樹之者。从木，皆聲。」

變例

1. 多形

形聲字的組合大多是一形一聲，然少數形聲字是結合兩個以上的形符，再加上一個聲符的情況。例如：

梁，《說文》：「梁，水橋也。从木，从水，刅聲。」（二形一聲）

陳，《說文》：「宛丘，舜後媯滿之所封。从𨸏从木，申聲。」（二形一聲）

寶，《說文》：「寶，珍也。从宀，从王，从貝，缶聲。」（三形一聲）

疑，《說文》：「惑也。从子、止、匕，矢聲。」（三形一聲）

尋，《說文》：「尋，繹理也。从工，从口，从又，从寸。工、口，亂也；又、寸，分理之。彡聲。」（四形一聲）

2. 多聲

此類形聲字具有兩個聲符。

竊，《說文》：「竊，墜也。从韭，次、朿皆聲。」（一形二聲）

竊，《說文》：「竊，盜自中出曰竊。从穴从米，禼、廿皆聲。廿，古文疾。禼，古文偰。」（二形二聲）

3. 省聲

此類形聲字是省略原本聲符部分結構，再與形符組合而成。

醤，《說文》：「醤，酬也。从酉，𤔔省聲。」案：聲符「𤔔」省略「火」，留下「𤉈」與形符「酉」組合而成「醤」。

範，《說文》：「範，軷也。从車，笵省聲。讀與犯同。」案：範是聲符「笵」省略「氵」，留下「竹」與「車」組合而成範。

4. 省形

此類文字是形聲字的形符，省略原本形符部分結構，再與聲符組成形聲字。

氂，《說文》：「氂，彊曲毛，可以箸起衣。从犛省，來聲。」案：形符「犛」省略「牛」，留下「𠩵」與聲符「來」組合成氂。

弒，《說文》：「臣殺君也。《易》曰：『臣弒其君。』从殺省，式聲。」案：形符「殺」省略「殳」留下「𣪠」，與聲符「式」組合而成。

5. 亦聲

如上文所提到，部分形聲字的聲符兼具表義功能，或是會意字的形符帶有標音功能，這類文字的形符具備兩種性質（形符與聲符），故獨立為一類。

除了用形聲字組合結構數目來分類外，亦有部分學者是以形符與聲符的位置來分，較常見的是分為左形右聲（佑、指、瞄）、右形左聲（鄭、彰、刎）、上形下聲（宥、草、巖）、下形上聲（怨、照、梁）、外形內聲（圃、圍）、內形外聲（悶、聞、問）六類。此種分類亦可作為歸納形聲字的方法。

形聲字組成結構

●＝形符　□＝聲符

一形一聲

水 ＋ 青 ＝ 清

二形一聲

𡊊 ＋ 土 ＋ 東 ＝ 陳

三形一聲

宀 ＋ 貝 ＋ 王 ＋ 缶 ＝ 寶

二形二聲

穴 ＋ 米 ＋ 廿 ＋ 卤 ＝ 竊

UNIT 3-12
轉注說明與分類 I

圖解文字學常識與漢字演變

轉注說明

　　〈說文敍〉對於轉注的說明為「建類一首，同意相受，考老是也。」簡而言之，就是同一語根的文字，字義相近可互相解釋。然而，由於許慎對於轉注的說明過於簡略，所以後來學者對轉注就有不同看法，例如光是「建類一首」的「類」就有「形類」、「義類」及「聲類」三者不同，至於如何形成「同意相受」又有許多不同的見解。大致可以分為下列幾種說法。

轉注學說類型

1. 形轉說

　　所謂形轉說，著重在兩字字形之間的關聯，以文字形體結構來看，將文字形體正反倒轉互用是為轉注。持這種說法的有唐代裴務齊《切韻・序》、元代戴侗《六書故》、元代周伯琦《六書正訛》。例如裴務齊《切韻・序》就提出：「考字左回，老字右轉，以文有正背、乃轉形互用，展轉附注。」此類說法即為形轉說。

2. 聲轉說

　　所謂聲轉說，是著重在兩字的字音與字義的關聯。兩字先有聲音之關係，再加上字義也能互相解釋即為轉注。這類說法以章太炎為代表。章太炎在其《國故論衡・轉注假借說》中提到：「字之未造，語言先之矣，以文字代語言，各循其聲，方語有殊，名義一也。其音或雙聲相轉，疊韻相迤，則為更制一字，此所謂轉注也。……何謂建類一首，類謂聲類……古者類律同聲，以聲韻為類，猶言律矣，首者，今所謂語

基。」章太炎所說「建類一首，同意相受」就是指建立相同聲韻關係，找出其中的語基，只要具備這個語基的文字，就可以相互解釋，這就是轉注。這類轉注建立在聲音關係上，所以不管形符是否為同一部首，都可轉注。章太炎又將文字的聲音關係分成三類：

聲轉說的類型

（1）雙聲

　　《說文》：「逆，迎也。从辵，屰聲。關東曰逆，關西曰迎。」《說文》：「迎，逢也。」段注：「逆迎雙聲，二字通用，如禹貢逆河，今文尚書作迎河是也。……方言：逢逆迎也。」案：逆與迎兩字聲母均疑母字，兩字為雙聲轉注。

（2）疊韻

　　《說文》：「老，考也。七十曰老。从人、毛、匕。言須髮變白也。」

　　《說文》：「考，老也。从老省，丂聲。」

　　案：考、老古音均在第三部，兩字為疊韻轉注。

（3）同音

　　《說文》：「否，不也。从口，从不，不亦聲。」《說文》：「不，鳥飛上翔不下來也。从一，一猶天也。象形。」段注：「不者，事之不然也。否者，說事之不然也。故音義皆同。」案：不與否兩字聲韻皆同，為同音轉注。

　　有學者認為章太炎聲轉說與後來同源詞概念相同，這些可轉注的文字，應來自同一個語源，後來因為各地方言不同造出不同文字，而轉注就是利用聲音的線索，以及相同的字義，將這些不同形體的文字匯聚起來。

建「類」一首之類別說法

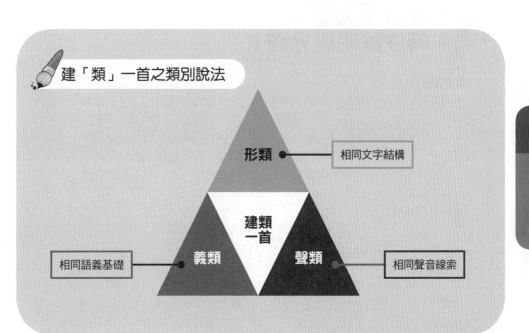

形類 ●———— 相同文字結構

建類一首

相同語義基礎 ————● 義類　　聲類 ●———— 相同聲音線索

聲轉說的聲音條件

聲轉說

同音		雙聲		疊韻	
否，不也	不，鳥飛上翔不下來也	更，改也	改，更也	老，考也	考，老也
方久切	方久切	古孟切見母十部	古亥切見母一部	盧皓切來母三部	苦浩切溪母三部

UNIT 3-13
轉注說明與分類 II

圖解文字學常識與漢字演變

3. 義轉說

所謂義轉說就是著重在詞彙語義關係的聯繫。「建類一首」的「類」是指義類，「首」則是個相同的語義核心，「同意相受」就是指同樣具備這個語義核心的詞彙就可以互相解釋。義轉說又可以分為三種類型：

義轉說的類型

（1）互訓

清戴震〈答江慎修先生論小學書〉提出「轉注」就是「互訓」。他說「震謂考老二字，屬諧聲會意者，字之體；引之言轉注者，字之用。轉注之云，古人以其語言立為名類，通以今人語言，猶曰互訓云爾。轉相為注，互相為訓，古今語也。」段玉裁於〈說文敘〉「轉注」的注中說：「建類一首，謂分立其義之類而一其首，如《爾雅・釋詁》第一條說『始』是也。同意相受，謂無慮諸字，意恉略同，義可互受，相灌注而歸於一首，如初、哉、首、基、肇、祖、元、胎、俶、落、權輿，其於意或近或遠，皆可互相訓釋，而同謂之始是也。」又在〈古異部轉注假借說〉中提到轉注當以義為主，他說「轉注以義為主，同義互訓也。作字之始，有音而後有義，不外乎音，故轉注亦主音。」

（2）部首

這一派主要以南唐徐鍇與清代江聲為代表。清代江聲在《六書說》中提出，轉注就是建立一字為部首，此部中的文字都有相同語義基礎，所以為「同意相受」。他說：「老字以為部首，所謂建類一首……凡與老同意者，皆从老省而屬老。只取一字之意以概數字，所謂同意相受。」部分學者將部首歸入形轉說當中，是因為以部首的形體為「首」，將具備這一部首的文字都歸為同一「形類」。由於漢字有「藉形表義」的特色，所以這些部首（形符）就等於一個語義核心，歸入這部首的文字，不僅具有相同的形符，也具有相同的語義。例如：木部的字都與木有關，而目部的字也都與眼睛相關。因此，這裡將「部首」歸入義轉說當中。

（3）形聲

這派學者是利用形聲偏旁作為轉注的核心概念。代表學者為鄭珍、鄭知同。鄭知同於《說文淺說・轉注》中提到「蓋當文字少時，一字有數字之用，久之，患其無別，於字義主分何事，即以何字注之。……此等字，尋常視之，只是形聲。……形聲字以形旁為主，一形可造若干字，但各取聲旁配之；轉注大相別，字以聲旁為主，一字分為若干用，但各以形旁注之。轉注與形聲，事正相反，而實相成。」

這類轉注的概念接近形聲字，形聲字是先有語音（聲符，作為聲母）再加上不同語義（形符）做為區別，而這類轉注概念也是以聲符作為語音與語義的基礎（聲母），然後可以聯繫起加上不同形符的文字（聲子）。

不論是聲轉說還是義轉說，都是在聯繫文字聲音與語義的關係，只是聲轉派先強調兩字聲韻的關係，再加上語義的聯繫。義轉派則是運用同義詞的概念，先匯聚具有共同語義核心的文字，再從中找到語音線索。因此，即便是段玉裁認為轉注是以語義聯繫為主，但也提到不可忽略聲音關係。簡而言之，聲轉派及義轉派均重音義兩者之關係。

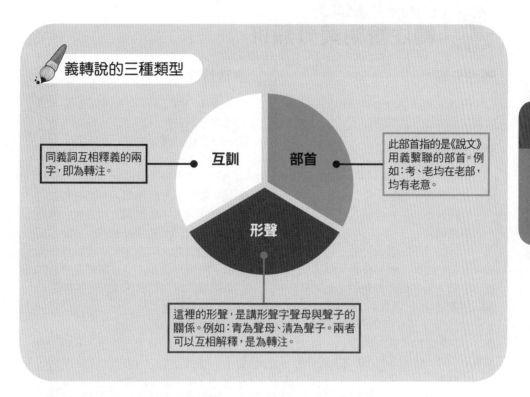

義轉說的三種類型

同義詞互相釋義的兩字,即為轉注。

互訓　部首

此部首指的是《說文》用義繫聯的部首。例如:考、老均在老部,均有老意。

形聲

這裡的形聲,是講形聲字聲母與聲子的關係。例如:青為聲母、清為聲子。兩者可以互相解釋,是為轉注。

互訓為轉注的說法

根據段玉裁說法,哉、初、基雖是不同事物的開始義,但因為都有「始」義,所以可以互相解釋。他認為轉注就是這樣。

裁草木之**始**

初裁衣之**始**

基築牆之**始**

始

UNIT 3-14
轉注說明與分類 III

轉注分類

轉注大致可以分為轉注正例以及廣義轉注兩大類。茲說明如下：

轉注正例

轉注正例又可以分為「同音」、「雙聲」及「疊韻」三類。

1. 同音
倚依轉注

《說文》：「倚，依也。从人，奇聲。」《說文》：「依，倚也。从人，衣聲。」案：兩字均「於稀切」為同音。

諆欺轉注

《說文》：「諆，欺也。从言，其聲。」《說文》：「欺，詐欺也。从欠，其聲。」案：兩字均「去其切」為同音。

2. 雙聲
琱琢轉注

《說文》：「琢，治玉也。从玉，豕聲。」《說文》：「琱，治玉也。一曰石似玉。从玉，周聲。」段注：「按琱琢同部雙聲，相轉注。」案：琢，讀音為竹角切，琱，都寮切，兩字古聲母均為端母。故琢琱雙聲。

龍龗轉注

《說文》：「龍，鱗蟲之長。……从肉，飛之形，童省聲。」《說文》：「龗，龍也。从龍，靈聲。」段注：「雙聲轉注。」案：龍，力鍾切，龗，郎丁切，兩字古聲均為來母。故龍龗雙聲。

3. 疊韻
完全轉注

《說文》：「完，全也。从宀，元聲。」《說文》：「仝，完也。从入，从工。」案：完，胡官切，仝，疾緣切，兩字上古韻均為元韻。故完全疊韻。

廣義轉注

廣義的轉注即訓詁學中的互訓，也就是段玉裁對轉注的看法。他說「五曰轉注，建類一首，同意相受。考、老是也。學者多不解。戴先生曰：老下云考也，考下云老也。此許氏之恉，為異字同義舉例也。一其義類，所謂建類一首也。互其訓詁，所謂同意相受也。考老適於許書同部，凡許書異部而彼此二篆互相釋者視此。如塞窒也、窒塞也、但裼也、裼但也之類。」這類轉注分為同部（部首）轉注與異部（部首）轉注。

1. 同部轉注
蘇荏轉注

《說文》：「蘇，桂荏也。从艸，穌聲。」《說文》：「荏，桂荏，蘇。从艸，任聲。」案：兩字均艸部。

韠韍轉注

《說文》：「韠，韍也。……从韋，畢聲。」《說文》：「市，韠也。……韍，篆文市从韋，从犮。」案：兩字均韋部。

2. 異部轉注
醻餟轉注

《說文》：「醻，餟祭也。从酉，孚聲。」《說文》：「餟，祭醻也。从食，叕聲。」案：醻在酉部，餟在食部，與醊同。醻、餟、醊語義為祭祀時灑酒於地，故兩者可為轉注。

恥辱轉注

《說文》：「恥，辱也。从心，耳聲。」《說文》：「辱，恥也。从寸在辰下。」案：恥在耳部、辱在辰部。

但裼轉注

《說文》：「但，裼也。从人，旦聲。」《說文》：「裼，袒也。从衣，易聲。」案：但在人部、裼在衣部。

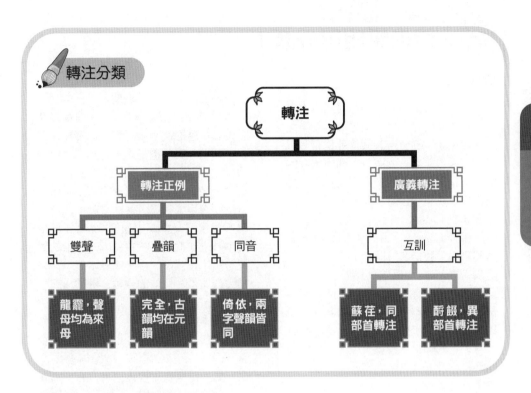

轉注分類

轉注

轉注正例　　　　　　　　　　　　廣義轉注

雙聲　　　疊韻　　　同音　　　　　　　互訓

龍龗，聲母均為來母　　完全，古韻均在元韻　　倚依，兩字聲韻皆同　　蘇茬，同部首轉注　　爵饌，異部首轉注

轉注、假借說分明

同一個語源（音義相同或相近），因時地不同造出不同形的文字，轉注是用來串連這些語源相同的文字，所以 **轉注是多字一義**。
假借則與轉注相反，古人將語言中只有音義沒有字形的文字，寄託在同音字的形體，這就是假借。而這個被借用的字形就有兩個以上意義，所以 **假借是一字多義**。

UNIT **3-15**
假借說明與分類 I

假借說明

〈說文敘〉中對假借釋義為「本無其字，依聲託事，令長是也。」就字面上意思來說，許慎所謂假借就是有些只具有音義但無字形的語言，利用聲音的關係，找到另一個字形來寄託音義。如此就變成了同一個文字具有兩個音義的現象，此即為假借。許慎以「令」及「長」作為例子。「令」原本是發號施令的意思，假借為「縣令」；「長」原本是久遠的意思，也假借做「縣長」之義。

部分學者認為，「令」、「長」兩個例子，其實是本義與引申義的關係，所以提出假借除了聲音關係外，還必須具有意義上的聯繫，戴震、段玉裁就持此種觀點。段玉裁在〈說文敘〉的注中提到「令之本義發號也，長之本義久遠也，縣令縣長本無字，而由發號久遠之義，引申展轉而為之。」另一部分的學者則認為假借只需聲音關係，毋須意義的引申。例如：戴侗在《六書故》說：

所謂假借，義無所因，特藉其聲，然後謂之假借。

但從《說文》中假借的例子部分屬有語義關係，部分則無這點來看，意義的關聯與否可能非許慎所考慮，只要聲音相關，就可以寄託一個新的語義。

假借分類

至於假借的分類，段玉裁在〈說文敘〉的注中也提出「假借三變」的說法，他說：

大氐假借之始，始於本無其字；及其後也，既有其字矣，而多為假借；又其後也，且至後代訛字亦得自冒於假借，博綜古今，有此三變。

這三種假借是段玉裁從《說文》中所歸納出來的假借類型。第一種就是「本無其字，依聲託事」，就是有些語言沒有對應的文字字形，所以寄託在別的字形上；第二種是「本有其字，但仍假借」，這類是本來這些語言就有其對應的文字，但是人們在使用時候，還是會以同音字來替換，這種文獻上同音字借用的情況又稱為「通假」；第三種是訛字被當作假借字，在《說文》中的情況是用了錯誤的文字來解釋本義，後來被當作假借。假借的分類，應當以前兩者為主，茲分述如下。

1. 本無其字的假借

本無其字的假借是指某一語言（音義）利用同音的關係，借用既有的文字形體，這個借用字後來也沒有另造新字。這類型還可分為兩類，一為假借後，原本文字本義消失，只留下假借義；一為本義與假借義並存。

（1）本義消失，只留下假借義。

這類文字有原本的形音義，但被假借後，原本字義就漸漸消失，後來僅存假借義。例如：

鮮，《說文》：「鮮，魚名，出貉國。從魚，羴省聲。」段注：「經傳乃叚為新鱻字，又叚為尟少字，而本義廢矣。」案：鮮原本是魚名，後來被假借為新鮮及鮮少的意思後，本義魚名就消失了。

配，《說文》：「酒色也。從酉己聲。」段注：「本義如是，後人借為妃字，而本義廢矣。妃者，匹也。」案：配本義為酒色，假借為妃（匹配）的意思後，本義就消失了。

段玉裁「假借三變」

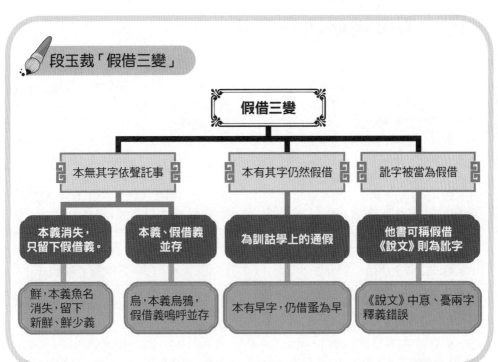

```
                        假借三變

        ┌────────────────┼────────────────┐
   本無其字依聲託事      本有其字仍然假借    訛字被當為假借

   ┌──────┬──────┐           │              │
本義消失，  本義、假借義   為訓詁學上的通假   他書可稱假借
只留下假借義。  並存                        《說文》則為訛字

鮮,本義魚名   烏,本義烏鴉,  本有早字,仍借   《說文》中叟、憂兩字
消失,留下    假借義嗚呼並存  蚤為早          釋義錯誤
新鮮、鮮少義
```

假借、通假說分明

假借	通假
文字學中指用同音或音似字的形體寄託新的語言	訓詁學中指用同音或音似字代替本字
本無其字,依聲託事	本有其字,仍多假借

UNIT **3-16**
假借說明與分類 II

（2）本義與假借義並存。

這類文字亦有原本形音義，只是被假借後，原本字義也還在使用，形成同一字形具有兩個字義，也就是前文所說，就後來使用情況來看，假借是一字多義的情況。例如：

烏，《說文》：「烏，孝鳥也。象形。孔子曰：『烏，呼也。』取其助气，故以為烏呼。凡烏之屬皆从烏。」案：烏字後仍具有兩個字義，一為本義孝鳥，一為假借義烏呼。

姑，《說文》：「姑，夫母也。从女，古聲。」段注：「姑之字叚為語詞，卷耳傳曰：姑，且也。從女古聲。古胡切。五部。」案：「姑」原為丈夫母親的意思，假借為語詞「且」，成為「姑且」意。後來「姑」就有兩義，一為本義「夫母」，一為假借義「姑且」。

令，《說文》：「令，發號也。从亼、卪。」段注：「發號也。號部曰：號者：嘑也。口部曰：嘑者，號也。發號者，發其號嘑以使人也。」案：「令」假借為「發號施令的人」之義。現「令」本義「發號」與假借義「號令者」並存。

2. 本有其字，但仍假借

這類假借如同前文所言，多是古人寫作時常以同音字替換，兩字原本都有其形音義，只有在假借時，兩字字義才會相同，或稱之為「通假」。例如：

何與荷

荷，《說文》：「荷，芙蕖葉。从艸，何聲。」何，《說文》：「何，儋也。从人，可聲」徐鉉注：「儋何即負何也，借為誰何之何。今俗別作擔荷。」

案：「何」原本就是負擔的意思，經典中常將「負何」寫成「負荷」，例如：《左傳》中有「其父析薪，其子弗克負荷」，所以「荷」除「芙蕖葉」的植物義外，就多了假借義「負擔」。荷與何是同音假借。

早與蚤

早，《說文》：「早，晨也。从日在甲上。」段注：「晨者，早昧爽也。二字互訓，引申為凡爭先之俦。……從日在甲上。甲象人頭，在其上則早之意也。易曰：先甲三日。子浩切。古音在三部。」

蚤，《說文》：「蚤，齧人跳蟲。从蚰，叉聲。叉，古爪字。蚤，或从虫。」段注：「齧，噬也，跳躍也。……子皓切。古音在三部。……經傳多叚為早字。」

案：蚤在文獻中常假借為早，例如：《孟子・離婁下》：「蚤起，施從良人之所之。」所以蚤有兩義，一為本義咬人的跳蟲、一為假借義早晨。早與蚤雙聲疊韻，為同音假借。

後與后

後，《說文》：「後，遲也。从彳幺夊者，後也。遙，古文後从辵。」

后，《說文》：「后，繼體君也。象人之形。施令以告四方，故厂之，从一、口。發號者，君后也。」段注：「釋詁、毛傳皆曰：后，君也。許知為繼體君者，后之言後也。開剙之君在先，繼體之君在後也。……蓋同用孟易，經傳多假后為後。大射注引孝經說曰：后者，後也。此謂后即後之假借。」

案：后在文獻中常假借為後的意思。例如《禮記・大學》：「知止而后有定。」因此，后本義為君王，假借義為時間較晚（後）的意思。兩字雙聲疊韻，為同音假借。

本無其字的假借

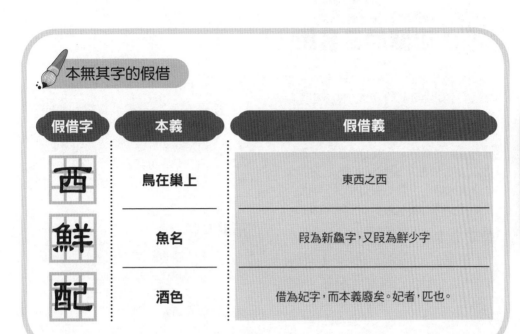

假借字	本義	假借義
西	鳥在巢上	東西之西
鮮	魚名	叚為新鱻字，又叚為鮮少字
配	酒色	借為妃字，而本義廢矣。妃者，匹也。

本有其字的假借

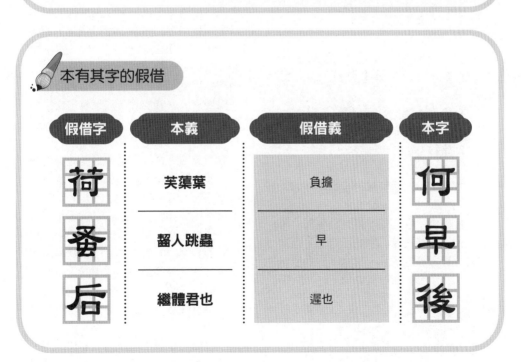

假借字	本義	假借義	本字
荷	芙蕖葉	負擔	何
蚤	齧人跳蟲	早	早
后	繼體君也	遲也	後

UNIT 3-17
唐蘭的三書說

除了六書的分類外,唐蘭的三書亦是文字學中重要的分類方式。唐蘭認為,六書觀念中有許多無法釐清與矛盾的部分,因此,在《古文字學導論》提出一個新的系統,也就是三書說。他將文字分為象形、象意、形聲三類,象形、象意是上古期的圖畫文字,形聲文字是近古期的聲符文字。茲分述如下:

象形文字

唐蘭所謂的象形文字,就是可以直接的從文字形體了解該字的意思,包含了傳統六書中表示名詞的象形文字及少數指事字。這一類的文字藉由描繪事物的形貌來記載文字,必須具備三個條件

1. 一定是獨體字;

2. 一定是名字;

3. 一定在本名之外,不含別的意義。

此類象形文字照其分法,又可分為:

1. 象身:屬於人身形體,例如:「人」、「目」、「口」等字。

2. 象物:包含自然界一切物體,例如:「山」、「火」、「水」等字。

3. 象工:人類智慧的產物,例如:「弓」、「衣」、「刀」等字。

4. 象事:唐蘭認為鄭樵將象貌、象數、象位都歸入象形字是正確的。因為虛名與實名都是象形,其中的界限很難區分,就像方形的口是虛象,井字跟田字是實象。這類文字有:「上」、「下」、「一」、「二」等字。

象意文字

所謂象意文字,是圖畫文字的主要部分,與象物不同的是,無法一眼看出字義,而是需要經過思考之後,才能了解其中的意思。這部分的文字包含了合體象形字、會意字與指事字大部分。例如:「大」、「休」、「立」、「見」。

形聲文字

唐蘭所謂的形聲字與傳統六書中的形聲大致相同。主要是由原有的圖畫文字聲化而來。圖畫文字成為聲符後,再加上區別的偏旁,就成為了形聲字。

唐蘭的三書取消了轉注、假借,若從造字的角度來看,可以理解轉注與假借是兩種用字的方法,所以只留下四種造字法。對於三書的說法,他認為:「象形、象意、形聲,叫做三書,足以範圍一切中國文字。不歸於形,必歸於意,不歸於意,必歸於聲。形意聲是文字的三方面,我們用三書來分類,就不容許再有混淆不清的地方。」然而,將傳統六書中的四書打散,依照形音義重新分配,並未如唐蘭本身所說的不容許再混淆不清,仍然存在某些無法劃分的文字,例如:「雨」,從定義上來看是獨體字、也是名字、亦不具備其他字義,屬於象形文字中的第二類——象物。唐蘭在《古文字學導論》上編中歸入象形文字,但在上編《正訛》中又改成象意文字。可見某些文字還是會有混淆不清之處。

唐蘭三書說建立新的文字學分類,但還是有其不足,因此,後來陳夢家與裘錫圭就立足於唐蘭的基礎,修正與提出新的三書說法。

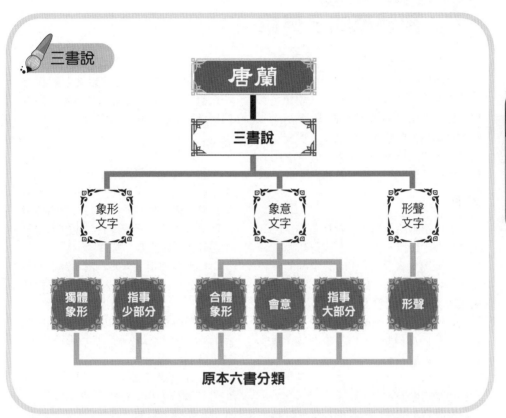

三書說

原本六書分類

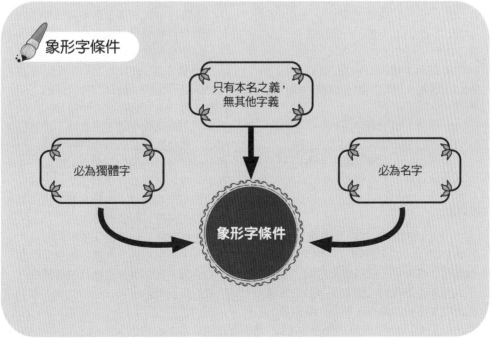

象形字條件

UNIT 3-18
陳夢家的三書說

唐蘭的三書說存在文字分類不清的問題，陳夢家在《殷墟卜辭綜述》中保留了唐蘭的「象形」與「形聲」兩類名稱，刪除「象意」，新增「假借」，提出新的三書為「象形」、「假借」、「形聲」三種基本類型。除了名稱上略有不同外，內容亦有出入，茲分述如下：

象形

陳氏所謂的象形是「包括了許慎所說的象形、指事、會意，也就是班固的象形、象事、象意」，亦即將唐蘭的象形與象意合併。由於象形包含的範圍很廣，所以陳氏又將象形分成：

1. 抽象：如「一」、「二」、「三」表示任何東西的數量，「小」象沙粒，所以有微小的意思。。

2. 省易：如「隹」、「人」是鳥和人形體簡略的樣子。

3. 分合：如「行」象通衢，分之為「彳」；用「彳」（表示路）、「止」（表示走），合併為「辵」，意思就為「行路」。

4. 指示：如「刃」指刀鋒、「甘」指口中含物，用點指明要強調的部分及意思。

5. 會合：如二木為「林」、「犬」和「自」（鼻）為「臭」。

這類型是文字發展的第一階段，主要是用來分析文字的形旁。

假借

這一類的假借主要是許慎所說的「本無其字，依聲託事」，此類假借是無本字的借用字，因為聲音相同，而將不同語義寄託在同一個文字字形上。陳氏認為文字的字義有三種，一為本義、

一為引申義，一為假借義，凡假借字只能有假借義。陳氏將這類文字視作聲符，也是後來形聲字發展的基礎，所以假借是文字發展第二階段。

形聲

有了表意的象形字以及表聲的假借字之後，就可以組合出更多的漢字。傳統六書的形聲是指形符與聲符兩者所組合而成的文字。而陳氏將《說文》中的「形聲相益謂之字」解釋成：

1. 形與聲相益：如「羽」為羽毛象形字，假借為明日之昱（聲符），再加上形符「日」成為「翌」。

2. 形與形相益：如「启」是用手開戶的象形，引申為天晴，再加形符「日」為「啓」。

3. 聲與聲相加：如「羽」假借為「昱」（聲符），再加聲符「立」為「翊」（仍作「昱」用）。

這階段就是利用象形字與假借字所形成的形符與聲符互相組合，成為形聲字。這類型是文字發展的第三個階段。

陳夢家認為象形、假借與形聲並非三種造字法則，而是文字發展的三個過程。他說：「漢字從象形開始，在發展與應用的過程中變作了音符，是為假借字；再往前發展而有象形與假借之增加形符與音符的過程，是為形聲字。形聲字是漢字發展的自然的結果。」陳氏之音符即所謂聲符，象形因假借而成聲符，再加形符，即成形聲字。

陳夢家的三書未納入傳統六書中的轉注，主要是用漢字發展過程來說明文字的分類，後來裘錫圭據其三書說提出了新的修正與說法。

陳夢家的〈三書說〉是文字發展的三個過程

* 將唐蘭的象形與象意合併，傳統六書中的象形、指事、會意及無聲符轉注字歸入。
* **文字發展的第一階段**

* 無本字的借用字，這類文字視作聲符，也是後來形聲字發展的基礎。
* **文字發展第二階段**

* 先找到符合語言的聲符（假借字），為了區別字義再加上形符（象形字），就可造出一個新的文字（形聲字）。
* **文字發展第三階段**

三書說分合與演變

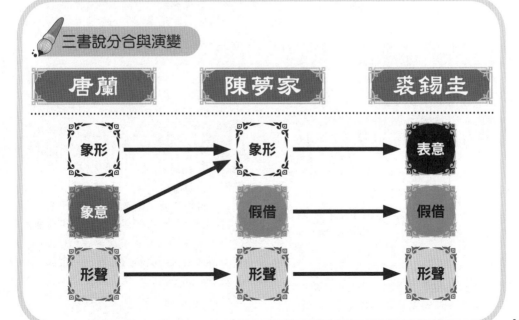

UNIT *3-19*
裘錫圭的三書說

裘錫圭在《文字學概論》中也提出三書，學說大致與陳夢家相同，但改變象形名稱為表意，並在每類型中做更細緻的分類。他提出：「三書說把漢字分成表意字、假借字和形聲字三類。表意字使用意符，也可以稱為意符字。假借字使用音符，也可以稱為表音字或音符字。形聲字同時使用意符和音符，也可以稱為半表意半表音或意符音符字。」關於裘氏的三書說簡單分述如下：

表意字

這一類是陳夢家分類中的象形字，只是裘式認為這樣的名稱更符合此類文字的內容。主要包含了六書中的象形、指事與會意。由於表意字內容龐雜，所以在這類中裘氏又分為：

1. 抽象字： 這類文字由抽象形符號組成，數量不多，如：一、二、方等。

2. 象物字： 這類文字象徵某些實物，即六書中大部分象形字，例如：日、月、虎、魚、人等字。

3. 指示字： 這類文字由象徵實物的文字加上指示符號來示意。例如：本、刃、亦等字。

4. 象物字式的象事字： 這類文字與象物字相同，都是描繪事物形態，兩者不同在於這類文字則是表示「事」（事的屬性、狀態、行為等），象物字是「物的名稱」。這類文字出現時間很早、數量少。例如：又、矢等字。

5. 會意字： 這類文字結合兩個意符來表達全新語義。這類數量很多，情況也較複雜，又分為六類。例如：宿、正、見、林、劣等字。

6. 變體字： 變體字是改變原來文字方向或增減筆畫成為新的文字。例如：片（省木字一半）、爿（為片反寫）。

假借字

裘氏的假借範圍可分為以下三種：

1. 無本字假借： 有些詞只用假借字形，並沒有另外造新字。例如：虛詞「其」、「之」。

2. 本字後造的假借： 有些詞原本用假借字表示，後來為它造了新字。例如：「蜈蚣」、「鵠鶬」、「徜徉」等。這類文字很多都是用假借的字形作為音符，為了表達類型再加上相關意符，形成後造的新字。

3. 本有本字的假借： 這類假借是指有些詞即使已有本字，還是會用假借字。部分假借字甚至最後還取代了本字的意義。例如：耑／端（端，本為端正意思，後來假借為耑的開始字義，進而取代耑）；毬／球（球本意為美玉，毬即皮球意，後來假借球為毬，進而取代毬）。這一類假借就是所謂的通假。

不論是陳夢家或是裘錫圭，他們都是將假借看做記錄文字的音符。

形聲字

裘氏認為最早形聲字是通過在假借字（音符）上加注意符或在表意字上加注音符而產生。後來形聲字大量出現，音符記音、意符表義，透過兩者結合創造大量文字。例如：鷄（奚為音符記錄語音，鳥為意符代表種類）、裘（求為音符，衣為意符）等。

三書說主要是因應古文字的研究，但對於文字分類還是存有問題。裘氏還提出「不能納入三書的文字」，由此可知，不論是三書還是六書皆不能含括全部漢字情況。因此，現今談論文字分類還是多以六書為基本分類觀念。

○○▷卪 圖解文字學常識與漢字演變

裘錫圭的三書說

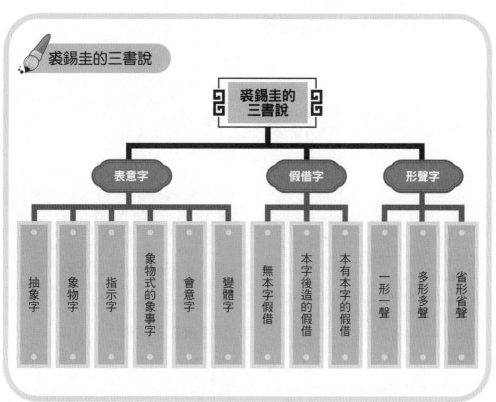

不能納入三書的文字

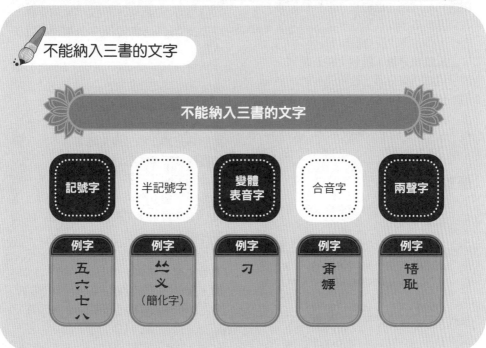

UNIT 3-20 部首的分類概念

漢語工具書檢索方式

研究文字時必須將文字有系統的整理歸納，並建立索引，才能方便後續工作進行。歷代字韻書中常見的分類方式大概可以分為以下三種：

1. 以義分類：以義分類就是以事物類別來分類，也就是類似後代的百科分類概念，如：《爾雅》，全書分為十九章，前三章主要是訓釋古今方言，用常用詞來解釋古代及各地方言中相同的事物；後十六章則是針對不同名物解說，辨析這些名物的同異。

2. 以聲分類：這類是指用文字的聲韻分類，也就是歷代韻書的分類方式，這些書籍依其韻次排列，例如《廣韻》、《集韻》兩書，全書先分出平、上、去、入四聲，再依照兩百零六韻的次第排列。以現代辭書編輯來說，就是以音序排列，例如《重編國語辭典修訂本》等網路辭典，就有音序檢索，將文字依照ㄅㄆㄇㄈ等注音符號歸類。

3. 以形分類：這類字書是依照文字的形體結構來分類，也就是我們所熟知的部首分類，例如《說文解字》、《類篇》等。這些字書依照共同構字的部件分類，以《說文解字》為例，「果」、「松」、「桐」構字部件有「木」故歸入「木部」。

部首分類觀念

部首分類觀念可以從兩方面來看，一是從學理方面，部首是文字學家依照文字演變的脈絡與字義的聯繫，整理出的文字系統；一是從使用者的角度出發，為了方便讀者查詢到文字，整理出最快速的檢索方式。由於目的的不同，歷代在整理文字的時候，也就有了不同的觀念與方法。因此，如何有效率及有系統的整理、分類漢字，就變成了從古到今文字學家與字書編輯者最重要的任務。

何謂部首

所謂「部首」是將文字依字形結構拆解之後，將具有相同形體結構的文字分部排列，而這個相同的結構就稱為「部首」。例如：「思」(田＋心)、「志」(士＋心)、「念」(今＋心)，這些文字具有的相同結構為「心」，因此，「心」就成為「部首」，而這些具有相同結構的文字就是所謂「部屬字」。

漢字部首的演變

部首起源很早，目前可見最有系統的當屬漢代許慎的《說文解字》。《說文》依照文字的形體與字義，將9353字分為五百四十部首。文字除本身外，只要還有其他文字以此字為構件，就獨立為一個部首。例如：「口」、「吅」、「品」在今日同為「口」部，然在《說文》中分為三個，因為以「吅」構字的有「吅、嚴、咢、單」等字。「品」字下則有「喦、喿」等字。魏晉南北朝，顧野王雖然在文字分部觀念與《說文解字》不同，但仍維持差不多的部首數目。

到了明代，部首出現重大變革，梅膺祚《字彙》整併《說文解字》與《玉篇》的部首，將可以歸入同一部首的文字合併，例如：「吅」、「品」併入「口」部；「羴」併入「羊」部；「㠭」併入「工」部等。經過如此整併，部首減少為214部，後來的《正字通》、《康熙字典》，乃至今日字典編輯也多採用214部首。

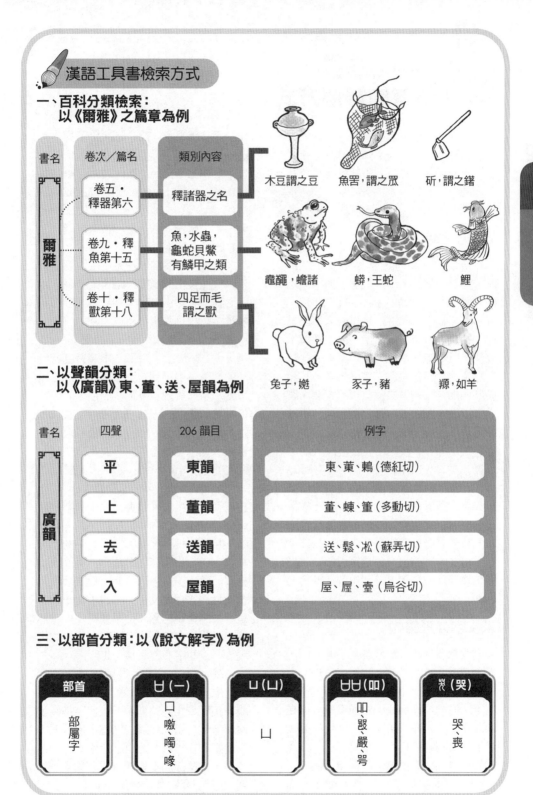

漢語工具書檢索方式

一、百科分類檢索：以《爾雅》之篇章為例

書名	卷次／篇名	類別內容
爾雅	卷五・釋器第六	釋諸器之名
爾雅	卷九・釋魚第十五	魚，水蟲，龜蛇貝鱉有鱗甲之類
爾雅	卷十・釋獸第十八	四足而毛謂之獸

木豆謂之豆

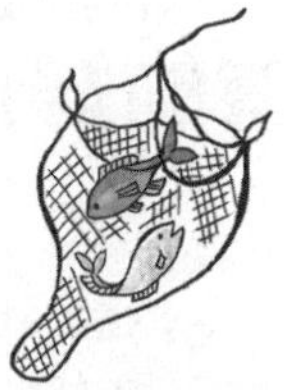
魚罟，謂之罛

斫，謂之鐯

鼁䵹，蟾諸

蟒，王蛇

鯉

兔子，嬎

豕子，豬

羱，如羊

二、以聲韻分類：以《廣韻》東、董、送、屋韻為例

書名	四聲	206 韻目	例字
廣韻	平	東韻	東、菄、鶇（德紅切）
廣韻	上	董韻	董、蝀、箽（多動切）
廣韻	去	送韻	送、鬆、凇（蘇弄切）
廣韻	入	屋韻	屋、屋、臺（烏谷切）

三、以部首分類：以《說文解字》為例

部首	(一)	(凵)	(吅)	(哭)
部屬字	口、噭、噣、喙	凵	吅、嚴、嚴、咢	哭、喪

UNIT 3-21
部首的歸部方式

同一個文字可以拆解出一個以上的字形結構，那如何決定歸入哪個部首？歷來對於部首的歸類，每部辭典都有其不同的分類方式，大致可以分為下列兩類：

以文字的字義歸類

這類的分類方式是以字義作為依據，文字拆解後，用其最重要的字義結構來做為部首，例如：河、溪、江、浪、海，都與水（氵）有關，所以歸入水部；樹、柚、梨、李、桐、松、柏，都與木有關，所以歸入木部。這類部首的歸類優點是能從部首看出文字的義類，凡屬於某個部首，多與該部首意義相關，讓文字不僅可以依照形體整體歸類，也同時形成了一個同義字群。例如：「胃」字金文寫成「𦝠」上方字形是像胃囊的形狀，並非稻田的「田」，「胃」可以拆成「田」與「月」部，因為「胃」屬於人體，所以依照此類所以歸入「肉」（月）部。不過，由於漢字有藉形表義的特性，所以即使是以字義為分部準則，但在字形上大多也是呈現相同的形體，在歸部與檢索上自然也就比較容易判斷。

以文字外形歸類

雖然多數部首歸類會與字義有關，然而漢字經歷了隸變過後，並非所有的文字結構，都能反映原始字義，許多原本不同的結構變成了相同字形，但在字義上卻無相關。這類的文字只好歸入字形結構相同或相似的部首當中，如此的安排是為了方便讀者的檢索，例如：「巛」部的字形是小篆直接隸定，而「川」則是「巛」隸變之後的形體，

作為部首時寫作「巛」形，除了與水有關外，巛部還有其他象徵意思。例如：「巢」小篆字形為「巢」，中間「ﾖ」象徵鳥巢，而上方「巛」是象徵三隻幼鳥。又如「鼠」上方「巛」形表示頭上的毛髮，本來是指人的毛髮，後來就泛指各種動物頭上的毛髮。

「尤」小篆字形是「尤」，由「�」（乙，草木彎曲長出的樣子）跟「�」（又，手的形狀）組成，意思是不平凡、特別（草木被手阻擋仍長出，所以不凡）。「就」小篆是「就」，左邊是「京」（高處），右邊是「尤」（特別、不凡），本義是到特別高的地方，引申就有到或成就的意思。「就」字即與部首「尤」的形義有關。但「尤」部中的「尨」，小篆字形是「尨」，由「犬」（犬）跟「彡」（象徵毛很多）組成，意思是多毛的狗。文字隸變後左側變為「尤」形，所以才歸入此部。

部首「火」，另一形體為「灬」，但在此部首的字並非都與「火」有關。像「燕」甲骨文字形為「燕」，小篆字形為「燕」，由這兩個字形可以知道燕字的下方結構「灬」是象燕尾形狀而非與「火」相關。同一部首中的「熊」金文字形為「熊」，林義光在《文源》一書中指出熊字是「象頭背足之形。」可知與「火」無關。這些文字因為字形變化之後，才出現「灬」的字形因而歸入此部。

隸變之後，漢字形體轉變更大，一些原本差異較大的形體，經過隸變而成為相似或相同的形體，後代字書為了檢索方便，所以將這些楷書字形近似的結構歸納在一起，這也就產生二一四部首中，某些部屬字與部首的字義毫不相關，僅是形體上相同而歸入同部。

依字義歸類

依字義分類，同一字形不同來源情況，果、胃、思、鬼，楷書中均有「田」形，依照字義與字形不同，歸入不同部首。

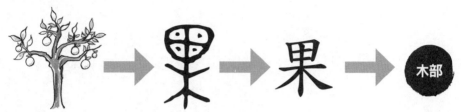

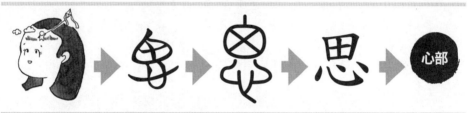

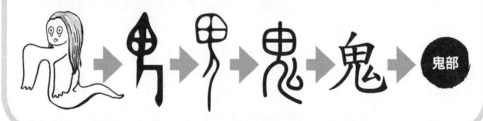

依字形歸類

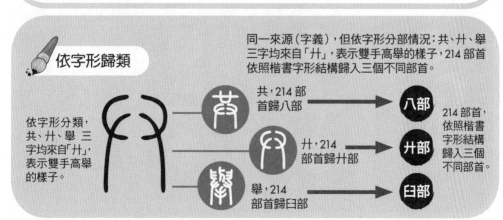

同一來源（字義），但依字形分部情況：共、廾、舉三字均來自「廾」，表示雙手高舉的樣子，214部首依照楷書字形結構歸入三個不同部首。

依字形分類，共、廾、舉三字均來自「廾」，表示雙手高舉的樣子。

共，214部首歸八部 ➡ 八部

廾，214部首歸廾部 ➡ 廾部

舉，214部首歸臼部 ➡ 臼部

214部首，依照楷書字形結構歸入三個不同部首。

第4章
漢字的整理與字書

UNIT *4-1*
許慎與《說文解字》I

成書背景

東漢時期，今古文之爭造成學術混亂，許慎眼見學術無法正確傳承，認為唯有正確識讀文字，方能正確解讀經典。因此，許慎作《說文解字》，以小篆為古文與隸書的媒介，整理文獻中常見文字，確立形音義，讓人們可以透過此書正確地解讀文獻。

全書體例

《說文解字》全書共分為十五卷，卷一到十四為內容部分，卷十五則為〈敘〉，記述全書成書背景、文字起源與六書理論等內容。以下就《說文解字》各項編輯體例分別說明。

1. 分部體例：

（1）部首編排方式

《說文解字》全書共分為十五卷，卷一到卷十四是文字釋義的內容，所有文字以形系聯，分為五百四十部首，第一個部首為一，最後部首為亥，以始一終亥的方式排列。部首排列順序是以文字的形類與義類相關性加以排列，例如：「一」部之後為「二」部，形體相近、字義相關，「二」部之後為「示」部，是因為「示」部字形上與二形體有關，「示」部後為「三」部，則是承繼「二」部而來。每個部首就是具備同一個基本的義素。

（2）部屬字歸部方式

每一部首中的部屬字，依照字義的關聯排列。例如：男、舅、甥。

部首與部首之間，則是依照形體來系聯編排。每一部首中，再依文字形體的關聯排列。

2. 內容編輯體例

（1）內容編排方式

《說文》內容排列方式是以小篆作為字頭，先說明其字義，再解釋形體，（六書說明）。例如：「菁，韭華也。從艸，青聲。」

（2）說解六書體例

《說文》釋形會有固定的說明體例，讓讀者可以知道文字的形體分類。

若為象形，《說文》會標明「象某之形」、「象形」，例如：「魚，水蟲也。象形。魚尾與燕尾相似。」「人，天地之性最貴者也。此籀文，象臂脛之形。」

若為指事字，《說文》會標明「指事」。例如：「上，高也。此古文上，指事也。」「丁，底也。指事。」多數指事字的術語與象形類似，都是「象某之形」，例如「刃，刀堅也。象刀有刃之形。」兩者差別在於象形字是「象具體之物」，指事字是「象事物的狀態」。

若為會意，《說文》會標明「從某從某，會意」或「從某某，會意」。例如：「信，誠也。從人，從言，會意。」「敗，毀也。從攴、貝……會意。」

若為形聲，《說文》會標明「從某，某聲」，例如：「恨，怨也。從心，艮聲。」「誠，信也。從言，成聲。」

若為「會意兼形聲字」的情況，《說文》會註明「從某從某，某亦聲」，例如：「珥，瑱也。從玉、耳，耳亦聲。」

除了六書分類說明外，《說文》對於「省形字」會標明「從某省」，如「考，老也。從老省，丂聲。」對於「省聲字」會標明「從某省聲」。例如：「琛，寶也。從玉，深省聲。」

至於轉注與假借，因為屬於用字原則，其於造字時仍分屬前四書，故說明字形時就不會提到此為轉注或假借。

《說文解字》三大特色

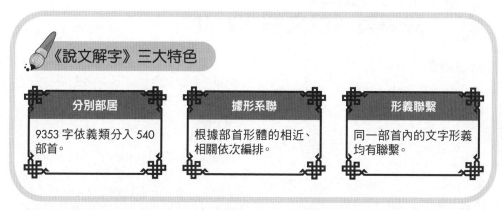

分別部居	據形系聯	形義聯繫
9353 字依義類分入 540 部首。	根據部首形體的相近、相關依次編排。	同一部首內的文字形義均有聯繫。

分別部居、據形系聯：部首排列方式

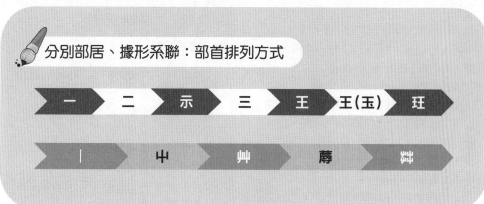

一 ▶ 二 ▶ 示 ▶ 三 ▶ 王 ▶ 王(玉) ▶ 玨

丨 ▶ 屮 ▶ 艸 ▶ 蓐 ▶ 茻

分別部居、形義聯繫：部屬字排列方式

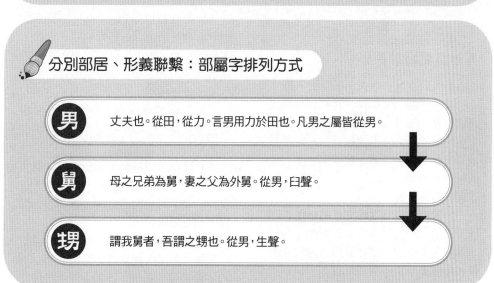

男　丈夫也。從田，從力。言男用力於田也。凡男之屬皆從男。

舅　母之兄弟為舅，妻之父為外舅。從男，臼聲。

甥　謂我舅者，吾謂之甥也。從男，生聲。

UNIT 4-2
許慎與《說文解字》II

訓詁體例

《說文》訓釋文字所用的訓詁條例為常見的義訓、形訓、聲訓。分述如下：

1. 義訓

義訓當中又包含義界與互訓。所謂義界，是用一些文字來描述、說解字義，少則一字，多則數句。例如：「轉，運也。从車，專聲。」「裘，皮衣也。从衣，求聲。」所謂互訓，就是用同義詞互相解釋文字。例如：「考，老也。」「老、考也。」段玉裁認為，許慎的互訓，其實就是六書中的轉注。

2. 形訓

所謂形訓，就是用解釋字形結構來說明字義。例如「爨，齊謂之炊爨。臼，象持甑；冂，為竈口；廾，推林內火。䉵，籀文，爨省。」

3. 聲訓

所謂聲訓，就是用同音或音近的文字來說解字義。例如：「天，顛也。」兩字疊韻、「衣，依也。」兩字同音

其他重要釋義原則

1. 只用本義、今義，不用引申義

段玉裁認為許慎作《說文》凡字必講求本義，或以今義來解釋，但不用文字引申義來說解。例如：「來，周所受瑞麥來麰，一來二縫。象芒束之形。天所來也，故為行來之來。」（來字先解本義，再說今義。）

2. 連綿字、二字成者不分釋

《說文》對連綿字或習慣兩字連用者，只在第一個文字中說解，連綿字的第二字僅列兩字所組成的複詞。例如：「紽，乘輿馬飾也。从糸，正聲。」、「綊，紽綊也。从糸，夾聲。」

3. 重視字義辨似

《說文》相當注重同義詞的辨析，例如：「脂，戴角者脂，無角者膏。从肉，旨聲。」在內容中就說明「脂」與「膏」的不同。

《說文解字》一書內容龐雜，此處僅能略為說明，欲詳細了解全書的條例，可參見陳新雄、曾榮汾所著之《文字學》一書，其書對於《說文解字》與《說文解字注》兩書分析甚詳，可為研究《說文》之重要閱讀書籍。

價值與影響

潘重規《中國文字學·緒論》提到《說文》「五大工作」，其實就是《說文》的重要價值與影響，茲引其標目，概述內容如下：

1. 完成六書理論：《說文》建構完整六書理論，可以用來研究古今文字。不論古文或俗字，甚至今日所造新字，多可用六書分析。

2. 確立標準字形：《說文》為許慎整理古籍後所留存的標準文字。因此，潘重規認為《說文》就是最早的標準古文字學。而除了確立標準文字外，許慎亦不廢通行俗字。

3. 詮明標準字義：許慎所說明的字義，多為文字造字初始本義，一切引申、後起的字義都由此衍生。

4. 保存正確解說：對於東漢時期文字的異說，許慎援引眾多文獻，為的就是找出文字最正確的解釋，讓經典的解讀不致產生謬誤。

5. 創立編排方法：許慎創立五百四十部首，奠定後代字書編輯與文字整理的分類方法，直至今日，部首仍是最重要的歸納文字方法。《說文》內文的編排與釋義方式，亦為歷代字書寫作的典範。

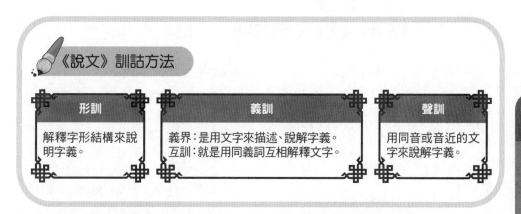

《說文》訓詁方法

形訓	義訓	聲訓
解釋字形結構來說明字義。	義界：是用文字來描述、說解字義。 互訓：就是用同義詞互相解釋文字。	用同音或音近的文字來說解字義。

《說文》「五大工作」

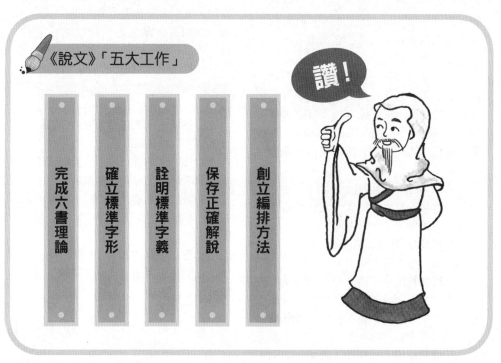

讚！

完成六書理論

確立標準字形

詮明標準字義

保存正確解說

創立編排方法

UNIT 4-3
二徐本《說文解字》

南唐徐鉉、徐鍇兄弟，合稱「二徐」，其中哥哥徐鉉為大徐、弟弟徐鍇為小徐。兄弟二人都精於小學，各自都有校訂《說文解字》的著作（以下均簡稱為《說文》）。

徐鉉與《說文解字》

唐代李陽冰曾經整理《說文》，然而其中有諸多謬誤。到了宋代，徐鉉重新校訂《說文》，稱為大徐本，是現行《說文》最完善及最通行之版本。徐鉉〈上說文表〉提到「自唐末喪亂，經籍道息……篆書堙替，為日已久。凡傳寫《說文》者，皆非其人，故錯亂遺脫，不可盡究。今以集正副本，及群臣家藏書者，備加詳考。」徐鉉引古籍增補《說文》闕漏內容，也糾正流傳過程中產生的錯誤。

大徐本《說文》最重要的特色是：

1. 改易分卷：將原本十五卷，每卷再分上下，變成三十卷本。

2. 增加注釋：於《說文》解說下，增加注釋，方便讀者閱讀。

3. 增加新附字：將當時經典相承、時俗要用文字補入《說文》，置於各部首之後，用《說文》原本體例，說解每個新增文字。

4. 增列反切：以孫愐《唐韻》的反切為準，將《說文》每字加上注音（反切），不僅有利讀者了解，更統一各家注音。

大徐本內容簡明允當，不過還是難免有其缺失，除了部分內容解說流於穿鑿外，就是遇到難以解說的地方，常常改變《說文》內容，最常見的就是將形聲字的解說「從某，某聲」的「聲」字刪除，文字就由形聲字變成會意字。

徐鍇與《說文繫傳》

徐鍇《說文繫傳》一書，共四十卷。書籍內容豐富，名曰「繫傳」，是因為本書是為了幫《說文》作傳，就如《春秋》是經，左丘明作《左傳》闡發《春秋》之想法相同。全書卷次內容如下：

1. 卷一到卷三十為「通釋」：所謂「通釋」是引用各種經典補證《說文》內容，所引書籍超過百種，將許慎說法進一步發揮，是全書最重要的核心部分。

2. 卷三十一到三十二為「部敘」：主要是說明《說文》各部首之間的聯繫關係。

3. 卷三十三到三十五為「通論」：分析文字字義與構形原由。

4. 卷三十六為「袪妄」：糾正李陽冰等學者對於《說文》的誤說。

5. 卷三十七為「類聚」：以自然萬物為分類標準，聚集同類字論述各類的形義由來。

6. 卷三十八「錯綜」：舉列部分字例，說明造字原由，補充〈通釋〉解說內容。

7. 卷三十九「疑義」：先講述「六書」內容，再說明各部有疑義的小篆字形與文字脫誤情形。

8. 卷四十「繫述」：說明各篇寫作主旨。

《說文繫傳》的第一項優點是，只要刪除《說文》原本內容，一定在注中說明；其次是用當代語言解說《說文》使人易懂；再者是解說古今字形變化，使文字形體流變清晰。《說文繫傳》也是第一本綜合研究、解析《說文》內容的著作。這些優點深深影響後來《說文》的研究者。

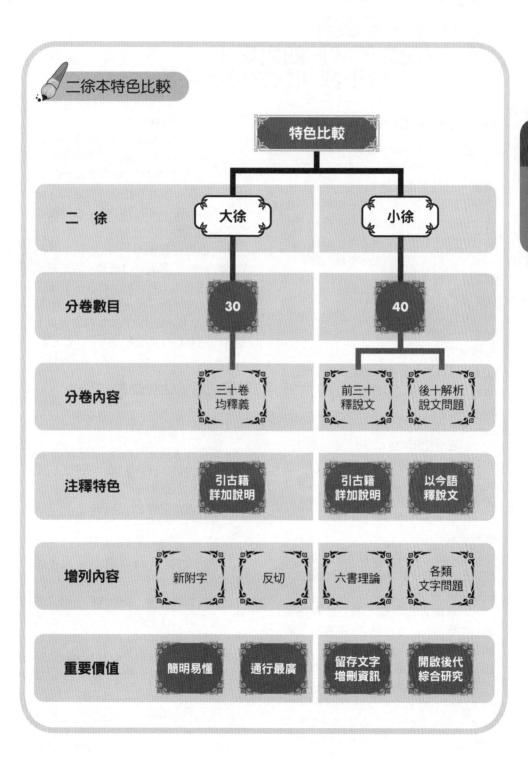

二徐本特色比較

特色比較

二　徐	大徐	小徐	
分卷數目	30	40	
分卷內容	三十卷均釋義	前三十釋說文	後十解析說文問題
注釋特色	引古籍詳加說明	引古籍詳加說明	以今語釋說文
增列內容	新附字　反切	六書理論	各類文字問題
重要價值	簡明易懂　通行最廣	留存文字增刪資訊	開啟後代綜合研究

UNIT 4-4
《說文解字》四大家 I
——段玉裁《說文解字注》

段玉裁與《說文解字注》

段玉裁（1735~1815），字若膺，號懋堂。江蘇常州金壇人。清代著名的小學家，師從戴震。曾與王念孫、王引之父子研討音韻、訓詁學，相關著作有《六書音均表》、《古文尚書撰異》、《毛詩故訓傳定本》、《經韻樓集》等書。除了音韻、訓詁，段玉裁更精通六書，耗時數十年作《說文解字注》，詳析《說文》體例，將許慎未言明之內容，博引群書加以說明，成為後代研究《說文解字》必讀著作。全書將原本《說文》十四卷、加上〈敘〉一卷，每卷再分成上下，成為三十卷。其特色與對於研究《說文》的價值，大致可以分成下列幾點來說明。

全書特色：

1.版本校對精良：比對二徐（徐鉉、徐鍇）本，校正傳寫及刊刻錯誤

2.歸納《說文》體例：段玉裁詳盡歸納許慎的著作體例，雖散見各個註解當中，然能說明釋字原則，必定先有全面整理歸納。

3.疏證《說文》內容：援引豐富書證來加以補充、說明甚至訂正《說文》內容。

4.標明古代韻部：段玉裁有深厚的音韻學問，利用諧聲字聲符說明音義相通的道理，並以聲符歸納出十七部古韻，讓《說文》中的音義關係更加清楚。

5.強調形音義連結：文字的研究形音義缺一不可，段玉裁曾說：「聖人之制字，有義而後有音，有音而後有形。學者之考字，因形以得其音，因音以得其義。」所以他註解《說文》時別注重聲音與形義的關聯。

6.建構詞義發展：段玉裁認為《說文》只講本義，所以在注《說文》時，除了引用大量書證，並運用古音的線索，說明詞義的發展脈絡，立足於《說文》本義基礎，建立引申義、假借義的整體詞義架構。

7.重視同義辨析：《說文》本身在釋義時就會區別語詞的差異。段注更進一步，將《說文》同義詞整理，不論許慎是否已經辨析，段氏會利用各文字釋義歸納、重整，找出《說文》釋義相同，但實際語義略有差異的文字，一起辨析其中的不同。

《說文解字注》缺失

《說文解字注》雖影響深遠，但仍有其缺失，例如：

1.竄改《說文》內容：段氏對於他認為有誤內容，會直接修改《說文》本身，再於注中說明。

2.釋義穿鑿附會：因為拘泥於《說文》必定是本字本義，所以為了符合許慎說法，有些釋義就顯得牽強。

《說文解字注》可謂四大家中成就最高的一本著作，王念孫讚其：「於許氏之說正義借義，知其典要，觀其會通，而引經與今本異者，不以本字廢借字，不以借字易本字，揆諸經義，例以本書，若合符節，蓋千七百年來無此作矣。」可見此書對於研究《說文》之價值。

段玉裁不僅歸納出《說文》說解體例，在作《說文解字注》時亦有自己一套訓詁條例，詳細內容可參見呂景先《說文段注指例》。

說文解字注特色

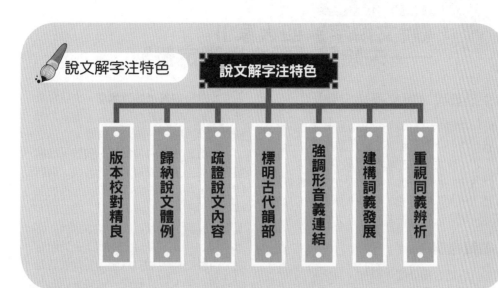

說文解字注特色

| 版本校對精良 | 歸納說文體例 | 疏證說文內容 | 標明古代韻部 | 強調形音義連結 | 建構詞義發展 | 重視同義辨析 |

段玉裁古韻十七部表

韻次	韻部	平聲	入聲
一	之	之咍	職德
二	宵	蕭宵肴豪	
三	尤	尤幽	屋沃燭覺
四	侯	侯	
五	魚	魚虞模	藥鐸
六	蒸	蒸登	
七	侵	侵鹽添	緝葉怗
八	覃	覃談咸銜嚴凡	合盍洽狎業乏
九	東	東冬鍾江	
十	陽	陽唐	
十一	耕	庚耕清青	
十二	真	真臻先	質櫛屑
十三	諄	諄文欣魂痕	
十四	元	元寒桓刪山仙	
十五	脂	脂微其皆灰	術物迄月沒曷末點鎋薛
十六	支	支佳	陌麥昔錫
十七	歌	歌戈麻	

《說文解字》四大家 II
——朱駿聲《說文通訓定聲》

朱駿聲與《說文通訓定聲》

朱駿聲（1788～1858）字豐芑，號允倩。自署元和人，或江蘇吳縣人。

《說文通訓定聲》以《說文》為本，以古音為經、字形為緯，研究文字本義和引申義、假借義的關係。全書共十八卷，按古韻部重新編訂《說文解字》。

編輯體例

1. 以古韻分部：取代《說文》以義分類的五百四十部首，將諧聲偏旁按音歸入所屬的古韻十八部

2. 以聲符類次：同一部內，同一個聲符衍生而出的文字排列一起。例如：第一部為「豐」，部內第一組文字是以「東」字為首，並註明「凡東之派皆衍東聲」，東派內聲符共有東→重→童→龍，從東偏旁文字列完後，改列從「重」的文字。每一聲符底下再列數個從此諧聲偏旁的文字。例如：東字派內有「棟」、「涷」、「凍」、「倲」。

3. 說解先義後聲：每字先釋《說文》本義，再引群書註解為書證，這部分稱為「說文」。次說明文字引申義或假借義，這部分稱之為「通訓」。最後舉古代用韻資料說明字音，押同韻者為古韻，押鄰韻者叫轉音，這就是「定聲」。

全書特色

由編輯體例，可歸納出此書特色有：

1. 打破《說文》分類，重新以古音求古義。研究《說文》者，多半遵循《說文》原本體例，在於《說文》本文下補充資料或說明。然此書從因聲求義角度，重新編排，以古音重整全書。

2. 進步的義項排列觀念。文字釋義排列方式為先本義後引申、假借，對於確立詞義流變，有極大之幫助。

3. 重新定義六書轉注、假借，說解頗有創見。朱駿聲對六書的看法，最特別之處，在於轉注與假借說法。他認為轉注是「即一字而推廣其意，非合數字而雷同其訓」又說「就本字本訓，而因以展轉引申為他訓者曰轉注」，簡而言之，朱駿聲從訓詁的角度認為轉注就是詞義的引申。至於假借，朱駿聲認為假借必有聲音關係，其來源有三「有後有正字，先無正字之叚借，如爰，古為車轅，洒，古為灑埽；有本有正字，偶書他字之叚借，如古以墊為疾，古以莫為蓿；有承用已久，習訛不改，廢其正字，嫥用別字之叚借，如用草為艸，用容為頌也。」其中第一種就是文字學上本無其字假借，第二種即訓詁學上的通假。

《說文通訓定聲》之缺失

王力在《中國語言學史》中提出《說文通訓定聲》的三大缺失：

1. 對於假借的認識不正確。認為除了專名、疊音字、連綿字外，假借均為有本字假借。這樣說法不合於文字發展歷史。

2. 轉注、假借、別義、聲訓劃分標準不一，時有重疊。

3. 修訂《說文》時過多臆測之詞、沒有實際根據。

《說文通訓定聲》對於學術的貢獻不僅在於修訂《說文》之內容，在其他小學、語言學領域也多有影響。可說是《說文》四大家著作中，涉及層面最廣的一本著作。

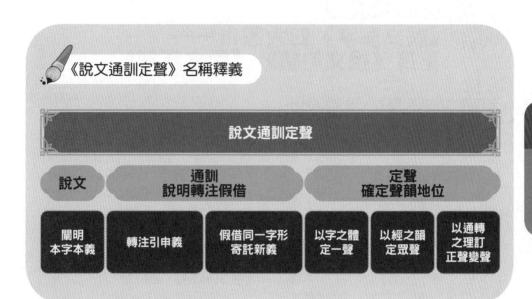

《說文通訓定聲》名稱釋義

| 說文 | 通訓 說明轉注假借 | 定聲 確定聲韻地位 |

| 闡明 本字本義 | 轉注引申義 | 假借同一字形 寄託新義 | 以字之體 定一聲 | 以經之韻 定眾聲 | 以通轉 之理訂 正聲變聲 |

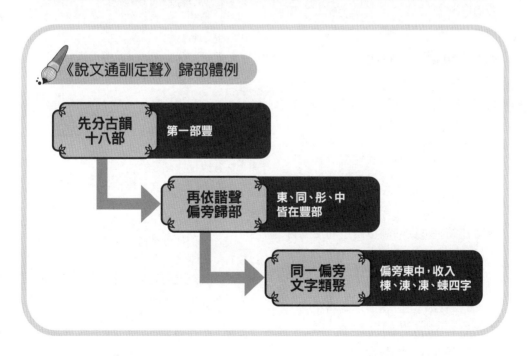

《說文通訓定聲》歸部體例

先分古韻 十八部　第一部豐

再依諧聲 偏旁歸部　東、同、彤、中 皆在豐部

同一偏旁 文字類聚　偏旁東中，收入 棟、凍、涷、蝀四字

UNIT 4-6
《說文解字》四大家Ⅲ ——
王筠《說文句讀》、《說文釋例》

王筠與《說文句讀》、《說文釋例》

王筠（1784～1854），字貫山，號篆友，山東省安丘人。

《說文句讀》之卷次

《說文句讀》一書共計三十卷，卷一到卷二十八為正文，是按照《說文》十四篇再分上下；卷二十九相當於《說文》卷十五，收錄〈說文敘〉與許沖〈上說文表〉；卷三十收錄《說文》相關資料。《說文句讀》的內容，有傳述段玉裁與桂馥等人的說法，亦有考證其中正誤後，再加上自己的創見。

《說文句讀》之特色

王筠在自序中先肯定段玉裁的成就再指出其缺點，並說明這本書與段玉裁《說文解字注》不同之處在於：

1.「刪篆」：刪除後人加入的篆體。

2.「一貫」：指《說文》形音義一貫，不可分開解釋，以此訂正與許慎體例不一樣的說解。

3.「反經」：指不可用後世整理的今本典籍，去批判許慎所用的漢儒舊文，要恢復引用經典的原本。

4.「正雅」：指可用《說文》內容補證今本《爾雅》的譌誤。

5.「特識」：許慎說解均有根據，所以必須以經正傳，糾正前人之誤。

《說文釋例》之卷次

《說文釋例》全書分成二十卷，卷一到五，討論「六書」相關問題，例如：卷一就是「六書總說」及「指事」，卷二則談「象形」；卷五至九，說明文字各種異體與孳乳形式，例如：卷五在談完六書的「假借」後，後面內容就是談文字的「迻飾」、「籀文好重疊」、「俗體」、「或體」等問題；卷九到十二說明文字次第與《說文》說解形式。卷十二到十四，是討論音韻與《說文》文字脫落、訛字等問題以及評論二徐。卷十五到二十，皆為「存疑」，討論《說文》其他問題。

《說文釋例》之特色

《說文釋例》的特色有：

1. 說明《說文》部首以義分部，糾正其他學者缺失。

2. 探討漢字學理與演變規律。

3. 將形體相關文字聯繫，分析孳乳的規律。

4. 引用古文字來證《說文》。

除了上述的特色外，《說文釋例》的缺點在於：

1. 六書分類過於龐雜。

2. 說解《說文》體例，不夠周詳，流於附會。

3. 為合體例，改動《說文》原文。

4. 體例過度瑣碎，常立一體例，卻只有少數字例符合。

5. 批評過於武斷，遇到不符條例，均以為「淺人所為」。

王筠作《說文句讀》是集各家說法大成，用淺白易懂的方式說明，是最適合一般初學《說文》者閱讀；而《說文釋例》則是闡發許慎的學說，分析文字各種異體情形，並討論文字、音韻的各種問題，對六書系統有科學的分析，兩本皆為研究《說文》不可或缺的書籍。

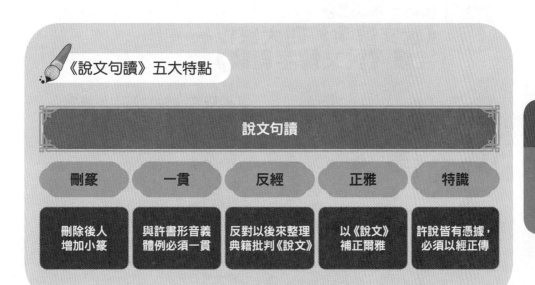

《說文句讀》五大特點

說文句讀				
刪篆	一貫	反經	正雅	特識
刪除後人增加小篆	與許書形音義體例必須一貫	反對以後來整理典籍批判《說文》	以《說文》補正爾雅	許說皆有憑據，必須以經正傳

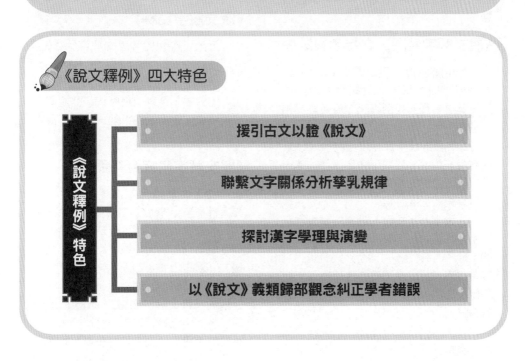

《說文釋例》四大特色

《說文釋例》特色

- 援引古文以證《說文》
- 聯繫文字關係分析孳乳規律
- 探討漢字學理與演變
- 以《說文》義類歸部觀念糾正學者錯誤

UNIT *4-7*

《說文解字》四大家IV——桂馥《說文解字義證》

桂馥（1736～1805）一字未穀，號雩門，別號肅然山外史，山東曲阜人。

《說文解字義證》之卷次

桂馥作《說文解字義證》主要是為了補證《說文》，為《說文》提供更多的證據，共五十卷，卷一到卷四十八，是全書重點，內容是為《說文》字義疏證；卷四十九是疏證〈說文敘〉與〈進書表〉；卷五十是《說文》相關資料附錄。

《說文解字義證》之特色與缺失

1. 引書廣博、例證豐富：《說文》本身僅有簡要釋義，但桂馥遍引群書疏，為這些釋義找到書證。可與段注相互補充。

2. 字義解說平實客觀：對於《說文》內容補充說明，桂馥不多作延伸論述，僅在許慎說解的基礎上加以補充，或是引證有誤處加以訂正。

《說文解字義證》最大的缺失就在於墨守許慎說法。礙於時代與文獻資料的不足，《說文》不可能全然沒有錯誤、釋義亦不可能完全正確，桂馥為了支持許說，仍盡力蒐集資料，勉強解釋，以致謬誤。

其次，引證資料過多，未加修改刪減，也是桂馥此書缺失。引用書證最重要的功用就是提供解說證據，所以應當引據適合之資料，貼合文字解說。桂馥為了求其資料豐富，除了史書、字書等相關文獻，亦多引其他如文學、類書內容，資料雖多但流於浮泛。

其他研究《說文解字》專書

如上文所言，《說文》對於漢字研究，不僅扮演承先啟後的地位，其中所蘊含的理論與字書體例，更是漢字研究的重要基礎。後代字書論及文字本義，亦多以《說文》為宗，再旁及其他字書內容。可見《說文》對於漢字學理影響甚鉅。從漢代至民國，研究《說文》學者眾多，儼然已成一獨立學科，相關著作數量更是豐富。

《說文解字詁林》

近人丁福保編《說文解字詁林》，分前、後、補、附四編和通檢，共六十六冊。在《說文》每字之下，詳列各家說法，全書引用歷代研究說文者二百多家之內容，為目前《說文》最完備的注本。

《說文解字研究資料彙編》

大陸於 2010 年推出《說文解字研究資料彙編》，共收入二十四種研究《說文》的資料，大致可以分為三大類型：一為校勘考古類，如嚴可均的《說文校議》、錢坫的《說文解字斠詮》等；二是對《說文解字》的全面研究，如南唐徐鍇的《說文解字韻譜》、元代周伯琦的《說文字原》等；三是訂補前人或同時代學者研究《說文》的著作，如鈕樹玉的《段氏說文注訂》、馬壽齡的《說文段注撰要》等。

《說文》為中國字書之源頭，近代古文字資料大量出土，許多學者據出土文獻修正或補證《說文》內容，如：季旭昇之《說文新證》，讓今後《說文》之研究更加全面及詳實。

《說文》四大家著作綜評

說文解字注	統整釋字體例，諸家成就最大。
說文句讀 說文釋例	兼容各家學說，淺顯適合初學。 精於分析六書，明其字義流變。
說文通訓定聲	以韻重新歸部，建立字義關係。
說文解字義證	恪守許慎舊說，引證資料最豐。

《說文》研究資料分類

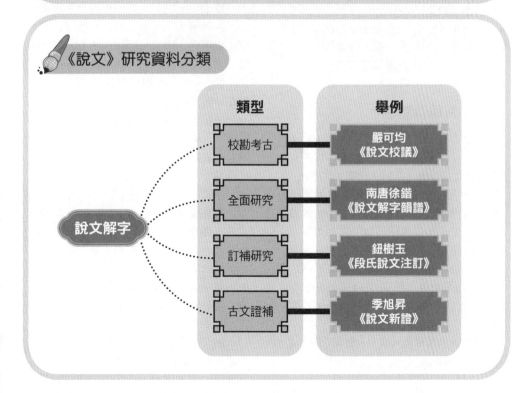

類型	舉例
校勘考古	嚴可均《說文校議》
全面研究	南唐徐鍇《說文解字韻譜》
訂補研究	鈕樹玉《段氏說文注訂》
古文證補	季旭昇《說文新證》

說文解字

UNIT **4-8**
梁・顧野王《玉篇》與
宋・陳彭年《大廣益會玉篇》

圖解文字學常識與漢字演變

《玉篇》版本

魏晉南北朝顧野王奉命編纂《玉篇》，目的就是綜合古今文字的訓詁，整理紊亂的文字狀況。書成之後，歷經多個版本的增補流傳，其中最有名的是唐代孫強，曾對《玉篇》「增字減注」。到了宋代，陳彭年等人奉命重新刊定孫強本，改名為《大廣益會玉篇》，稱為今本《玉篇》，不過已經與顧野王所編之《玉篇》相去甚遠。《玉篇》為六朝重要字書，也是漢語史上現存第一部楷書字典，雖僅剩殘卷，但仍可見內容相當豐富。唐代封演《聞見記》記載《玉篇》收字一萬六千九百一十七字，字數已多出《說文》七千多字。

原本《玉篇》僅剩殘卷，故以下說解《玉篇》內容時，若是引顧野王《玉篇》內容，則稱原本《玉篇》，若用宋代陳彭年所編，則稱今本《玉篇》。

《玉篇》編輯體例

原本《玉篇》收字以楷書為主，兼錄古文、籀文及篆文。釋字體例如胡樸安所說「先出音、次證、次案、次廣證、次又一體，略有五例，雖不必每字注解，五例俱全，而大概如是。」意思是先注字音、再列書證解說、次列案語，部分案語後再列書證，文字若有其他寫法，再列一體。例如：「䬴，莫槤反。《說文》：食馬穀也。野王案：《左氏傳》秣馬蓐食。《毛詩》言秣其馬是也。今為秣字也，在禾部。」到了今本《玉篇》，釋字體例大為精簡，省去「書證」與「案語」，僅留音義。

《玉篇》部首

原本《玉篇》僅剩殘卷，故部首之安排以今本《玉篇》來看。今本《玉篇》全書分為三十卷，也就是三十個事類，為了方便讀者查找，每卷中的文字採據形繫聯、義類相聚方式歸入 542 部首，再將五百四十二部，分入三十類中，兼顧文字學理與檢索之便。數量方面，《玉篇》部首為五百四十二部，僅多出《說文》兩部，但內容並非完全與《說文》相同，而是有所增刪。（內容可參見曾榮汾〈玉篇編輯觀念研究〉）

原本《玉篇》案語體例

原本《玉篇》除有不少書證外，最重要的是增加「案語」體例，展現顧野王編輯理念。除了一般體例，原本《玉篇》整理文字時具有字類的概念。所謂「字類」，也就是用相同偏旁的文字來聯繫字義。顧野王利用形聲偏旁音同或音近的特性，將從此偏旁的文字音義一併說明。顧野王在解說上則較為謹慎，所以未直接說明屬於同一字類的文字皆有語義上的關係，僅言其「音皆相似也」。例如：《玉篇・甘部》「猒」字：

猒，於豔反。……野王案：「此字類甚多，音皆相似也，伏合人心之猒，音於關反，為厭字，在厂部。鎮恭之猒，音於甲、於涉二反，為壓，在土部。安靜之猒，音於監反，為懨字，在心部。猒著按持之猒為攝字，音於類、於篓二反，在手部。

由《玉篇》的編輯、歸部方式可以知道，《玉篇》已漸朝向檢字方便、內容實用的字書邁進，許多內容與編輯體例，開啟後代漢語字書新的編排方式。

三張圖搞懂《玉篇》的特色

一、原本《玉篇》釋字體例

❶ 先列字音　❷ 再列書證解　❸ 列案語

，莫槿反。《說文》：食馬穀也。野王案：《左氏傳》秣馬蓐食。《毛詩》言秣其馬是也。今為秣字也，在禾部。

❹ 再廣列書證　❹ 最後列異體（異部重文）

二、今本《玉篇》部首體例

文字採據形繫聯、義類相聚方式歸入五百四十二部首。

文字歸部

部首歸類

將五百四十二部首分成三十事類。

全書共分三十卷，亦即三十事類。

全書分類

三、原本《玉篇》編輯特色

形義分類

延續說文以義分部方式，加上用形歸部，兼顧檢索與學理。

內建案語

用案語說明作者對文字的見解，是本書特殊之處。

字類觀念

以同一形聲偏旁聯繫不同部首之文字一起釋義，為後來右文說之先聲。

UNIT 4-9
唐・顏元孫《干祿字書》

《干祿字書》全書共一卷，依劉中富統計此書共整理漢字 804 組，共計 1656 字。成書背景及內容概要可見於其序中：

　　且字書源流，起於上古，自改篆行隸，漸失本真。若總據《說文》，便下筆多礙。當去泰去甚，使輕重合宜。……以平上去入四聲為次，且言俗通正三體。偏旁同者，不復廣出。字有相亂，因而附焉。所謂俗者，例皆淺近，唯籍帳文案，券契藥方，非涉雅言，用亦無爽。倘能改革，善不可加。所謂通者，相承久遠，可以施表奏牋啟，尺牘判狀，因免詆訶。所謂正者，並無憑據，可以施著述文章，對策牌碣，將為允當，有此區別，其故何哉。

　　由上列引文可以知道，《干祿字書》成書是為了使文字使用可以輕重合宜。一般人使用文字講求方便快速，若一昧要求符合《說文》，那麼則不方便書寫，所以文字應該依照不同使用場合來制定標準。

《干祿字書》編輯體例

　　全書不分卷，依序中內容可以出其編輯體例如下：

1. 文字分正通俗三級

　　這類內容是說明文字使用依不同場合，可分為「俗」、「通」、「正」三種。所謂「俗」是指一般生活用字，如券契藥方這類，只要內容能溝通即可。所謂「通」是指在經典書中相承久遠的文字，雖然不是正字，但因為流傳很久，所以在書信、奏章上也可以使用。所謂「正」就是國家規範的正字，是用來寫作文章、科舉考試以及重要的對策牌碣使用的字體。

2. 偏旁同者，不復廣出

　　序中提到：「偏旁同者，不復廣出。」這是指偏旁相同的字，只舉出一例來說明正俗及混用情況，其他同此偏旁的，就不再舉例。例如「聦聦聰：上中通下正，諸從怱者並同，他皆放此」，所以「怱」、「忽」、「悤」這組偏旁，如「驄」、「摠」等字不會再列舉。序中雖言不再復出，但仍有少數重複之例。

3. 易混字的辨析

　　所謂易混字的辨析，就是辨別相似字，即後來「辨似」。文字常因字形相似而寫成別字，這樣會影響文意判讀。《干祿字書》也收入相似字辨析內容。例如：「彤肜，上赤色，徒冬反。下祭名，音融。」

《干祿字書》之價值

　　《干祿字書》價值有下列幾點：

　　1. 提出字級觀念：將文字依照使用場合分級，重現社會各級用字實況。雖言俗字若「儻能改革善不可加」，但也說「用亦無爽」，全書不拘泥於正字書寫，給予各級用字適切的安排。

　　2. 確立辨似體例：最常見的文字訛誤情況多半來自於相似字誤用，所造成的語義差異，因此，辨似表面上看來雖只是字形上的差異說明，但實為語言正誤之關鍵問題。《干祿字書》確立了後來相似字字組辨析體例。

　　3. 字類整理觀念：字類整理觀念，可用一例來貫串起所有同偏旁的文字，不僅節省篇幅，也可以讓文字系統更加清晰。

　　《干祿字書》一書篇幅雖小，但卻蘊含了許多文字重要理論，不以正字為宗，強調文字使用現況，開啟後來實用文字學這類字書的發展。

三張圖看懂《干祿字書》編輯體例

一、《干祿字書》正俗通體例

❶ 俗字日常生活用字

❸ 國家規範正字，
用於考試碑碣等正式用字。

乱乱乾　上俗中通下正，亦乾燥。

❷ 經典文獻用字，可用於文書奏章。

二、《干祿字書》字級觀念

正		通		俗		社會用字全貌
規範文字 用於官方	＋	經典傳承 可書尺牘	＋	券契帳單 日常用字	＝	

三、《干祿字書》易混字（辨似）體例

❶ 字組辨析

❸ 說明音義，區別文字

彤肜　上赤色，徒冬反。下祭名，音融。

❷ 丹月，偏旁同者不復廣出

UNIT **4-10**

唐・張參《五經文字》與唐玄度《九經字樣》

《五經文字》編纂緣由

唐代正字運動大盛，不論官方、民間均有整理文字工作。大曆十年，張參奉旨校勘五經文字，根據漢熹平石經和《說文解字》、《字林》、《經典釋文》等書，整理出《五經文字》一書，並影響後來正字類書籍，如《九經字樣》等書之發展。

《五經文字》編纂體例

根據《五經文字・序》可將其內容體例大致分為：

1. 共三卷，一百六十部，3235 字。

2. 每字底下以《說文》為標準，再辨別異體、訛體及考訂文字變化，引用文獻的先後為：

（1）以《說文》為主。

（2）不備之處，求之《字林》。

（3）古體難明者，以石經為助。

（4）石經湮沒者，通以《經典釋文》。

3. 部首排列方式：將形體相似的部首排在一起，如：

卷中：广部、厂部、石部、疒部、阝部、卩部……

同一部首中，如有相似字，則並列說明，如：

膊脯上普各反。下之夐反，又是專反，見《考工記》。

字樣書籍多以四聲分部，《五經文字》採用《說文》、《字林》的部首編排方式，目的是強調文字偏旁的異同。《說文》分部以義類為依歸，到了《玉篇》以義類為主、形類為輔，將文字分部。而《五經文字》完全突破字義分類方式，改採字形歸部，相似形體不論字義

均歸於同部。共立一百六十部，共刪併《說文》三百八十五部。併部情況如：「裘」部併入「衣」部、「會」部併入「亼」部。

《五經文字》編輯目的是為了訂立標準字形、釐清異體，所以辨認文字結構是重點。隸變之後，文字形體改變，許多結構相同的部件，字義並不相關，但《五經文字》仍歸入同部，部首與部屬字不再一定有意義相關，這也影響了後來漢字部首歸字的觀念。

《九經字樣》編纂緣由

〈九經字樣序表〉中記載：「司業張參掇眾字之謬，著為定體，號曰五經文字。專典學者，實有賴焉。臣今參詳，頗有條貫，傳寫歲久，或失舊規。今刪補冗漏，一以正之。」由序表中可知，《九經字樣》乃承《五經文字》而來，為填補《五經文字》之缺漏而作。

《九經字樣》編輯體例

序表中提到其編輯體例「又於五經文字本部之中，採其疑誤舊未載者，撰成新加九經字樣一卷。凡七十六部四百二十一文。其偏傍上下本部所無者，乃纂為雜辨部以統之。若體畫全虧者，則引文以證解。」《九經字樣》體例上大致與《五經文字》相同，兩者可互補。全書凡一卷，七十六部，421 字，收入《五經文字》中未載者。《五經文字》無此部者，《九經字樣》收入「雜辨部」。

《五經文字》與《九經字樣》為唐代官方字樣書的代表，這類書籍的出現正可反映唐代正字學發展的實況。

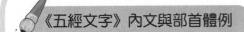

《五經文字》內文與部首體例

罘罳

詩凡還攈之類皆從衆

衢并反　上說文下石經見

❶ 引用文獻，先說文，後石經。

廿七且部　　廿八貝部
廿九肉部 又作 卅月部
月
卅一舟部 又作 卅二丹部
月 又作 月

❷ 相似部首排列一起

《五經文字》整併《說文》部首舉例

核心為《五經文字》部首，
周圍為《說文》部首

瞿
盾　目　眉
目

步
此　止　正
止

舜
桀　舛　舛

卅
率　十　十

UNIT 4-11
五代・郭忠恕《佩觿》

《佩觿》一書，分為卷上、卷中及卷下三卷。郭忠恕在《佩觿》卷上云「聊舉三科，仍分十段」，所謂「三科」即是指卷上內容；而「十段」則依聲調將相似字組分為十部，分布在卷中及卷下。

《佩觿》之卷次

上卷：可視為《佩觿》的寫作動機，即是郭忠恕所言的「三科」，所謂「三科」，是指「一曰造字之旨」、「二曰四聲之作」及「三曰傳寫之差」，分此三方面來討論文字形聲訛變的原因。卷上可視為郭忠恕對於字學理論的看法，如：「其交相有如此者」、「其謬誤有如此者」及「其相承有如此者」等。

中卷：卷中及卷下共收集 759 組相似字組，共 1566 字，並分為十段，每一組中 2-4 字不等，其中以兩字一組占大多數。自「平聲自相對」，至「平聲入聲相對」，共四段、468 組、964 相似字。其中「平聲自相對」占 155 組、316 字，「平聲上聲相對」占 134 組、278 字，「平聲去聲相對」占 103 組、212 字，「平聲入聲相對」占 78 組、168 字。

下卷：自「上聲自相對」至「入聲自相對」，共六段、291 組、602 相似字。其中「上聲自相對」占 39 組、79 字，「上聲去聲相對」占 43 組、91 字，「上聲入聲相對」占 28 組、59 字，「去聲自相對」占 39 組、80 字，「去聲入聲相對」占 51 組、110 字，「入聲自相對」占 91 組、183 字。

《佩觿》之分部

卷中、卷下辨似字依四聲分部，並更進一步的將四聲對應排列，如：「平聲自相對」、「平聲上聲相對」等，《佩觿》之所以沒有使用部首的歸類方式，是因部首方式編排不易看出不同部首的相似字情形，是故，其排列方式是將二至四個相似的字排在一起，字與字之間多是不同部首，為方便看出相似之處，故採四聲編排。

《佩觿》之價值

《佩觿》的價值有二：

1. 首部有系統的論及文字訛辨原因的字書。 歷代字學書籍眾多，或說解文字形音義內容、或整理用字標準規範，然而對於文字使用時會出現的訛誤狀況，卻未有字書詳列原因。《佩觿》卷上通篇歸納所有文字會出現錯字的原因與實例，除了可讓人們了解與避免錯字的生成，更重要的是展現了郭忠恕對於文字學的理念。

2. 承襲前代字樣理論，更見開展。 《佩觿》不論學理或體例，對後代影響頗大，如其蒐集了 759 組字例，作完整詳盡的辨析，這樣的體例在宋代可見於張有《復古編》及李從周《字通》。明代《字彙・辨似》部分，字例中之釋字排列方式雖與《佩觿》不同，但仍是將相近的字，先作釋義再先後排列。而胡文煥《字學備要》與《佩觿》卷中、下之內容更是如出一轍，唯其分類方式是以事物類別分之，與《佩觿》之四聲分卷不同。《俗書刊誤》之卷一至卷四以四聲分卷，刊誤了相似易混用之字，除此之外，更進一步作出音辨及義辨，此為《佩觿》所無。

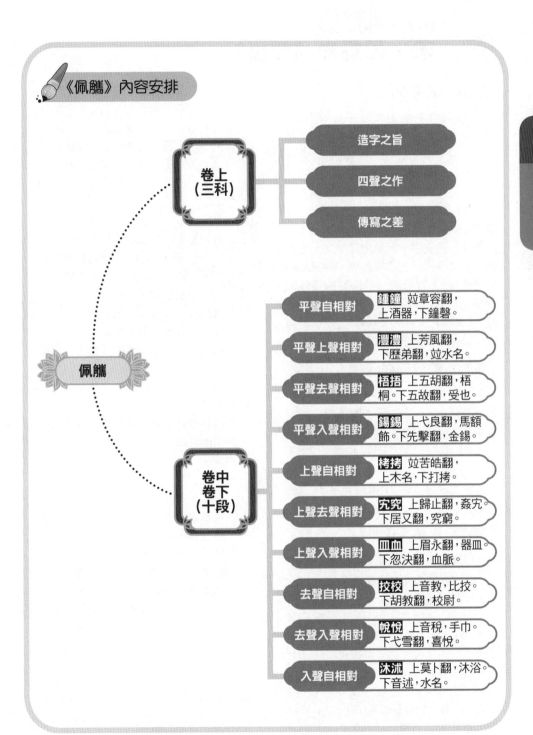

《佩觿》內容安排

卷上
（三科）

- 造字之旨
- 四聲之作
- 傳寫之差

佩觿

卷中
卷下
（十段）

平聲自相對	**鍾鐘** 竝章容翻，上酒器，下鐘磬。
平聲上聲相對	**澧澧** 上芳風翻，下歷弟翻，竝水名。
平聲去聲相對	**梧捂** 上五胡翻，梧桐。下五故翻，受也。
平聲入聲相對	**鍚錫** 上弋良翻，馬額飾。下先擊翻，金錫。
上聲自相對	**栲拷** 竝苦晧翻，上木名，下打拷。
上聲去聲相對	**宄究** 上歸止翻，姦宄。下居又翻，究窮。
上聲入聲相對	**皿血** 上眉永翻，器皿。下忽決翻，血脈。
去聲自相對	**挍校** 上音教，比挍。下胡教翻，校尉。
去聲入聲相對	**帨悅** 上音稅，手巾。下弋雪翻，喜悅。
入聲自相對	**沐沭** 上莫卜翻，沐浴。下音述，水名。

UNIT 4-12
宋・司馬光《類篇》

《類篇》成書原因

　　《類篇》一書是宋代王洙、胡宿、張次立、范鎮等人編纂，最後由司馬光整理而成。丁度上奏文章中提到「今修《集韻》，添字既多，與顧野王《玉篇》不相參協，欲乞委修韻官將新韻添入，別為《類篇》，與《集韻》相副施行。」宋代編輯《集韻》收入許多未見於原本《玉篇》的文字，以及大量重文，這樣讀者無法參照前代字書使用，故另外編輯《類篇》，除收入《玉篇》內容外，並將《集韻》中來源有據的重文加以收錄。《集韻》按照韻次編排，《類篇》按照部首類次，兩書在當時相輔使用。

《類篇》的分部與收字

　　《類篇》卷次是將《說文》中每一卷再分成上、中、下三卷編輯，所以全書共有四十五卷。部首方面也是仿照《說文》與《玉篇》分部，但較《說文》多出三部，共計 543 部，收入 31319 字，若加上重音字 21846 字，總數多達 53165 字。

《類篇》重要凡例

　　《類篇》重要凡例有說明如下：

　　一曰同音而異形者皆兩見。

　　文字音相同，部分義項相同，但字形不同，《類篇》就分為兩處。例如：「呐」與「㕯」。《類篇・口部》：「呐，……又奴骨切，言難也……。」《類篇・㕯》：「㕯，言之訥也。……女滑切，又奴骨切……。」案：「呐」與「㕯」均有「奴骨切」聲音相同，又兩者字義皆有「言難」（《說文》：「訥，言難也。」），兩字字音相同，部分字義相同，但字形不同故分見兩部。

　　二曰同意而異聲者皆一見。

　　同一字若有兩讀音，收入在同一字形下。例如：「天」字下並收「他年切」、「鐵因切」兩音，字義均為「顛也」。

　　三曰古意之不可知者皆從其故。

　　「牂」原本形義不明，歷來字書將「牂」作為「莊」古字，故《類篇》因此將其歸入「艸」部「莊」字下。

　　四曰變古而有異義者皆從今。

　　古今字義不同時，《類篇》會將當時字義列為第一義項，再收古義。例如：「雰」，先收《詩傳》的「雰雰雪貌」，再收《說文》解釋「祥氣」。

　　五曰變古而失真者皆從古。

　　楷書字形與古字不同，且失造字本義者，就依古文字形歸部。例如：「無」，《類篇》作「橆」歸林部，依《說文》釋為「豐也」。

　　六曰字之後出而無據者皆不特見。

　　後出且無依據的文字，僅作為重文附在本字後，不獨立解釋。如：「夭」附於「天」。

　　七曰字之失故而遂然者皆明其由。

　　《類篇》對於文字造字來由不清者，會加以說明。例如「玉」《類篇》內容為「王，石之美……象三王之連，丨其貫也。……光曰今隸文或加點。」

　　八曰《集韻》之所遺者皆載。

　　《類篇》對於《集韻》未收、但見於《說文》或其他字書者皆予以收錄。例如：邑部加收《集韻》未收字「邑」。

　　九曰字之無部分者皆以類相聚。

　　《類篇》將無法分部的文字依照字義，歸入相關部首。例如：「尠，少也」，少與小字義相關，故歸入小部。

　　《類篇》編輯理念進步，不僅保留文字流變，亦反映宋代用字實況，是研究宋代文字不可或缺的重要字書。

《類篇》小檔案

王洙、胡宿、張次立、范鎮他們先編纂,我司馬光最後整理定稿的。

與《集韻》相輔編輯、使用	將《說文》15 卷,再分成上中下,成為 45 卷
類篇小檔案	
收入 31319 字（重音字 21846）	共計 543 部首

《類篇》凡例解說

同音而異形者皆兩見	文字同音、部分義項相同,但字形不同者分列兩處
同意而異聲者皆一見	一字形有不同讀音,都列在同一字形下
古意之不可知者皆從其故	文字造字原意不清者,沿襲其來源編排
變古而有異義者皆從今	文字古今義不同者,以今義為主
變古而失真者皆從古	隸變後文字失去造字本義者,仍依照古字結構
字之失故而遂然者皆明其由	文字結構意義不明者,會再加以說明
字之後出而無據者皆不特見	後造文字若無來源根據,就放在其對應正字下,不另獨立為一字頭
《集韻》之所遺者皆載	《集韻》未收,但見於其他字書者亦收入
字之無部分者皆以類相聚	文字找不到可歸類的部首時,歸入字義相同之部首

UNIT *4-13*
宋・張有《復古編》

《復古編》是宋代文字學的重要著作，該書總據《說文》以辨俗體之訛，故以小篆字形為字頭當作標準字形，其他異體則改放在注文中。

《復古編》之卷次

全書共分十一卷，前五卷以四聲分卷，分上平、下平、上、去、入，以單字為例，說明其音義，並舉出其異體。例如：

玉，玉也。从玉、工，別作珙非。

㰒，帳極也，从木童，別作幢俗，宅江切。

王，石之美者，有五德，象三王之連，丨其貫也。陽冰曰三畫正均，如貫王也。隸作玉，加點俗。

第六卷「聯緜字」，如：

㴩㳶，猶翱翔也。消，从水肖，相邀切。搖，从手搖，余昭切，別作逍遙，《字林》所加。

㭊，木也。枇，从木比，房脂切。杷，从木巴，蒲巴切。一曰胡樂，胡人馬上所鼓，別作琵琶非。

第七卷「形聲相類」，將形似音同之字，以兩字為一組分析，例如：

鍾鐘 並職容切。鍾，从金重，酒器也。鐘，从金童，樂也，秋分之音。

第八卷「形相類」，取形近之二或三字為一組分析，例如：

王王王 上王，雨方切，中畫近上，王者則天之義。中玉，魚欲切，三畫正均如貫王也。下壬，如林切，北方也，象人裹妊之形。

第九卷「聲相類」取音同之二至五字為一組析之，例如：

瑁彫琱 並都寮切，上瑁，治玉也，從玉周。中彫，琢文也，从周彡。下凋，半傷也，从仌周，又作雕，鵰也。

第十卷「筆迹小異」同一篆字，然書寫筆勢略有不同。例如：

八八，八，博拔切。

卷十一「上正下譌」，以兩字為一組，上為正字，下為錯字。例如：

而而，他前切。

笱笱，子苟切。

《復古編》之字學觀念

《復古編》代表宋代對於字書編輯的另一種觀念，就是守住《說文》為辨析文字的根基，也就是所謂「說文派」。對於文字標準的訂定，有符合當時用字與社會情況，來加以訂定的「時宜派」；也有根據《說文》來確立正字的「說文派」，後來研究者常以這兩種觀念來看作者對於文字使用的態度。

《復古編》以篆文來說明文字結構，是使字形與字義能夠貼合，強化形體與字義的關係，而內文以楷書說解，一方面是方便讀者使用，另一方面也可對照出小篆到楷書的形體變化，進而區分出文字形體差異。《復古編》正體字形採用小篆，異於小篆的別體、俗體字形義不偏廢，將其記錄在注當中，提供讀者參考。

在辨似方面，《復古編》的卷七「形聲相類」與卷八「形相類」是傳承自唐代《干祿字書》與五代《佩觿》的辨似體例，著重在形體的辨似。卷九「聲相類」中，則更進一步提出了音似字的辨析。

《復古編》一書看起來雖只是利用不同的體例來辨析文字的正訛，但實際上其內容廣泛包含了文字的辨似、聯綿字以及錯字等問題，雖以《說文》為宗，但頗具實用之觀點。

《復古編》分卷內容

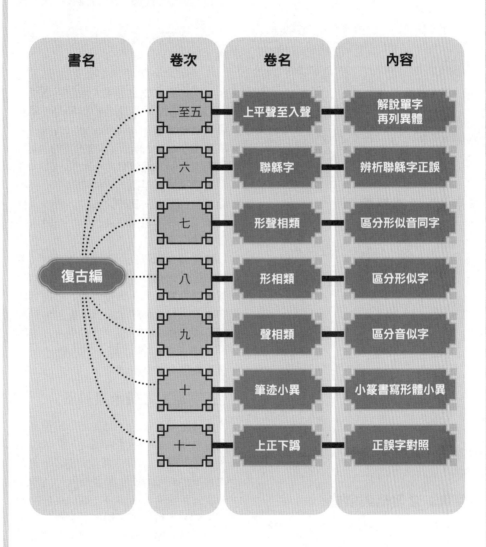

書名	卷次	卷名	內容
復古編	一至五	上平聲至入聲	解說單字再列異體
	六	聯緜字	辨析聯緜字正誤
	七	形聲相類	區分形似音同字
	八	形相類	區分形似字
	九	聲相類	區分音似字
	十	筆迹小異	小篆書寫形體小異
	十一	上正下譌	正誤字對照

UNIT 4-14
明‧梅膺祚《字彙》與張自烈《正字通》

《字彙》之卷次

《字彙》成書於明神宗萬曆乙卯年，作者梅膺祚。全書按照子丑寅卯辰巳午未申酉戌亥十二地支，分為 12 集，連同首卷及末卷附錄共 14 卷，收入三萬三千一百七十九字。

《字彙》首卷為全書凡例與總目，以及「運筆」、「從古」、「遵時」、「古今通用」等內容。末卷有「辨似」、「醒誤」、「韻法」等附錄。其餘十二卷均為釋字內容。

《字彙》之編輯體例

1. 釋字體例：《字彙》每字是先列反切，後注直音，再接著釋義，最後再舉書證。例如：

宵　先彫切，音消，夜也。《周禮》：司寤氏禁宵行者。又宵行。

2. 收字內容：除經史常用字外，亦收通俗用字，對於古文俗字均有說明。

3. 部首編排：將《說文》五百四十部首簡化為兩百一十四部，將原本以義類分部的方式，變成以形分部。而《說文》等書是以義類、字形之關係排列部首次序，《字彙》首創以筆畫多少為排字順序，是漢語字典的一大進步，後來字典多依此例編輯。

《字彙》之發明與價值

劉葉秋在《中國字典史略》一書中提出《字彙》在編排上創造性發明：

1. 簡化《說文》以來部首，共分兩百一十四部，改善分部繁瑣的毛病。

2. 部首與部屬字均以筆畫多少來排列。

3. 首卷後附檢字，排列不容易辨明部首的難查字，類似今天難檢字表的概念。

4. 每卷卷首都有字表，載明各部首所在頁數。

《字彙》是漢語字書的重要里程碑，它建構出適合一般人檢索與使用的字書編輯模式。就內容釋義來說，釋義可謂清楚易懂，有時句末會引《說文》說明造字之旨，但若《說文》不符內容，則略去不引。就檢索系統來說，《說文》以義類編排，是因為當時小篆字形與字義結合的緊密。隸變之後，字形變化很大，部分形體已與字義脫鉤，一般人需要查檢文字，必定是不知其音義，若依義類排列，恐難找到正確部首，故《字彙》改以形歸部，部首之間與部屬字都以筆畫多寡排列，方便查找。就內容收字來看，《字彙》收入不少通俗字形，可反映當時俗刻小說流行的現狀，但對於冷僻的文字卻不錄，這也顯示《字彙》收字有其文字標準。

《正字通》之傳承與糾正

《字彙》之後，有張自烈依循《字彙》基礎，編成《正字通》，意即「正《字彙》而通」，書中釋義針對《字彙》內容提出許多看法，闡發頗多。《字彙》一書當然也有許多失誤，清代吳任臣對《字彙》進行增補，編成《字彙補》一書，《康熙字典》亦多所引用。《字彙補》對《字彙》之增補，可分為三種內容，「補字」，補《字彙》失收字形；「補音義」，補《字彙》雖有收字，但所釋音義有缺漏者；「較譌」是校正《字彙》所收形音義之訛誤。

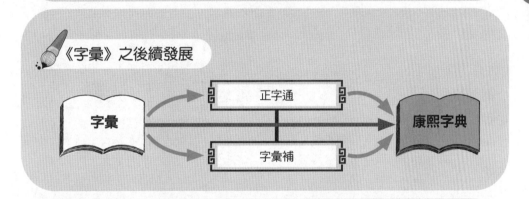

《說文》部首與《字彙》部首差異圖

《說文》部首	部屬字	《字彙》部首

以義歸部　男部

男　→　田部
甥　→　生部
舅　→　臼部

以形歸部

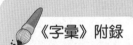

《字彙》之後續發展

字彙　→　正字通　→　康熙字典
字彙　→　字彙補　→　康熙字典

《字彙》附錄

《字彙》卷首附錄

運筆	排列七十餘字，說明每字筆畫順序。如：川、止。
從古	文字當从古字者一百六十餘字，加以解說六書之義。說明這些形體要按古體書寫。
遵時	採用當時通用一百二十餘個字，今體與古體並陳，說明這些字要照今體書寫。
古今通用	列舉一百三十餘字，說明古今字體皆可用。

《字彙》卷末附錄

辨似	列舉五百多個相似文字加以辨析。
醒誤	排列版刻常刻錯文字四十餘個，說明錯誤之處。
韻法	幫助讀者分辨四聲和掌握反切的方法。

UNIT *4-15*
清代《康熙字典》I

　　《康熙字典》（以下簡稱《字典》）是清代康熙皇帝在康熙四十九年詔令陳延敬等人，以明代的《字彙》和《正字通》為底本，歷時六年編纂而成，全書可謂集古代字書之大成。

編輯底本

　　《字典》編輯時係以《字彙》、《正字通》以及《字彙補》內容為基礎，參酌三書之內容，再加上陳延敬等人的調整、編修而成。《字典》雖有寫作底本，但其書編輯理念與字學觀念已與前代字書有所出入。

編輯原則

　　〈凡例〉是說明《字典》整體編輯觀念，共分為收字來源、歸部原則、編輯底本、字形標準以及字音取捨等五大部分，以下除對〈凡例〉內容加以討論外，並援引《字典》內容作為例證，希望能從現代詞書編輯角度來說明每條凡例之成就與其不足之處。首先要說明的是《字典》全書的收字範圍。

（一）收字來源

　　《字典》的收字範圍可見於〈凡例十三〉，其收字的根據與內容為：

　　一、《正字通》所載諸字，多有未盡，今備采字書、韻書、經史子集來歷典確者，並行編入，分載各部、各畫之後，上加增字以別新舊。

　　《字典》在收字時備采「字書、韻書、經史子集」務求收字廣泛，然除收字數量多之外，更力求文字「來歷典確」，這是因為《字典》在編纂時對於書證的引用相當重視，除可以證明文字來源外，更可用書證提供讀者文字使用方法。此外，文字來源確立不僅可以依

照時間觀察字形演變，更重要的是可以建立詞義流變。對於形音義來源不明的文字，《字典》並無捨棄，而是放入〈備考〉當中。

（二）歸部原則

　　文字的歸部向來是詞書中重要的一部分，王力於《中國語言學史》中說：「有兩種不同性質的部首，一種是文字學原則的部首，另一種是檢字法原則的部首。」前者的部首觀念可見於《說文》分部，後者則是以《字彙》為代表。《說文》依照文字義類劃分五百四十部，《玉篇》已可見加入一些檢索觀念做出修訂。《字彙》重視檢索功能，所以分部以形為主，將漢字部首定為二一四部。《字典》沿襲《字彙》、《正字通》之分部次第，但從《字典》的按語部分，可以看出歸部觀念上與二書略有不同，如〈凡例五〉：

　　一、《說文》、《玉篇》分部最為精密，《字彙》、《正字通》悉從今體，改併成書，總在便於檢閱。今仍依《正字通》次第分部。閒有偏旁雖似，而指事各殊者，如哭字向收日部，今載火部；隸字向收隸部，今載雨部；潁、熲、穎、穎四字向收頁部，今分載水、火、禾、木四部，庶檢閱既便，而義有指歸，不失古人製字之意。

　　《字典》在潁字下又特別註明「按潁字《說文》、《玉篇》、《篇海》具在火部訓作火光。《字彙》、《正字通》收入頁部非，今特改正。」由此按語可以印證〈凡例〉中所說「義有指歸」，也就是和《說文》一樣依字義（文字學理）分部。《字典》雖承《字彙》之214部首，但在文字歸屬上，則傾向以義類歸部。

《康熙字典》編輯原則

《康熙字典》編輯原則

收字來源	歸部原則	編輯底本	字形標準	字音訂定
字書、韻書、經史子集等來歷確定者。	以義歸部，以形輔佐，兩者皆可，則取義類。	《字彙》《正字通》	篆字：《說文》楷書：《洪武正韻》	等韻（明清韻鏡系韻圖）為標準。

《康熙字典》與其他字書歸部比較

編號	字頭	說文歸部	字彙歸部	正字通歸部	康熙歸部	說文釋義
1	潁	水	*	水	水	水出潁川陽城，山東入淮。從水頃聲。
2	穎	禾	頁	頁	禾	禾末也，從禾頃聲。
3	頴	*	頁	頁	木	《玉篇》籤也。
4	熲	火	頁	頁	火	火光也，從火頃聲。

＊表該書未收

UNIT *4-16*
清代《康熙字典》 II

（三）字形標準

《字典》凡例中提到「今一以《說文》為主，參以《正韻》，不悖古法，亦復便於楷書，考證詳明，體製醇確，其或《字彙》、《正字通》中偏旁假借、點畫缺略者，悉為釐正。」這段話的意思是《字典》以《說文》為篆字標準，以《洪武正韻》為楷書之標準，讓文字不僅有根源可循，亦遵時宜之字形，這是《字典》取用字形之態度。

從《字典》取字形之觀念，可以反映出《字典》在詞書編纂上兼顧了實用與學術理論兩方面，既以實用楷書字形來編纂，為使文字有根源，則存留《說文》之小篆字形，使文字演變脈絡清晰可見，又不失其實用價值。

（四）字音訂定

《字典》十八條凡例中，關於字音條例就多達六條，可見《字典》對於字音的重視。對於字音的取捨，《字典》凡例中提到「自《洪武正韻》一書為東冬江陽，諸韻併合不分矣！今詳引各書音切而悉合之《等韻》，辨析微茫，集古今切韻之大成，合天地中和之元氣，後之言音切者，當以是為迷津寶筏也。」《字典》在字音上捨棄《正字通》所根據的《洪武正韻》，以《等韻》（明清韻鏡系韻圖）為標準。

編輯觀念

由上列凡例的說明，可以發現，《字典》內容雖多有謬誤、凡例之原則與詞書正文有出入，但從其凡例仍可看出，《字典》欲樹立用字典範之用心。由這些〈凡例〉中可以歸納出《字典》在編輯時具備三項最重要的觀念：

（一）建構文字流變觀念

〈凡例〉在字形兼採《說文》與《洪武正韻》，目的就是用小篆字形貼合字義說明，而以楷書字形作為內文，則符合實用原則。在字音訂定則以《等韻》為標準，如此方可包容方音，使形音義能更緊密結合。至於字義的變化，《字典》以音統義，在每項說明下必舉列書證，使文字形音義徵引皆有所本。

（二）資料分層管理觀念

不論是文字的字形還是字音，《字典》在正文的部分，一定收入音義來源明確的資料，然而對於音義不全或是來源可疑的文字，並未全然捨棄，而是另立〈備考〉，存留這些文字資料。在詞書編輯上是相當進步之觀念，存留目前無法處理或是分類說明之資料，可為日後詞書在修訂之時留下相當重要之線索，亦可區隔正文與〈備考〉內容，以免正文流於浮濫。

（三）重視形體辨析觀念

字典在凡例中特別提到「字有形體微分，訓義各別者，《佩觽》、《正譌》等書辨之詳矣！顧尚有譌以承譌，諸家蒙混者，……今俱細為辨析，庶指事瞭然，不滋偽誤。」由這段話可知，辨似為《字典》內容重點，對於其他字書說明不清的相似字，《字典》均詳加辨析。

綜合上面各條凡例的說明，可以知道《字典》也許在編輯技巧上不夠完善，在編輯觀念上卻已是相當進步。

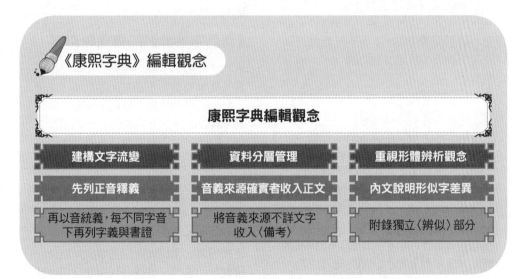

一張圖搞懂康熙字典體例

1. 先列古文字形　　**2. 次列字音**　　**3. 釋義先引《說文》**

光 古文 茪羧兆苶

《唐韻》古黃切《集韻》《韻會》《正韻》姑黃切丛廣平聲。《說文》从火在人上。本作炗，今作光。《徐曰》光明意也。《易‧需卦》有孚光亨。《程傳》有孚則能光明而亨通。《正韻》輝光，明耀華彩也。又《集韻》太歲在辛日重光。又謚法，能紹前業曰光。又姓。《廣韻》田光後，秦末子孫避地，以光爲氏。晉有光逸。

4. 再引其他書證　　**5. 以「又」區隔不同義項**

《康熙字典》編輯觀念

康熙字典編輯觀念		
建構文字流變	資料分層管理	重視形體辨析觀念
先列正音釋義	音義來源確實者收入正文	內文說明形似字差異
再以音統義，每不同字音下再列字義與書證	將音義來源不詳文字收入〈備考〉	附錄獨立〈辨似〉部分

UNIT 4-17
現代‧教育部《異體字字典》

《異體字字典》成書目的

　　漢字經過長時間的演變，不論手抄或是印刷，都會產生歧異的現象，這也是歷代需要有文字整理工作的原因。教育部為了語文教育與資訊交流，歷經多年整理大量文獻，從中訂定「正字」標準，並蒐羅文獻其他字形，編輯而成一部大型的中文字形彙典《異體字字典》。《異體字字典》除彙整各文獻字形外，對於文字的音義，亦依其演變詳加說明，故《異體字字典》不僅是一部匯聚字形的字典，更是一部大型的漢語單詞詞典。

《異體字字典》收字與內容

　　現版《異體字字典》共收 106333 字，其中正字 29924 字，異體字 74407 字，待考附錄字 2002 字。全書內容以正字為綱領，統攝其他異體字形，內容包含：

　　一、正字之字形、字音與字義。
　　二、正字之古今文獻形體資料。
　　三、正字相應之歷代異體字形。
　　四、異體字形依據之關鍵文獻。
　　五、異體字形之專家研訂說明。

　　由以上內容可知，《異體字字典》正字均來源有據，並詳列文獻資料；而異體字的選輯，則是從眾多字形中，選出具有代表性的字形。不論是正字或異體字，專家學者均有詳細的研訂說明，使讀者可以清楚知道字形選擇的標準為何。

《異體字字典》編輯體例

　　現版《異體字字典》於民國 106 年 11 月上線，重要編輯體例略述如下：

（一）正字內容體例

　　1. 先列正字字號與字形；
　　2. 於正字下方羅列各異體字；
　　3. 再述正字之形音義，其中包含字號、字形、部首、筆畫、《說文》釋形、音讀、釋義。
　　4. 正字說解右側則是形體資料表，提供正字的古今文獻資料。

（二）異體字內容體例

　　1. 異體字形羅列於正字下方；
　　2. 點選異體字形後會出現異體字形、字號、關鍵文獻，以及研訂說明。

（三）附錄字內容體例

　　《異體字字典》針對內容尚有疑慮之文字，將其收入附錄字，並提供現有資料以待後來學者考訂。附錄字編輯亦編有字號、待考內容。

《異體字字典》的價值與影響

　　《異體字字典》收字豐富、考訂詳實、文獻豐富，不僅有助建立漢字流變脈絡、保留各代用字實況，更樹立當代國家標準正字，以供教育、資訊傳播之用。除了正文資料宏贍外，附錄內容更見其用心。附錄資料概可分成兩大類，一為文字演變規律資料，如：異體字例表、214 部首形體歸納表、偏旁變形歸併表等；一為當代實用漢字對照、參考表，如閩客用字、漢語方言用字、戶政姓氏用字、中日韓共用漢字表、單位、符號參考表等。這些資料與正文相互補充，使字典成為樹立正字標準與兼顧實際效用之語文工具書，可謂當代文字整理重要的成果之一。

　　《異體字字典》建立正異體關係與文字演變脈絡，而《教育部國字標準字體》的編定則是針對這些正字進一步說明書寫相關原則。

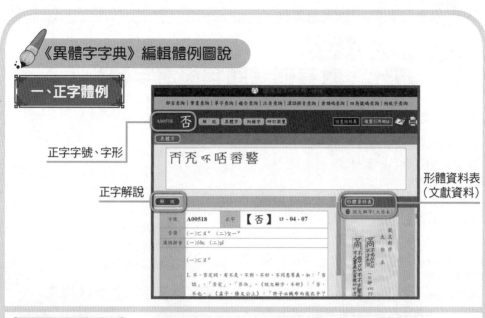

《異體字字典》編輯體例圖說

一、正字體例

正字字號、字形

正字解說

形體資料表（文獻資料）

二、異體字體例

異體字字形

異體字說明

形體資料表（文獻資料）

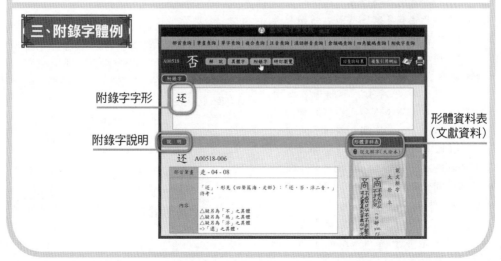

三、附錄字體例

附錄字字形

附錄字說明

形體資料表（文獻資料）

UNIT *4-18*
現代‧教育部《國字標準字體》 I

《國字標準字體》研訂原則

《國字標準字體》是為了確立當代所使用的正字字形而編纂。其「研訂原則」茲引用如下：

（一）字形有數體而音義無別者，取一字為正體，餘體若通行，則附注於下。例如：

「才」為正體。「纔」字附見，並於說明欄注明：「方才之才或作『纔』。」選取原則如下：

1. 取最通行者。例如：取「慷」不取「忼」。

2. 取最合於初形本義者。如：腳、脚今用無別，取「腳」不取「脚」。

3. 數體皆合於初形本義者，選取原則有二：

（1）取其筆畫之最簡者，如取「舉」不取「擧」。

（2）取其使用最廣者，如取「炮」不取「砲」、「礮」。

其有不合前述體例者，則於說明欄說明之。例如：「麵」、「麪」皆通行，取「麵」不取「麪」，並於說明欄注明：「本作麪。為免丏誤作丐，故作此。」

（二）字有多體，其義古通而今異者，予以並收。例如：「閒」與「閑」，「景」與「影」。古別而今同者，亦予並收，例如：「証」與「證」。

（三）字之寫法，無關筆畫之繁省者，則力求符合造字之原理。例如：「吞」不作「呑」，「闊」不作「濶」。

（四）凡字之偏旁，古與今混者，則予以區別。例如：日月之月作「月」（朔、朗、期），肉作「月」（肋、肯、胞）……。

（五）凡字偏旁，因筆畫近似而易混者，則亦予區別，並加說明。例

如：舌（甜、憩、舔）與舌（活、括、話）……。

標準字體之研訂務求能兼容學理與使用現狀，由上述原則可歸納出正字標準為：

1. 符合六書原理者
2. 筆畫較為簡省者
3. 使用強度最大者
4. 不易形似而誤者

《國字標準字體》字樣觀念

由上述內容可知，標準字體之字樣觀念大致可分為下列幾點：

（一）重視語言經濟

教育部制定標準字體的意義之一為「精簡與統一文字之使用」，除了方便語文教學外，另一意義就是「協助電腦發展」。異體字之產生是同一字位有不同字形存在，在文字的使用上若無統一，不僅文字會越趨氾濫，更可能會造成溝通上之困難，而電腦時代的來臨，文字的整理更形重要，因此，正確地規範文字及選出常用文字，資訊不僅可以有效快速傳播，且文化記錄亦能更加精準。

（二）以六書為依歸

在「確定標準字體之精神」中提到：「1. 標準字體的選用乃就現有字形加以挑選，並非另創新形。2. 標準字體的研訂或從古，或從俗，皆以符合六書原理為原則。3. 標準字體的選取具教育意義，所以通行字體仍具原有字構者，優先考慮。」

由此段內容中可以知道，標準字體之訂定，都要能符合六書原理，且就目前現有字形中挑選，並優先考慮字形與語義相合者。

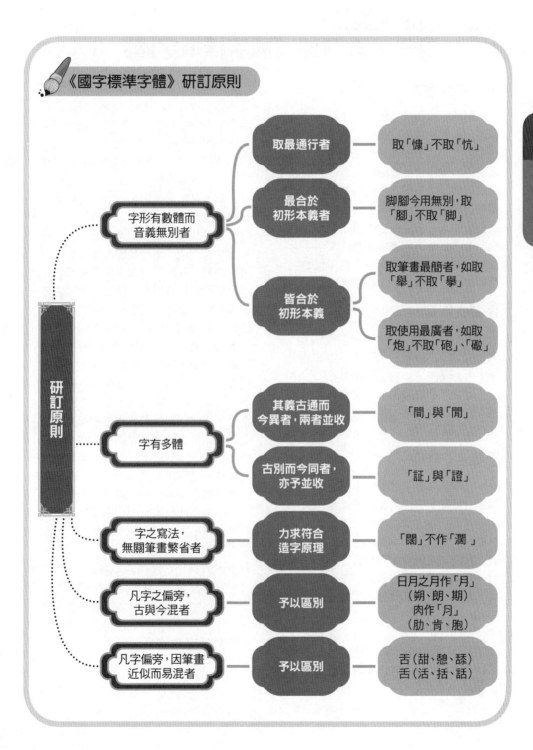

《國字標準字體》研訂原則

研訂原則

字形有數體而音義無別者
- 取最通行者 — 取「慷」不取「忼」
- 最合於初形本義者 — 腳脚今用無別,取「腳」不取「脚」
- 皆合於初形本義
  - 取筆畫最簡者,如取「舉」不取「擧」
  - 取使用最廣者,如取「炮」不取「砲」、「礮」

字有多體
- 其義古通而今異者,兩者並收 — 「間」與「閒」
- 古別而今同者,亦予並收 — 「証」與「證」

字之寫法,無關筆畫繁省者 — 力求符合造字原理 — 「闊」不作「濶」

凡字之偏旁,古與今混者 — 予以區別 — 日月之月作「月」(朔、朗、期)肉作「月」(肋、肯、胞)

凡字偏旁,因筆畫近似而易混者 — 予以區別 — 舌(甜、憩、舔)舌(活、括、話)

UNIT *4-19*
現代・教育部《國字標準字體》II

具有時宜觀念

所謂時宜觀念，應當是立足於傳統學理，且能兼容語言使用現狀，制訂出合乎時宜之用字標準。標準字體在研訂之時，力求符合六書原理，但面對異體紛陳的資料，先以六書作為第一考量，選用符合字構並與語義相合者，因此，大部分的正字皆能符合六書之原理。而文字經過長時間的演變，有些文字字形或無法貼合語義，或訛而成俗，標準字體整理則從俗，以求反應現狀，

保留文字資料

標準字體將文字分級整理，同一字位或見不同字形，依照使用強度及學理，分歸入常用、次常用及罕用等字級，透過字級之歸納，可使文字資料獲得保存，對於了解文字演變與使用情況有重要意義。

重視字形辨似

「辨似」是字樣學中重要之一環，漢字有藉形表義之功能，因此相似文字乃至相似部件之混用，對語義必會產生影響，因此，標準字體訂定時，對於相似部件寫法之辨析，亦相當注重，以求符合字構。四十則「研訂標準字體之通則」中，即有九則是關於部件之辨析。例如：「10. 凡筆形『舌』（ㄕㄜ丶）、『舌』（ㄍㄨㄚ）寫法不同，前者上作『干』，後者起筆作撇。『甜』、『舔』與『括』、『刮』偏旁寫法不同。」

此外，在「確立標準字體之原則」第一條末項，取「麵」不取「麪」，就是避免「丏」與「丐」相混，造成字義上無法解釋。

《國字標準字體》可謂充分展現歷代字樣學學理之精要，透過研訂宗旨、文字政策意義與原則之內容，更可明白標準字體訂定之用心，以及將字樣學理落實至語文政策當中，真正做到全面規範文字之功能。字樣發展非僅限於字形書寫規範，其終極目標是做到形音義三者均能樹立正確標準，使文字可以正確記錄與傳達語言，不僅要做到形體書寫正確，語音讀得正確，更重要的是能將語義運用得宜，因此，教育部除訂定《國字標準字體》外，尚有《常用國字辨似》協助讀者辨析常見的形似或音似而誤情形，而《成語典》中的「辨識」部分，更開國語文辭典辨析相似語義之先例，未來字樣學尚有許多工作尚未完成，例如：辨似辭典之編纂、電腦字樣之擬定、網路用字之規範等等，都是現代文字整理急須解決與進行之工作。

臺灣現代文字整理工作還可以展現在多部電子辭典的編輯上。例如：歷時綜合型辭典《重編國語辭典修訂本》、符合教學使用的《國語辭典簡編本》、《國語小字典》，訂定正字及整理異體字的《異體字字典》等等，這些辭典都可以反映語言使用的情況，也是今日重要的文字整理工作。

《國字標準字體》字樣觀念

重視語言經濟　　以六書為依歸　　具有時宜觀念

保留文字資料　　重視字形辨似

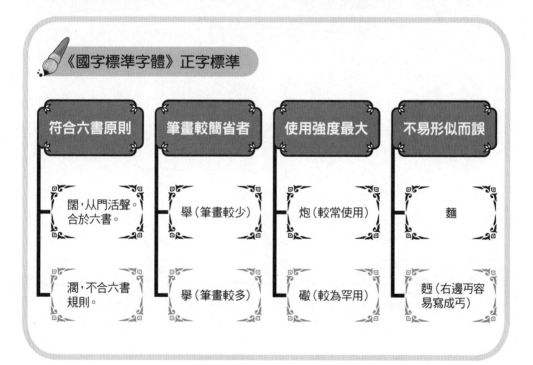

《國字標準字體》正字標準

符合六書原則	筆畫較簡省者	使用強度最大	不易形似而誤
閣，從門活聲。合於六書。	舉（筆畫較少）	炮（較常使用）	麵
濶，不合六書規則。	擧（筆畫較多）	礮（較為罕用）	麪（右邊丏容易寫成丐）

第5章
常用一百漢字說解 （據《國語辭典簡編本》字頻總表取樣）

UNIT 5-1
常用國字 1～4：的、不、一、我

1. 的

　　「的」原本的字形應為「旳」。《說文》：「旳，明也。从日，勺聲。」朱駿聲《說文通訓定聲》：「俗字作的，从白。」隸書之後，「旳」的「日」就多寫成「白」成為「的」。

　　「的」有三個讀音，第一為「ㄉㄧ、」，意思是「箭靶中心」，如「標的」，就是由「旳」的「明也」引申而來。第二是「ㄉㄧˊ」，假借為「確、真、實在」的意思。如：「的確」。第三是「ㄉㄜ˙」，假借為助詞，有五種用法。（1）放在形容詞後。如：「堅固的建築」、「和煦的太陽」；（2）放在名詞或代名詞後，表示（主詞）所有的關係。如：「他的車」、「大樹的根」；（3）放在修飾片語或子句後。如：「媽媽做好的早餐」；（4）放在副詞後。用法與「地」相同。如：「好好的說」、「慢慢的吃」；（5）放在句尾。表示加強或肯定語氣。如：「沒有人這樣做事的！」

2. 不

　　《說文》：「不，鳥飛上翔不下來也。从一，一猶天也。象形。」《說文》解釋「不」是鳥往上飛翔的樣子。王國維、羅振玉依照古文字形，認為「不」應是「花萼」的形狀。「不」的古文字形上半部是象花冠的樣子，下方則是象花萼的萼片形狀，造字本義就是「盛開的花朵」。《詩經》中就有「鄂不韡韡」。「不」後來被假借為否定副詞。

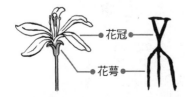

花冠

花萼

3. 一

　　《說文》：「一，惟初太始，道立於一，造分天地，化成萬物。弌，古文一。」「一」在甲骨文中就是以一畫作為數量單一的表示，到了戰國文字就出現「弌」的字形，這是因為「一」的筆畫簡單，容易造成竄改，所以增加筆畫加以區別。現今社會的帳目、票據為了防止竄改的情況，也將「一」寫成較為繁複的「壹」。

4. 我

　　《說文》：「我，施身自謂也。或說我，頃頓也。从戈，从禾。禾，或說古垂字。一曰古殺字。𢦔，古文我。」李孝定《甲骨文字集釋》：「契文我象兵器之形，以其柲似戈，故与戈同，非从戈也……卜辭均假為施身自謂之詞。」

　　「我」字是一種齒狀兵器的形狀，本義為兵器，甲骨文字形「𢦒」左邊是戈頭，右邊是木柲，也就是古代兵器（如戈、矛、戟）的柄。金文有個字形「𢦣」，即木柲形狀，這印證了李孝定的說法。後來「我」假借為稱呼自己之詞。

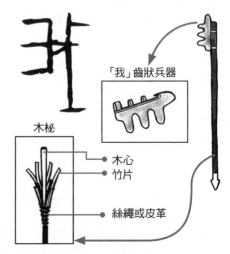

「我」齒狀兵器

木柲

木心

竹片

絲繩或皮革

字頻序號	字	部首	筆畫	甲骨	金文	戰國文字	說文小篆	六書分類
001	的	白	08				昀	形聲

字頻序號	字	部首	筆畫	甲骨	金文	戰國文字	秦簡	說文小篆	六書分類
002	不	一	04						象形

字頻序號	字	部首	筆畫	甲骨	金文	戰國文字	秦簡	說文小篆	說文古文	六書分類
003	一	一	01							指事

字頻序號	字	部首	筆畫	甲骨	金文	戰國文字	秦簡	說文小篆	說文古文	六書分類
004	我	戈	07							象形（武器義）、假借（自己義）

UNIT 5-2
常用國字 5～9：是、人、有、了、大

5. 是

　　《說文》：「是，直也。从日、正。昰，籀文是，从古文正。」段玉裁注：「以日為正則曰是。从日、正，會意。天下之物莫正於日也。」

　　「是」的金文字形上方為**𣅔**、**𣅊**，可知與「日」無關，但正確的字形解釋目前還無定論。到了戰國文字，「是」的上方形體已經演變為「日」，所以小篆以後的字形演變都變成了「日」。《說文》中「是」意思為正直，所以引申之後就成為肯定、正確之意。

6. 人

　　《說文》：「人，天地之性最貴者也。此籀文，象臂脛之形。」

　　「人」的古文字形就像一個人側身站立的形狀，左邊筆畫就是像手臂微微伸出的樣子。字義是指「具有高度智慧和靈性，且能製造並使用工具以進行勞動的高等動物。」即《說文》所謂「天地之性最貴者」。

7. 有

　　《說文》：「有，不宜有也。《春秋傳》曰：『日月有食之』。从月，又聲。」

　　林義光《文源》：「按：有非『不宜有』之義。有，持有也。古从又持肉，不从月。」

　　「有」在甲骨文的字形，是像手的形狀（**𠂇** 手的側面；**屮** 手的正面，或有學者認為此形為牛，古代擁牛羊者為「有」）。到了金文「**𠂇**」加上了「肉」（月），表示持有（肉品）的意思。因此，「有」的字義即為「表事實、狀況的正面存在」，也就是「擁有」之意。

8. 了

　　《說文》：「了，尦也。从子無臂，象形。」許錟輝：「此字始見於篆文。篆文作 **𠄏**，從子而省去二臂，表示人失去二臂。」小篆「子」字形為「**𢀖**」，「了」小篆作「**𠄏**」，少了中間的象徵手臂的筆畫，所以引申有決斷、完畢的意思。又假借為聰明。假借為助詞時，讀音為．ㄌㄜ。

9. 大

　　《說文》：「大，天大、地大、人亦大，故大象人形。」

　　「大」的甲骨文與金文字形就是象一個人張手站立的樣子，所以本義是人，引申為大小的大。

字頻序號	字	部首	筆畫	金文	戰國文字	秦簡	說文小篆	說文籀文	六書分類
005	是	日	09						會意

字頻序號	字	部首	筆畫	甲骨	金文	戰國文字	秦簡	說文小篆	六書分類
006	人	人	02						象形

字頻序號	字	部首	筆畫	甲骨	金文	戰國文字	秦簡	說文小篆	六書分類
007	有	月	06						會意；《說文》形聲兼會意

字頻序號	字	部首	筆畫	甲骨	金文	戰國文字	說文小篆	隸書	六書分類
008	了	亅	02						省體象形

字頻序號	字	部首	筆畫	甲骨	金文	戰國文字	秦簡	說文小篆	六書分類
009	大	大	03						象形

UNIT **5-3**
常用國字 10～13：國、來、生、在

10. 國

《說文》：「國，邦也。从囗，从或。」

甲骨文的「國」字形體較為簡單，一邊為 ┣ 表示武器、一邊為 ㅂ 表示區域。到了金文的「國」，右邊是「ᠻ」（戈）一樣表示武器，左邊形體則變成 ᠗，上下四畫強化疆域、區域的概念，另一個金文字形則是將左邊結構中的兩豎筆擴大成囗形，劃分區域的概念更加明顯。用武器來守護一個疆域，所以有「國家」的意思。

11. 來

《說文》：「來，周所受瑞麥來麰，一來二縫。象芒束之形。天所來也，故為行來之來。」

徐灝注箋：「來本為麥名。《廣雅》曰『大麥，麰也。小麥，麳也』是也。古來麥字祇作來，假借為行來之來，後為借意所專，別作麳、稑，而來之本義廢矣。」

「來」字的甲骨文與金文字形就是麥穗的形狀，造字本義就是麥子。後來被假借為「由他處到此處的空間移動」意思，也就是「來往」的「來」意。

12. 生

《說文》：「生，進也。象艸木生出土上。」段玉裁注：「下象土，上象出。」

「生」的甲骨文字形下方一橫表示土地，上方 ↓ 表示草木長出的樣子，所以本義就是生長，引申為生育、誕生等意思。

13. 在

《說文》：「在，存也。从土，才聲。」甲骨文的「在」是借用「才」（古文字形為 ↑）來作為「在」。甲骨文「在」的字形「↓」是象草木剛生出來的樣子，中間橫筆表示土地。到了金文為了強化土地的概念，加上了形符「土」（土），左邊「↑」（才）就變成了聲符。「在」也從原本甲骨文字形的指事字，變成了形聲字。所以「在」的本義是就是生長、存在的意思。

才，草木初生的樣子

土，地上長出生物者

字頻序號	字	部首	筆畫	甲骨	金文	戰國文字	說文小篆	六書分類
010	國	囗	11					會意（或形聲兼會意，「或」為聲符）

字頻序號	字	部首	筆畫	甲骨	金文	戰國文字	秦簡	說文小篆	六書分類
011	來	人	08						象形（麥子義）；假借（往來義）

字頻序號	字	部首	筆畫	甲骨	金文	戰國文字	秦簡	說文小篆	六書分類
012	生	生	05						會意

字頻序號	字	部首	筆畫	甲骨	金文	秦簡	說文小篆	六書分類
013	在	土	06					形聲兼會意

UNIT 5-4
常用國字 14～17：子、們、中、上

14. 子

《說文》：「子，十一月陽气動，萬物滋，人以為偁。象形。学，古文子，从巛，象髮也。蹂，籀文子，囟有髮，臂、脛在几上也。」

「子」的字形大致可以分成三類，一類為「𣎜」上象嬰兒頭，中間則是露出雙手，下為嬰兒腳被包覆的形狀；另一類為「𦔮」，上象嬰兒頭並有頭髮，下則是腳或四肢的形狀；第三類則是「𣎜」，上象嬰兒頭髮狀，下則是包覆的樣子。「子」本義就是嬰兒，引申有兒子、孩子等意思，也假借為地支的第一位。

15. 們

《集韻》：「們，們渾，肥滿。」

「們」字出現的很晚，一直到宋代《集韻》才收入這個字，當時意思是「肥滿的樣子」。現在則是用來表示複數或多數的詞綴。

16. 中

《說文》：「中，內也。从口、丨，上下通。屮，古文中。𠁩，籀文中。」

「中」的古文字形均可看出是旗幟的樣子，中間的圓形有學者認為是旗幅、也有學者解釋為旗幟中間的圓環，本義均為立在地區中央的旗幟，引申為與四周等距離的地方的位置，就是「中央」、「中心」；又引申為某個時空（空中、月中）或狀態（中等）的中間。假借為國家名稱（中國）。讀為ㄓㄨㄥˋ時，則假借為射中、符合、感染、考上等意思。

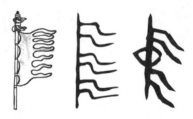

17. 上

《說文》：「丄，高也。此古文上，指事也。上，篆文丄。」

段玉裁改作「二」，並注云：「古文上作二，故『帝』下、『旁』下、『示』下皆云：从古文上。可以證古文本作二。」

「上」的甲骨文字形是「二」，下方一橫是表示一個基準線，上方一橫則是指出在此基準的上面，故本義即為「高處」、「上方」。到了金文，為了跟數字「二」區別，所以加上一豎筆，就變成了我們今天所看到的「上」。

字頻序號	字	部首	筆畫	甲骨	金文	戰國文字	秦簡	說文小篆	說文古文、籀文	六書分類
014	子	子	03							象形

字頻序號	字	部首	筆畫	甲骨	金文	戰國文字	說文小篆	六書分類
015	們	人	10					形聲

字頻序號	字	部首	筆畫	甲骨	金文	戰國文字	秦簡	說文小篆	說文古文、籀文	六書分類
016	中	丨	04							象形

字頻序號	字	部首	筆畫	甲骨	金文	戰國文字	秦簡	說文小篆	說文古文	六書分類
017	上	一	03							指事

常用國字 18～22：他、時、小、地、出

圖解文字學常識與漢字演變

18. 他

他，《說文》本作「佗」。「他」為俗字。《說文》：「佗，負何也。从人，它聲。」戰國文字與小篆字形都是从人，它聲，隸變之後它變為也。本義為人背負東西，假借為第三人稱。

19. 時

《說文》：「時，四時也。从日，寺聲。旹，古文時，从之、日。」

徐鍇《說文繫傳》：「古文从日，之聲。」商承祚《殷虛文字類編》：「此（甲文）與許書古文合。漢《無極山碑》時亦作旹，尚存古文遺意。」

「時」的古文字形結構為「旹」上方是「㞢」標明讀音，下方「日」是形符表示字義，所以「時」在古文字時的本義就與時間有關。後來形體變成「旹」，左邊「日」仍是表示時間，聲符變成了右邊的「寺」。

20. 小

《說文》：「小，物之微也。从八、丨見而分之。凡小之屬皆從小。」

「小」在古文字時代常與「少」字形相同，都有事物微小的意思。有學者認為「小」在古文字的字形可以看作是「沙」的初文，以三個小點來表示細微的沙子，所以「小」的本義就是細微、數量少的意思。若是依照古文字形來看，「小」是屬於象形字，若是依照《說文》的解釋，「小」則屬會意字。

21. 地

《說文》：「地，元气初分，輕、清、陽為天；重、濁、陰為地。萬物所陳列也。从土，也聲。墬，籀文地从隊。」地，戰國文字時是从土从它，到了小篆形體變成从土从也，它與也古音相近，兩者都是用來表音，與字義無關。地的本義就是與土有關，引申有區域、地點及地下等意思，假借為助詞。

22. 出

《說文》：「出，進也。象艸木益滋上出達也。」出在甲骨文與金文的字形可以看出是「止」（趾）與「凵」，「止」本義為腳趾、腳掌，所以有行走的意思，宋建華認為「凵」象徵人們住所，所以出就是走出居住地的意思。到了戰國文字，出上方的「止」訛變為「屮」與下方「凵」相連，延續到小篆與隸書，就變成了現在看到的「出」形，已經看不出原本步行出門的意思。《說文》對於「出」的解釋就是受到字形訛變影響，所以依照「屮」形解釋為草木滋長的意思。孫詒讓在《名原》中亦指出「古出字取足形出入之義，不象草木上出形。」

字頻序號	字	部首	筆畫	戰國文字	說文小篆	隸書	六書分類
018	他	人	05				形聲

字頻序號	字	部首	筆畫	金文	戰國文字	秦簡	說文小篆	說文古文	六書分類
019	時	日	10						形聲

字頻序號	字	部首	筆畫	甲骨	金文	秦簡	說文小篆	六書分類
020	小	小	03					象形或會意

字頻序號	字	部首	筆畫	金文	戰國文字	秦簡	說文小篆	說文古文	六書分類
021	地	土	06						形聲

字頻序號	字	部首	筆畫	甲骨	金文	戰國文字	秦簡	說文小篆	六書分類
022	出	凵	05						會意

165

UNIT 5-6
常用國字 23〜27：以、學、可、自、這

23. 以

《說文》：「𠯑，用也。从反巳。賈侍中說，巳，意巳實也。象形。」「以」的字形大致可以分成兩種，一為「𠔾」，甲骨、金文、戰國文字與小篆均從此類形體。許錟輝認為「𠔾」本義是「像巳的倒體，以生子為本義」。另一形體為「𠯑」，秦簡與隸書之後的形體沿用此形體而略為變形，有學者認為此為人有所提攜的樣子，所以本義與提攜有關，這是另一種說法。「以」除本義外，後來假借為「任用」之意，也有代詞、介詞等用法。

24. 學

《說文》：「斆，覺悟也。从教，从冖，冖尚矇也，臼聲。學，篆文斆省。」「學」部分甲骨文將聲符「爻」省略為「乂」，𦥑上方「臼」形，許錟輝認為是表示施教的活動，而𠆤下方形體則是教育的場所。到了金文，加上「子」則是施教的對象，小篆之後的形體就是延續這樣的字形。學的本義就是教學，引申而有學習、學門之意。

25. 可

《說文》：「可，肯也。从口、丂，丂亦聲。」「可」的字形是从「口」、「丂」聲。「口」表示發聲部位，「丂」是「氣受阻礙而無法舒出」的意思。「可」在《說文》的本義就是「肯定」的意思，引申為能夠、約略、值得等意思，假借為連詞或是反詰語氣詞。

26. 自

《說文》：「自，鼻也。象鼻形。𦣹，古文自。」「自」在甲骨文時，可以明顯看出是鼻子的形狀，中間橫畫為鼻子上的皺紋。到了金文、戰國文字與小篆，筆畫線條較為拉直，鼻子形狀已不若甲骨文時明顯，秦簡之後就更看不出是鼻子的樣子了。「自」本義是鼻子，引申為起源、自己、當然等意思。

27. 這

「這」不見於古文字當中，目前最早可見於《龍龕手鏡》：「音彥，迎也。」現今讀為「ㄓㄜˋ」為指示代詞的用法。

字頻序號	字	部首	筆畫	甲骨	金文	戰國文字	秦簡	說文小篆	隸書	六書分類
023	以	人	05							象形

字頻序號	字	部首	筆畫	甲骨	金文	戰國文字	秦簡	說文小篆	六書分類
024	學	子	16						形聲

字頻序號	字	部首	筆畫	甲骨	金文	戰國文字	秦簡	說文小篆	六書分類
025	可	口	05						形聲兼會意

字頻序號	字	部首	筆畫	甲骨	金文	戰國文字	秦簡	說文小篆	說文古文	六書分類
026	自	自	06							象形

字頻序號	字	部首	筆畫	甲骨	金文	戰國文字	說文小篆	六書分類
027	這	辵	11					形聲

UNIT 5-7
常用國字 28～32：會、成、家、到、為

28. 會

《說文》：「會，合也。从亼，从曾省。曾，益也。」段玉裁注：「《禮經》：器之蓋曰會，為其上下相合也。」「會」在甲骨與金文時是象有蓋子的器物，上方是蓋子、中間是物品、下方是器皿，所以上下可以相合。因此，「會」本義是象有蓋子的器皿（有學者認為是蒸食器，因甲骨、金文中間構字部分是算子，也就是有孔洞的竹器，置於器皿當中，再蓋上蓋子）。讀為「ㄎㄨㄞˋ」，假借為計算、總計的意思。如：會計。另一讀音為「ㄏㄨㄟˋ」，由於蓋子與器皿相合，所以引申為「會合」、「聚合」、「理解」等意思。

29. 成

《說文》：「成，就也。从戊，丁聲。戌，古文成从午。」「成」在甲骨中的字形為「𢆻」、「𢆶」，第一字形左下角為「口」（丁），後來戰國文字、小篆都延續了丁字的構形，甲骨文字形尚有作 ●、丨，戰國文字字形有作 ●、ᐟ，小篆字形作 ↑，秦簡作 丁，所以《說文》記載「成」為丁聲。第二字形左下角為「丨」，有學者解釋為土地（詳見網站《中華語文知識庫》「成」字下解說），所以「成」是用武器戍守土地。有學者釋為「杵」的原型（詳見《圖解說文解字——畫說漢字》「成」字下解說），所以「成」是用武器與杵就可以將事情做好。不論是戍守土地，還是兩種器物將事情做好，「成」字的構形本義都與武器完成、做好某事相關，所以引申為完成事情、成熟、既有事物、完整等意思，又假借為量詞使用，例如：「這事我有八成的把握。」

30. 家

《說文》：「家，居也。从宀，豭省聲。」「家」的形體是由「宀」與「豕」構成，上方宀部代表居所，下方豕字為豭之省聲，「豭」是公豬，一說為用公豬來表示家族的概念，另一說則是認為豕代表財產。

不論是哪種說法，「家」的本義都為「眷屬共同生活的場所」，引申有房子、家人、學派、身分等意思。

31. 到

《說文》：「到，至也。从至，刀聲。」「到」從金文到楷書都是从至从刀的結構，「刀」為聲符，沒有表義功能，所以「到」的本義就是「至」的意思。

32. 為

《說文》：「為，母猴也，其為禽好爪，爪，母猴象也；下腹為母猴形。王育曰：爪，象形也。𤔉，古文為，象兩母猴相對形。」羅振玉《增訂殷虛書契考釋》：「（為）从爪，从象，絕不見母猴之狀，卜辭作手牽象形……意古者役象以助勞，其事或尚在服牛乘馬以前。」

「為」的甲骨文第二字形與金文二三字形均可以看出，右邊為象（字形著重在長鼻子形狀）左上方則是手的形狀，所以「為」的本義是牽著大象（做事），所以引申成「做」的意思，又引申為變作、是、擔任、治理等意思，假借為強調、被、與、姓氏等。

字頻序號	字	部首	筆畫	甲骨	金文	戰國文字	秦簡	說文小篆	說文古文	六書分類
028	會	日	13							金文象形小篆會意

字頻序號	字	部首	筆畫	甲骨	金文	戰國文字	秦簡	說文小篆	說文古文	六書分類
029	成	戈	06							形聲

字頻序號	字	部首	筆畫	甲骨	金文	戰國文字	秦簡	說文小篆	說文古文	六書分類
030	家	宀	10							形聲兼會意

字頻序號	字	部首	筆畫	金文	秦簡	說文小篆	六書分類
031	到	刀	08				形聲

字頻序號	字	部首	筆畫	甲骨	金文	戰國文字	秦簡	說文小篆	說文古文	六書分類
032	為	火	09							會意

UNIT 5-8
常用國字 33～37：天、心、年、然、要

33. 天

　　《說文》：「天，顛也。至高无上，從一、大。」王國維《觀堂集林》：「古文天字本象人形。……本謂人顛頂，故象人形。……所以獨墳其首者，正特著其所象之處也。」「天」在甲骨文的字形中，下方「大」為人，上方有從「口」形、也有從「一」形，都是標示出在人頭上之意，後來上方的「口」形或是如金文天上方的圓形都拉長為直線一橫，所以「天」的本義是天空，引申為許多與時間相關的意思，又引申為萬物的主宰。

34. 心

　　《說文》：「心，人心。土藏，在身之中。象形。博士說以為火藏。」「心」的古文字形就是心臟的形狀，直到隸書改變寫法才失去原始樣貌。本義就是人心，從具體的心臟引申有思慮、感情、心智等意思，又因心臟位於人的中央，所以又引申有中央、核心之意。也假借為星宿名稱及姓氏。

35. 年

　　《說文》：「年，穀孰也。從禾，千聲。」容庚《金文編》：「年，從禾，從人，人亦聲。《說文》非。」于省吾《甲骨文字釋林》：「年乃就一切穀類全年的成熟而言。」「年」的甲骨文字形上方為稻禾形狀，下方為人形，就是人揹著稻穀，所以年的本義為稻穀成熟、收成

之意。到了金文，下方人形多了一橫筆，戰國文字、小篆延續這樣的形體，訛變為「千」字，所以《說文》才會有從千聲的說法。隸書第一字形的寫法保留了小篆的上禾下千的結構，但第二字形已接近楷書年，也看不出原始構字意思了。

36. 然

　　《說文》：「然，燒也。從火，肰聲。𤑔，或從艸、難。」「然」的金文字形左上方為肉，右上方為犬，左下則為火，到了小篆仍然承襲這樣的字形，所以「然」的本義與燒烤（狗）肉有關，引申為「燒」的意思，後來被假借為正確、贊同、答應、如此等意思，原本的「燒烤」的意思就另造「燃」字來承擔字義，所以，「然」就是「燃」的本字。

37. 要

　　《說文》：「要，身中也，象人要自臼之形。從臼，交省聲。」「要」字在秦簡的字形下方為女，柯淑齡認為此字是「上像兩手插腰的樣子。篆文從臼（ㄐㄩˊ），像人雙手；中間像人站立，也就是人插腰站立的形狀。」所以「要」的本義就是人的中間部位，也就是「腰」的意思。當讀為「一ㄠ」時，假借為約定、求取、要脅等義。若讀為「一ㄠˋ」時，則假借為重點、關鍵、重視、索討、應該、將要等意思。由於後來「要」多用假借義，所以本義就另造「腰」字來承擔。

字頻序號	字	部首	筆畫	甲骨	金文	戰國文字	秦簡	說文小篆	六書分類
033	天	大	04						象形

字頻序號	字	部首	筆畫	甲骨	金文	戰國文字	秦簡	說文小篆	隸書	六書分類
034	心	心	04							象形

字頻序號	字	部首	筆畫	甲骨	金文	戰國文字	秦簡	說文小篆	隸書	六書分類
035	年	禾	06							形聲

字頻序號	字	部首	筆畫	金文	戰國文字	秦簡	說文小篆	說文或體	六書分類
036	然	火	12						形聲兼會意

字頻序號	字	部首	筆畫	秦簡	說文小篆	說文古文	六書分類
037	要	襾	09				象形

171

UNIT 5-9
常用國字 38～42：得、說、過、個、著

38. 得

《說文》:「得,行有所得也。从彳,㝵聲。㝵,古文省彳。」羅振玉《增定殷虛書契考釋》:「甲骨文『从又持貝,得之意也。或增彳。許書古文从見,殆从貝之譌。』為从『㝵』,以為上从『見』。」「得」甲骨文第一字形从貝从又,就是手持貝(貨幣),也就是獲得的意思,另一字形除了又與貝外,還加上了「彳」,「彳」為行走,所以《說文》就解釋為「行有所得也」。到了小篆時,下方的「又」變為「寸」,但意義皆與手有關仍可相通,然上方變為「見」,已失去「貝」之原意,隸書又訛變為「旦」更看不出其原本意思了。

「得」的本義就是行走而有所獲得,讀為「ㄉㄜˊ」,後來引申為獲得、得意、計算結果、得體等意思。讀為「ㄉㄜ˙」時,則假借為助詞;讀為「ㄉㄟˇ」時,則是必須的意思。

39. 說

《說文》:「說,說釋也。从言、兌。一曰談說。」徐鍇《說文繫傳》作「从言,兌聲。」「說」的本義與言語有關。另外,古代文獻中常見「說」讀為「ㄩㄝˋ」,意思同「悅」。現代讀為「ㄕㄨㄛ」,有說話、談論、介紹、說理、學說等意思;又讀為「ㄕㄨㄟˋ」意思則為用言語使人聽從,如:「說服」。

40. 過

《說文》:「過,度也。从辵,咼聲。」「過」从「辵」,所以本義與行走、行動有關。《說文》解釋為「度也」就是有度過、經過的意思。引申為前往、拜訪、度日、超過等義。又引申為心情感受,如難過、好過。也常作為助詞,放在動詞後面,如:「走過去」、「看過」等。

41. 個

《說文》中沒有「個」只有「箇」。《說文》:「箇,竹枚也。」「個」的字形一直到《五經文字》中才出現。宋本《玉篇》:「個,偏也。」《廣韻》將「箇」、「个」、「個」放在一起。《廣韻》:「箇,數,又枚也、凡也。个,明堂四面偏室曰左个也。個,偏也。」「個」最常作量詞使用,如:「一個」,也用來表示人的身高體型,如:「個頭」。或作形容詞,如:「個人」。

42. 著

「著」出現時間較晚,未見於《說文》之前的文獻資料。《五經文字》:「著,竹去反,明也。又宁略反,又陟略反,又竹呂反,見《論語》注。又音佇,又音除,見《詩》。」現今辭典收入「著」讀音有五:

讀為「ㄓㄨˋ」時,常用義有顯露,如:「顯著」。撰述,如:「著書」。作品,如:「著作」。讀為「ㄓㄨㄛˊ」時,常用義有穿戴,如:「穿著」。接觸,如「著陸」。塗抹,如:「著色」。讀為「ㄓㄠˊ」時,常用義有表示持續狀態,如:「睡著了」。燃燒,如:「著火」。讀成「ㄓㄠ」時,最常用的意思為「受」,如:「著涼」。讀為「ㄓㄜ˙」時,常用來表示動作的持續或存有,如:「坐著」、「貼著標籤」,或是表示程度,如:「這石頭沉著」、或是表示命令的語氣,如:「慢著!」

字頻序號	字	部首	筆畫	甲骨	金文	戰國文字	秦簡	說文小篆	隸書	六書分類
038	得	彳	11							形聲兼會意

字頻序號	字	部首	筆畫	戰國文字	秦簡	說文小篆	六書分類
039	說	言	14				形聲

字頻序號	字	部首	筆畫	金文	戰國文字	秦簡	說文小篆	六書分類
040	過	辵	13					形聲

字頻序號	字	部首	筆畫	甲骨	金文	戰國文字	說文小篆	六書分類
041	個	人	10					形聲

字頻序號	字	部首	筆畫	甲骨	金文	戰國文字	說文小篆	六書分類
042	著	艸	12					形聲

UNIT 5-10
常用國字43～46：能、下、動、發

43. 能

《說文》：「能，熊屬，足似鹿。從肉，㠯聲。能獸堅中，故稱賢能，而彊壯稱能傑也。」徐鉉等注：「㠯非聲，疑皆象形。」徐灝注箋：「能，古熊字……假借為賢能之能，後為借義所專，遂以火光之熊為獸名之能，久而昧其本義矣。」「能」字的金文字形為一隻大型動物的樣子，所以有學者認為，「能」字本義應該是類似熊的動物。到了隸書與楷書階段，已經看不出熊的樣子了。

「能」本義為熊類動物，引申就有力量、才幹的意思，例如：「能力」，或是指有能力的人，如：「選賢與能」。又引申為擅長，如：「能文能武」。也假借為能量。

44. 下

《說文》：「丅，底也。指事。下，篆文丅。」段玉裁改作「二」，注：「有物在一之下也。此古文下本如此，如丙字從古文下是也。後人改二為丅，謂之古文，則不得不改丅為下，謂之小篆文矣。」「下」甲骨文字形為上下兩線條，上方線條表示地面，下方為標示在地下方位置。到了金文，則出現以「卜」形來標示下方的字形，後來文字就都承襲這樣的寫法。

「下」的本義就是底下、低處的意思，引申有次序在較後面的意思，如：「下冊」，又引申為等第、層級、人品等項目的低劣。或是引申為動詞由上往下方移動，如：「下坡」；又引申為發布，如：「下命令」；又可作為使用的意思，如：「下功夫」。

45. 動

《說文》：「動，作也。從力，重聲。逽，古文動從辵。」金文的「動」寫成與古文「童」同形，到了戰國文字，就再加上了「辵」或「力」，到了小篆，原本「童」旁變成「重」，兩者音近，也都是作為聲符。不論是從力還是從辵，「動」都有脫離原本靜止狀態的意思，所以後來就引申為使用，如：「動筆」、「動腦」；又引申開始做，如：「動工」；或是進一步引申為觸發，如：「動人心弦」。「動」又可作為副詞，如：「動輒得咎」，或是用在動詞後面表示效果，如：「走不動」。

46. 發

《說文》：「發，躲發也。從弓，癹聲。」「發」在甲骨文的字形有兩種，一為弓的形狀，一為左邊是弓，右邊是攴，攴表示手部的動作，所以「發」的本義為射箭。到了金文，加上了「癶」作為聲符，《說文》之後就承襲了這樣的字形發展。不論是「址（癶）」或是「癹」都是作為聲符，不影響字義。

「發」由本義「射箭」，引申為放射的意思，如：「百發百中」。又引申為開始、興起，如：「發動」、「發跡」。又引申為啟程，如：「出發」。或是引申為啟發，如：「振聾發聵」。或是作為送出的意思，如：「發放」。

「發」也作為計算子彈、槍炮的數量或是發射次數的量詞，例如：「一發子彈」、「射擊十二發」。

字頻序號	字	部首	筆畫	金文	戰國文字	秦簡	說文小篆	隸書	六書分類
043	能	肉	10						象形（本義為熊屬）、形聲（《說文》分類）

字頻序號	字	部首	筆畫	甲骨	金文	戰國文字	秦簡	說文小篆	說文古文	六書分類
044	下	一	03							指事

字頻序號	字	部首	筆畫	金文	戰國文字	說文小篆	說文古文	六書分類
045	動	力	11					形聲

字頻序號	字	部首	筆畫	甲骨	金文	戰國文字	秦簡	說文小篆	六書分類
046	發	癶	12						形聲

UNIT 5-11
常用國字 47～50：臺、麼、車、那

47. 臺

《說文》：「臺，觀，四方而高者。从至、从之、从高省。與室屋同意。」徐鍇《說文繫傳》作「从至，高省，與室屋同意，之聲。」段玉裁注：「云『與室屋同意』者，室屋篆下皆云『从至者，所止也』，是其意也。」「臺」的甲骨文字形上方為「止」，下方疑似為省略「高」的形體。到了戰國文字，上方依舊為「止」，下方為室。小篆字形上方从「之」，中間是从「高」省，下方為室。

「臺」的本義就是一個高於四周的平臺，例如：「展望臺」，引申為比四周地面高的設施，例如：「司令臺」，或是頂部平坦的設備，如：「化妝臺」。又引申為物體的基座、建築的某種結構，如：「燈臺」、「陽臺」。假借義則可作為量詞，如：「一臺車」、「好戲連臺」，或是假借為機構名稱，如：「氣象臺」。此外，亦可假借為書信用語中對人的敬稱，如：「兄臺」。

48. 麼

《說文新附》：「麼，細也，从幺麻聲。」「麼」未見於《說文》之前的字書。从幺，「幺」為細小的意思，「麻」為聲符，所以「麼」的本義為細小。後來多假借為助詞，有當作語末疑問詞，同「嗎」。或作語末助詞，同「嘛」。或是作為綴詞用，如：「這麼」。

49. 車

《說文》：「車，輿輪之總名。夏后時奚仲所造。象形。𱓊，籀文車。」段玉裁注：「謂象兩輪、一軸、一輿之形。此篆橫視之乃得。」「（籀文）从戈者，車所建之兵莫先於戈也。从重車者，象兵車連綴也，重車則重戈矣。」「車」甲骨文字形上為車蓋、兩側為車輪，到了金文的第一個字形則是用不同的方向寫出車形，第二字形則是簡化成一個車輪、豎畫為車軸，上下兩橫畫則是象徵車軸的兩端。

「車」的本義就是有輪子的陸上交通工具，引申為有輪軸的機械，如：「水車」、「風車」。又引申為用車子搬運，如：「車走一堆廢鐵」。

50. 那

《說文》：「那，西夷國。从邑，冄聲。安定有朝那縣。」徐灝注箋：「那從冄聲，蓋聲變之異。」「那」从邑，表示城邑，冄為聲符，本義為國家名稱，讀為「ㄋㄨㄛˊ」。現多讀為「ㄋㄚˋ」，作為代詞使用，如：「那邊」、「那樣」；或多作為連接詞使用，表示轉折之義，如：「會議遇到颱風，那只好改期了」。也讀為「ㄋㄚˇ」，用法為疑問詞，如：「你要去那裡？」。作為姓氏時則讀為「ㄋㄚ」。

第5章 常用一百漢字說解

字頻序號	字	部首	筆畫	甲骨	戰國文字	說文小篆	六書分類
047	臺	至	14				形聲

字頻序號	字	部首	筆畫	甲骨	金文	戰國文字	說文小篆	六書分類
048	麼	麻	14					形聲

字頻序號	字	部首	筆畫	甲骨	金文	戰國文字	秦簡	說文小篆	說文籀文	六書分類
049	車	車	07							象形

字頻序號	字	部首	筆畫	甲骨	金文	戰國文字	說文小篆	六書分類
050	那	邑	07					形聲

UNIT **5-12**
常用國字 51～54：行、經、去、好

51. 行

　　《說文》:「行,人之步趨也。从彳,从亍。」羅振玉《殷虛書契考釋》:「行象四達之衢,人之所行也。」商承祚《殷虛文字類編》:「古从行之字,或省其右作彳,或省其左作亍,許君誤認為二字者,蓋由字形傳寫失其初狀使然矣。」「行」的甲骨文、金文與戰國文字都可看出是象十字路口的形狀,所以「行」的本義就是四方通達的道路。金文與戰國文字的第二字形都略為變形,以至於後來小篆就變成了从彳,从亍的寫法。

　　「行」有三個讀音,一為「ㄒㄧㄥˊ」,即本義四方通達的道路。引申為行走、行程,再引申為行程中的相關物品,如「行李」。由行走的意思又引申為流通、從事、作為,如:「流行」、「見機行事」。假借為姓氏。

　　「行」的第二個讀音為「ㄒㄧㄥˋ」,是由行為引申為人格作為,如:「品行」、「暴行」。第二個讀音為「ㄏㄤˊ」,由本義引申為行列,又由此引申為排序,如:「排行」。引申為行業、行業機構,如:「改行」、「銀行」。在由此引申為某行業領域的專家,如:「行家」。假借為量詞,如:「一行樹木」。

52. 經

　　《說文》:「經,織也。从糸,巠聲。」「經」从糸,表示與絲線相關,「巠」在郭沫若《金文叢攷》中解釋為:「余意巠蓋經之初字也。觀其字形……均象織機之縱線形。从糸作之經,字之稍後起者也。」所以巠在《說文》中雖為聲符,但也有表義功能。金文「巠」

的字形就可以看出,左邊糸為絲線,右邊巠則是象絲線直排在織布機上的樣子。因此,「經」的本義為織布的直絲線,由織布不變的形式,引申為常態、不變,如:「經常」,又引申為常道,如:「荒誕不經」,再由此引申為典範著作、宗教書籍,如:「經典」、「佛經」、「聖經」。地球南北極與赤道垂直的直線,就稱為「經度」。而人體的脈絡則稱為「經脈」、「神經」。或作為女性月經的簡稱,如:「經期」。

　　「經」的假借義則有從事、謀劃的意思,如:「經營」;假借為經過、經驗;假借為承受,如:「經不起考驗」等。

53. 去

　　《說文》:「去,人相違也。从大,凵聲。」「去」甲骨文字字形上方大為人形,下方凵形魯實先解釋為「都邑」,到了秦簡與小篆下方凵形體省略上方一橫畫,隸變過後形體演變已看不出原本意思。「去」的本義為人離開都邑,引申為離開的意思,如「去國懷鄉」、「去職」。再引申為失去、除去,如:「大勢已去」、「去除雜質」。又可引申為距離,如:「相去不遠」,或是引申為過往的時間,如:「去年」。

54. 好

　　《說文》:「好,美也。从女、子。」段玉裁注:「好,本謂女子,引申為凡美之偁。」「好」在《說文》中的字義為「美好」,讀為「ㄏㄠˇ」。又有另一讀音為「ㄏㄠˋ」,指喜愛、喜愛的東西,如:「好學」、「喜好」、「投其所好」。

字頻序號	字	部首	筆畫	甲骨	金文	戰國文字	秦簡	說文小篆	六書分類
051	行	行	06						象形

字頻序號	字	部首	筆畫	金文	戰國文字	秦簡	說文小篆	六書分類
052	經	糸	13					形聲兼會意

字頻序號	字	部首	筆畫	甲骨	金文	戰國文字	秦簡	說文小篆	隸書	六書分類
053	去	ㄥ	05							會意

字頻序號	字	部首	筆畫	甲骨	金文	戰國文字	秦簡	說文小篆	六書分類
054	好	女	06						會意

UNIT 5-13
常用國字 55～58：開、現、就、作

55. 開

《說文》：「開，張也。从門，从开。闬，古文開。」楊樹達《積微居小學述林》：「古文从一从収。一者，象門關之形……从収者，以兩手取去門關，故為開也。小篆變古文之形，許君遂誤以為从开爾。」「開」最早出現在戰國文字，從《說文》古文字形為从門、从一、从収，収象雙手、一則是古代擋住門之橫木，也就是門閂。到了小篆形體就變成了「开」，秦簡則與後來隸書形體發展相同，變成今日所以从門从开。「開」的本義就是打開門，引申為一切的開啟、開闢、創立，如：「開卷」、「開墾」、「開設」等。又引申為融化，如：「開凍」，由水的變化又引申為沸騰，如：「水煮開了」。又引申為起始的意思，如：「開始」。再引申為發動，如：「開飛機」，又引申為開立，如：「開單據」。或作為量詞，指印刷品的大小，如：「二十五開本」。

56. 現

現，未見於《說文》。《玉篇》：「胡珍切，大坂也。」《廣韻》：「見，露也，胡甸切。現，俗。」《廣韻》中認為「現」為「見」的俗字。《集韻》中「現」則有山名（同峴）、石之次玉者、玉光等意思。「現」出現時間較晚，未見於《說文》以前的字書，字形从玉从見，本義應與玉光的展現有關，所以後來泛指一切事物的顯露，如：「發現」、「顯現」。又引申為目前，如：「現在」。

57. 就

《說文》：「就，就高也。从京，从尤。尤，異於凡也。𡰱，籀文就。」桂馥《說文解字義證》：「就高也者，《孟子》：『為高必因邱陵。』《九經字樣》：『京，人所居高丘也。』就字从之。馥按：此言人就高以居也。」「就」从「京」，甲骨文字形就像古文「京」重疊，「京」的意思為「人所居高丘」，因此，「就」本義就與居高處相關，引申有高的意思。又引申為成功、完成，如：「成就」。其他引申義還有趨近，如：「就近」；從事，如：「就業」；順從，如：「遷就」；即刻，如：「就快到了」。

58. 作

《說文》：「作，起也。从人，从乍。」林義光《文源》認為乍「即作之古文。」「作」即「乍」的後起字。許錟輝認為「乍」，甲骨文字形下半部是象耕作所用的翻土農具枱（耒耑也，即「耒」），上半部則从入，所以「乍」本義與耕種有關。後來金文加上了「攴」，強調手使用農具，戰國文字則是加上了人，成為「作」，小篆就延續此種形體，成為从人从乍。「作」本義與耕作相關，讀為「ㄗㄨㄛˋ」引申為造作、興起、成為所有事物，如：「創作」、「興風作浪」、「作官」。又引申為「當成」，如：「認賊作父」。又引申為表現（的樣子），如：「裝模作樣」。「作」有另外一個讀音「ㄗㄨㄛˊ」，引申為烹煮食物所加入的東西，如：「作料」。

字頻序號	字	部首	筆畫	秦簡	說文小篆	說文古文	六書分類
055	開	門	12	開	開	閛	會意

字頻序號	字	部首	筆畫	甲骨	金文	戰國文字	說文小篆	六書分類
056	現	玉	11					形聲

字頻序號	字	部首	筆畫	甲骨	金文	戰國文字	秦簡	說文小篆	說文籀文	六書分類
057	就	尢	12	京	京	京	就	就	就	會意

字頻序號	字	部首	筆畫	甲骨	金文	戰國文字	秦簡	說文小篆	六書分類
058	作	人	07	乍 乍	乍 作	作	作	作	形聲（从人，乍為聲符）

UNIT **5-14**
常用國字 59～62：後、多、方、如

59. 後

《說文》：「後，遲也。从彳幺夊者，後也。逡，古文後从辵。」林義光《文源》：「**⅄**古玄字，繫也。夊象足形，足有所繫，故後不得前。」「後」甲骨與金文字形都是从彳幺夊。「彳」在《說文》中的意思為小步。「幺」說法有二，一解釋為人的胚胎，引申為幼小、細微；一解釋為古文玄字（幺，意思為細絲）。「夊」則是行走遲緩的樣子。「後」本義為（因行走緩慢）時間較晚、較遲，引申為與前方相對的空間、次序，如：「後方」、「後半段」。又引申為人出生較晚、輩分較低的意思，如：「後輩」、「後代子孫」。

60. 多

《說文》：「多，重也。从重夕。夕者，相繹也，故為多。重夕為多，重日為疊。夛，古文多。」「多」，《說文》解釋為「重夕」，「夕」與「月」同文，然解釋為重夕似乎不大合理。有學者指出「夕」甲骨文作「**D**」與肉的古文「**D**」形體接近，所以「多」字應該是兩個「**D**」（肉）重疊，表示數量多的意思。引申有數量豐富、超過、非常等意思，如：「眾多」、「一個多小時」、「多禮」。

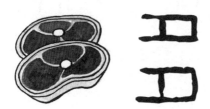

61. 方

《說文》：「方，併船也。象兩舟省總頭形。汸，方或从水。」「方」古文字有不同解說，一說為甲骨文方字為「囗」之省形和「人」構成，橫畫為囗之省形，囗為居邑，所以方字本義為方國之義。另一說認為方為枋之初文，本義是刀子木頭的柄，上方橫畫就是刀柄與刀刃中間的區隔部分，後來才借用為方國之義。第三種說法是《說文》認為方本義是併行的兩船，泛指併列、併行。

「方」有區域、地區的意思，如：「遠方」、「方言」。假借為方正、辦法、剛才之義，如：「正方」、「方法」、「方才」等。

62. 如

《說文》：「如，从隨也。从女，从口。」徐鍇：「女子从父之教，从夫之命。故从口會意。」「如」字在《說文》中的意思為跟隨、隨從，引申又好像、如同。假借為「往」，如：「如廁」。假借為舉例，如：「例如」。又假借為「然」，如：「不如這樣」。

字頻序號	字	部首	筆畫	甲骨	金文	戰國文字	秦簡	說文小篆	說文古文	六書分類
059	後	彳	09							會意

字頻序號	字	部首	筆畫	甲骨	金文	戰國文字	秦簡	說文小篆	說文古文	六書分類
060	多	夕	06							會意

字頻序號	字	部首	筆畫	甲骨	金文	戰國文字	秦簡	說文小篆	說文或體	六書分類
061	方	方	04							會意

字頻序號	字	部首	筆畫	甲骨	金文	戰國文字	說文小篆	六書分類
062	如	女	06					會意

UNIT 5-15

常用國字 63～66：事、公、看、也

○○**D**

圖解文字學常識與漢字演變

63. 事

　　《說文》：「事，職也。从史，之省聲。圖，古文事。」「事」甲骨文與金文字形都是从下方「又」（手）、上方象獵叉的形狀，所以「事」的本義與打獵有關。到了小篆，上方形體變成類似「之」（屮）的省形，所以才解釋成「之省聲」。

　　「事」本義為打獵，引申為做事，如：「不事生產」。又引申為所做的事情、職務、變故，如：「做事」、「謀事」、「事故」等。

　　案：「事」與「史」古文字形相同，「史」字甲骨文為圖與「事」甲骨文第二形相同，「史」金文字形為圖與「事」金文字形相同。于省吾在《甲骨文字釋林》中提出「吏」、「事」應均為史的分化字。

64. 公

　　《說文》：「公，平分也。从八、从厶。八，猶背也。韓非曰：『背厶為公』。」「公」的古文字形體有兩種說法，一種是認為「公」古文字形下方為器物、上方為器物提把。本義為甕。另一種是認為「公」古文字下方為器物，上方八為分別，分派器物必須平分，所以有無私公平之義。「公」由無私的意思引申為大眾，如：「公家」。又假借為對人的稱呼，如：「包公」。

65. 看

　　《說文》：「看，睎也。从手下目。翰，看或从倝。」桂馥《說文解字義證》：「《九經字樣》：『凡物見不審，則手遮目看之，故看从手下目。』」「看」未見於古文字，《說文》「看」字，从手从目，是因為看不清物體，所以將手放在眼睛上方遮蔽光線以看清物體，所以「看」的本義就是用眼睛注視。讀為「ㄎㄢˋ」時，引申為探望、拜訪，如：「看望」。再由此引申為對待，如：「看待」。也引申有觀察的意思，如：「看情況」、「看病」。假借為助詞，通常放在動詞之後，如：「試試看」。

　　讀為「ㄎㄢ」時則引申為守護、管理的意思，如：「看守」、「看護」。

66. 也

　　《說文》：「也，女陰也。象形。弋，秦刻石也字。」王筠《文字蒙求》：「也，古匜字。沃盥器也。」容庚《金文編》：「也，與它為一字。」「也」字的本義各家說法不同，《說文》認為「也」為女陰，有學者提出「也」為男性生殖器，或如王筠所說「也」是古代盥洗用具「匜」、亦或如容庚所言「也」與「它」（本義為蛇）是同一字。不論是上述哪種說法，「也」的字形都是象形，而後來使用「也」字時也多用假借義，與上述字義無關。

　　「也」假借為副詞，表示同樣，如：「也是」。假借為助詞，表示感嘆、肯定、疑問等語氣。或是用作強調語氣，如：「她忙到連睡覺時間也沒有。」又可用來表示兩事並列，如：「這個暑假他去了高雄，也去了花蓮。」

 常用國字 63～66

字頻序號	字	部首	筆畫	甲骨	金文	戰國文字	秦簡	說文小篆	說文古文	六書分類
063	事	亅	08							《說文》形聲、象形（打獵義）

字頻序號	字	部首	筆畫	甲骨	金文	戰國文字	秦簡	說文小篆	六書分類
064	公	八	04						會意

字頻序號	字	部首	筆畫	甲骨	金文	說文小篆	說文或體	六書分類
065	看	目	09					會意

字頻序號	字	部首	筆畫	金文	戰國文字	秦簡	說文小篆	六書分類
066	也	乙	03					象形

185

UNIT 5-16
常用國字 67～70：長、面、力、起

67. 長

《說文》：「長，久遠也。从兀，从匕。兀者，高遠意也。久則變化。兦聲。」余永梁《殷虛文字考續考》：「長，實像人髮長，引申為長久之義。」「長」的甲骨文字形下方為人，上方象人的長髮，金文仍延續這樣的形體，到了戰國文字強化了上方頭髮的形象，所以「長」的本義就是長髮的人。讀為「彳尢ˊ」時，引申泛指所有不短的距離，如：「長程」、「長褲」。又引申為時間久，如：「長期」。又引申為優點，如：「長處」。

讀為「ㄓㄤˇ」時，引申為發育、生出、稱強，如：「成長」、「滋長」、「助長」。又引申為歲數多，如：「年長」、「長輩」。再引申為職場上輩分高的，如：「首長」。

68. 面

《說文》：「面，顏前也。从百，象人面形。」李孝定《甲骨文字集釋》：「契文从目，外象面部匡廓之形，蓋面部五官中最足引人注意的者莫過於目，故面字从之也。篆文从百，則从目無義可說，乃从目之譌。」「面」甲骨文字形就是一個眼睛的形狀，再加上外框，到了戰國文字，目的外眶變成方形，更像人的輪廓，小篆承襲這樣的寫法，所以「面」的本義就是人臉，引申後泛指事物的表象，如：「表面」。又引申為方位、方向，如：「南面」、「上面」。又引申為朝向，如：「面對南方」。再引申為情勢、狀態，如：「局面」。假借為量詞，如：「一面旗子」。

69. 力

《說文》：「力，筋也。象人筋之形。治功曰力，能圉大災。」「力」的古文字形有兩種解說，一為耒，就是耕田的器具，象其耙子形狀；另一最常見說法即象人手的經脈，所以「力」的本義為人手的經絡。引申有用力、力氣的意思。又引申為人的智能，如：「能力」、「智力」。又引申為各種效能，如：「人力」、「苦力」、「電力」等。又引申為權勢，如：「權力」。

70. 起

《說文》：「起，能立也。从走，巳聲。𧺆，古文起，从辵。」桂馥《說文解字義證》：「巳聲者，《玉篇》：『巳，起也。』晉《樂志》：『巳，起也。』《白虎通・五行篇》：『太陽見於巳，巳者物必起。』」「起」的古文字有从走或是从辵，都是與行動、腳的動作有關，所以「起」的本義就是人從躺臥或坐的姿態變成直立。從姿態的轉變引申為離開，如：「起身」。又引申為物體由低到高，如：「升起」。又引申為事態由不好轉變為好的情況，如：「起色」。再引申有開始的意思，如：「起始」。又有到、及的意思，如：「想起」。又引申為承受的意思，如：「禁得起」。

字頻序號	字	部首	筆畫	甲骨	金文	戰國文字	秦簡	說文小篆	說文古文	六書分類
067	長	長	08							象形

字頻序號	字	部首	筆畫	甲骨	戰國文字	秦簡	說文小篆	六書分類
068	面	面	09					象形

字頻序號	字	部首	筆畫	甲骨	金文	戰國文字	秦簡	說文小篆	六書分類
069	力	力	02						象形

字頻序號	字	部首	筆畫	甲骨	戰國文字	秦簡	說文小篆	說文古文	六書分類
070	起	走	10						形聲

UNIT 5-17

常用國字 71～76：
裡、高、用、業、你、因

71. 裡

　　裡，原本是「裏」的俗字。《說文》有「裏」無「裡」。《龍龕手鑑》收「裏」為正字，「裡」為俗字。現代漢語中「裡」已經為正字。《說文》：「裏，衣內也。从衣，里聲。」「裡」（裏）的金文字形外框是衣，中間為聲符里，到了戰國文字，上下為衣，中間為聲符里，所以「裡」的本義就是衣服的內襯，引申為所有事物的內部，如：「屋裡」、「家裡」。

72. 高

　　《說文》：「高，崇也，象臺觀高之形。从冂、口，與倉舍同意。」孔廣居認為「高」是象樓臺層疊形，人象上屋，冂象下屋，口象上下層之窗戶。「高」的本義就是高的樓臺，引申為上下距離長，如：「高山」。又引申為所有程度上等、數值多、大等義，如：「高檔」、「血壓過高」、「高聲」等。

73. 用

　　《說文》：「用，可施行也。从卜，从中。衛宏說。𤰃，古文用。」「用」的古文字字形是象鐘的形體，橫畫為鐘上的紋路，豎筆是鐘內部貫穿鐘舌的支柱，所以「用」的本義是鐘。現在「用」已多為假借義，泛指所有施行、使用，如：「花用」、「舉用」、「應用」。又假借為需要，如：「不用費心」，又由此引申為請人吃喝的敬詞，如：「請用茶」。

74. 業

　　《說文》：「業，大版也，所以飾縣鍾鼓，捷業如鋸齒，以白畫之，象其鉏鋙相承也。从丵，从巾，巾象版。《詩》曰：『巨業維樅。』�，古文業。」朱駿聲《說文通訓定聲》：「此字从丵从巾，皆象形，非會意。其版如鋸齒，令其相銜不脫，工緻堅實也。」「業」的本義是古代懸掛樂器的橫木大版，上方有鋸齒狀可以掛樂器。由掛樂器之作用，引申為各種職務、產業，如：「職業」、「工業」、「家業」。又可引申為各種學習過程，如：「學業」。

75. 你

　　「你」未見於古文字，現最早可見於字書《玉篇》。《廣韻》對「你」的解釋為「呼傍人之稱」，《集韻》直接解釋為「汝也」，也就是與今日的用法相同，都作為第二人稱。

76. 因

　　《說文》：「因，就也。从口、大。」「因」古文字形中間大形體為人，有學者認為「口」表示墊席，所以「因」的本義是人倚靠在墊席上，所以引申有就、依靠、憑藉的意思，如：「因時制宜」。假借為事情的原由，如：「因果」。又假借為由於，如：「因為」。

字頻序號	字	部首	筆畫	金文	戰國文字	秦簡	說文小篆	六書分類
071	裡	衣	13					形聲

字頻序號	字	部首	筆畫	甲骨	金文	戰國文字	秦簡	說文小篆	六書分類
072	高	高	10						象形

字頻序號	字	部首	筆畫	甲骨	金文	戰國文字	秦簡	說文小篆	說文古文	六書分類
073	用	用	05							象形（鐘）、假借（用）

字頻序號	字	部首	筆畫	金文	戰國文字	說文小篆	說文古文	六書分類
074	業	木	13					會意

字頻序號	字	部首	筆畫	甲骨	金文	戰國文字	說文小篆	六書分類
075	你	人	07					形聲

字頻序號	字	部首	筆畫	甲骨	金文	戰國文字	秦簡	說文小篆	六書分類
076	因	囗	06						會意

UNIT 5-18 常用國字 77～81：而、分、市、於、道

77. 而

《說文》:「而，頰毛也。象毛之形。《周禮》曰:『作其鱗之而。』」「而」甲骨字形是象人下巴鬍鬚的樣子，所以「而」的本義是人的鬍鬚。現多假借為連詞，表示平列或更進一層的連詞，如:「而且」。

78. 分

《說文》:「分，別也。从八，从刀，刀以分別物也。」林義光《文源》:「《說文》『平』下、『⿱龹共』下、『夰』下並云『八，分也』。八（微韻）、分（文韻），雙聲對轉，實本同字。」高鴻縉《中國字例》:「林說是也。八之意本為分，取假象分背之形，指事字，動詞，後世（殷代已然）借用為數目八九之八。久而不返，乃加刀為意符（言刀所以分也）作分，以還其原。殷以來兩字分行，鮮知其本為一字矣。」「分」甲骨文字形，上方為八，有分別之意，下方為刀，所以「分」的本義是表示用刀分開事物。引申為所有事物的區別、切割、分開，如:「分析」、「分割」、「切分」、「分離」。又引申為清楚，如:「分明」。又引申為量詞，如:「一小時有六十分」。

79. 市

《說文》:「市，買賣所之也。市有垣，从冂，从乀。乀，古文及，象物相及也。之省聲。」「市」有學者認為上方為「止」，表示前往，下方形體則有表示買賣場所的意思，所以「市」的本義就是買賣場所。引申為買賣、人聚集、密集的場所等意思。

80. 於

「於」《說文》作「烏」。《說文》:「烏，孝鳥也。象形。孔子曰:『烏，盱呼也。』取其助气，故以為烏呼。𦾔，古文烏，象形。於，象古文烏省。」

段玉裁注:「『鳥』字點睛，『烏』則不，以純黑故不見其睛也。」「於」的古文字形就是烏鴉的形狀，所以本義為烏鴉。讀為「ㄨ」時，假借為感嘆詞，如「於呼哀哉」。讀為「ㄩˊ」時，則假借為介詞，放在時間、處所、對象等事物之前，如:「死於某年」、「長於某處」。又假借為比較的意思，如:「大於」、「等於」。

烏，純黑不見其睛。

鳥，眼睛部分以橫畫標示。

81. 道

《說文》:「道，所行道也。从辵，从𩠐。一達謂之道。⿰𩠐寸，古文道从𩠐、寸。」桂馥《說文解字義證》:「⿰𩠐寸即導。」「道」甲骨文从人从行，戰國文字从辵从首，都有人行走的意思，所以「道」的本義為人行走的方向，也就是道路的意思。引申為方法、學說，如:「治人之道」、「儒道」。又引申為用言語表示、言說，如:「能言善道」、「道歉」。也假借為量詞，如:「一道菜」。

字頻序號	字	部首	筆畫	甲骨	金文	戰國文字	秦簡	說文小篆	六書分類
077	而	而	06						象形（髭鬚義）、假借

字頻序號	字	部首	筆畫	甲骨	金文	戰國文字	秦簡	說文小篆	六書分類
078	分	刀	04						會意

字頻序號	字	部首	筆畫	甲骨	金文	戰國文字	秦簡	說文小篆	六書分類
079	市	巾	05						形聲兼會意

字頻序號	字	部首	筆畫	甲骨	金文	戰國文字	秦簡	說文小篆	說文古文	六書分類
080	於	方	08							象形

字頻序號	字	部首	筆畫	甲骨	金文	戰國文字	秦簡	說文小篆	說文古文	六書分類
081	道	辵	13							會意兼形聲

UNIT 5-19
常用國字 82～86：外、沒、無、同、法

82. 外

《說文》：「外，遠也。卜尚平旦，今夕卜，於事外矣。夘，古文外。」「外」甲骨文的字形與「卜」相同，可見此字與卜卦有關。金文字形為从夕从卜，表示在夜晚卜卦，《說文》釋義中即說明夜晚卜卦是例外的情況，所以「外」的本義就是例外。引申為非正式的，如：「號外」。又引申為不屬於某一定的範圍內，如：「國外」、「門外」。又引申為母系親屬，如：「外婆」。

83. 沒

《說文》：「沒，沈也。从水，从叟。」朱駿聲《說文通訓定聲》：「从水，从叟，會意，叟亦聲。」「沒」古文字形到小篆都是从水、叟為聲符。讀音有二。讀為「ㄇㄛˋ」，本義就是沉入水中，引申有沉埋、掩覆的意思，如：「埋沒」。又引申為消失、隱藏，如：「出沒」、「湮沒」。引申為終了，如：「沒世不忘」。又引申為扣留財物，如：「沒收」。

另一讀音為「ㄇㄟˊ」，就是無的意思，如：「沒有」、「沒事」。

84. 無

「無」在《說文》出現於兩處，一為「橆，豐也。从林、㒸。或說規模字。从大；卌，數之積也；林者，木之多也。卌與庶同意。」張日昇《金文詁林》：「（甲文、金文）象人有所執而舞之形，乃舞之本字。」《周禮·舞師》：「有兵舞、帗舞、羽皇舞。舞既不同，所執亦異。卜辭乃用其朔誼……至彝器則叚為有無之無。」另一為「亡也。从亡，無

聲。」字形寫作「𣺏」。「無」的甲骨文字形為一人雙手拿著器具跳舞的樣子，在甲骨文時「無」、「舞」為同一字形，本義都與跳舞有關，又假借為「沒有」的意思。到了金文出現了加上雙腳形狀的「𣦥」，小篆寫成「𣡕」，演變到後來就是「舞」的字形。「無」則是到了小篆，在古文字原本形體中加入了「亡」變成「𣺏」，即有「無」字的「無」，自此「無」與「舞」兩字就有了形義的分別。

「無」本義為舞蹈，假借為「沒有」的意思，如：「無法」、「無事」。又假借為連詞，如：「無論如何」。

85. 同

《說文》：「同，合會也。从冃，从口。」「同」古文字形為从凡从口，上方凡字是象抬東西的架子，下方从口，表示發號司令，所以「同」是匯聚眾人之力做事，本義也就是會合的意思。引申出一起，如：「一同」。又引申出一樣的意思，如：「相同」。假借為連詞，有跟、和的意思，如：「我同你去」。

86. 法

《說文》：「灋，刑也。平之如水，从水；廌，所以觸不直者，去之，从去。法，今文省。佱，古文。」「法」古文字形是从水从廌，廌是古代據說能判斷是非的神獸，《說文》提到「平之如水」，意思就是執法必須公平如同水一般，所以「法」的本義就是刑法。引申為律令、規範，如：「法律」、「法規」。又引申仿效，如：「效法」，引申為途徑，如：「方法」、「辦法」。

字頻序號	字	部首	筆畫	甲骨	金文	戰國文字	秦簡	說文小篆	說文古文	六書分類
082	外	夕	05							會意

字頻序號	字	部首	筆畫	金文	秦簡	說文小篆	六書分類
083	沒	水	07				形聲

字頻序號	字	部首	筆畫	甲骨	金文	戰國文字	秦簡	說文小篆	六書分類
084	無	火	12						形聲

字頻序號	字	部首	筆畫	甲骨	金文	戰國文字	秦簡	說文小篆	六書分類
085	同	口	06						會意

字頻序號	字	部首	筆畫	金文	戰國文字	秦簡	說文小篆	說文或體	六書分類
086	法	水	08						會意

UNIT 5-20
常用國字 87～91：前、水、電、民、對

87. 前

《說文》：「歬，不行而進謂之歬。從止在舟上。」段玉裁注：「後人以齊斷之前為歬後字，又以羽生之翦為前齊字。」「前」甲骨文、金文都是從止從舟，表示人乘舟行進，所以有向前的意思。《說文》中有：「𠞋（剪），齊斷也。從刀，歬聲。」「前」的字形在《說文》中是表示剪斷的意思，歬才是前進的意思。但是因為秦簡之後，歬加上了刀，變成「前」的形體，仍作為前進的意思，就另造「剪」字來承擔原本齊斷、剪斷的意思。

「歬」加上「刂」（刀）成為「前」，本義為齊斷，假借為前進，引申為正對面的方向，如：「前方」。引申為過去，如：「前事不忘」。又引申為未來，如：「前途無量」。又引申為次序在先，如：「前兩名」。又引申為前一任，如：「前總理」。

88. 水

《說文》：「水，準也。北方之行。象眾水並流，中有微陽之气也。」「水」的字形就是水流動的樣子，所以本義就是水流。引申為與水或液體相關的意思，如：「水域」、「汽水」。又假借為星球名稱，如：「水星」。

89. 電

《說文》：「電，陰陽激燿也。從雨，從申。𩇦，古文電。」「電」甲骨文的字形只有閃電的形狀，到了金文，上從雨，表示下雨，下仍為閃電之形，所以「電」的本義就是自然界基本現象，當正電、負電，兩電相觸，所產生的光與熱的現象，也就是閃電。引申為一切與電力有關的事物，如：「電器」、「觸電」、「電磁」。由於閃電產生時間快速，所以引申有疾速的意思，如：「風馳電掣」。由電力又引申為電子通訊相關，如：「電報」、「電話」等。

90. 民

《說文》：「民，眾萌也。從古文之象。」郭沫若《甲骨文字研究》：「（周代彝器）作一左目形，而有刃物以刺之。周人初以敵囚為民時，乃盲其左目以為奴徵。」「民」甲骨文到戰國文字的字形都是以尖銳的物體刺入眼睛，這是殷商時期抓到敵人時，會先刺傷其眼睛，再納為奴隸，所以「民」本義為奴隸。引申為平民及與人民相關的，如：「民眾」、「平民」、「民間」等。

91. 對

《說文》：「對，䧵無方也。從丵，從口，從寸。𡭊，或從土。」段注本作「對，對或從士。」「對」的甲骨文與金文字形說法有二，右邊均為手，左邊一說為燭臺，表示手持燭臺；另一說為手朝著樹培土的樣子。兩個說法均有朝向的意思，所以「對」的本義就有朝向、面向的意思。引申為地位、位置相反，如：「對手」。又引申為應答，如：「應對」。又引申為兩個，如：「成雙成對」。假借為查驗，如：「校對」。

字頻序號	字	部首	筆畫	金文	戰國文字	秦簡	說文小篆	說文或體	六書分類
087	前	刀	09						歬，會意；前，形聲

字頻序號	字	部首	筆畫	甲骨	金文	戰國文字	秦簡	說文小篆	六書分類
088	水	水	04						象形

字頻序號	字	部首	筆畫	甲骨	金文	戰國文字	說文小篆	說文古文	六書分類
089	電	雨	13						會意

字頻序號	字	部首	筆畫	甲骨	金文	戰國文字	秦簡	說文小篆	說文古文	六書分類
090	民	氏	05							象形

字頻序號	字	部首	筆畫	甲骨	金文	說文小篆	說文或體	六書分類
091	對	寸	14					會意

UNIT 5-21
常用國字 92～96：兒、日、之、文、當

92. 兒

《說文》：「兒，孺子也。从儿，象小兒頭囟未合。」李孝定《甲骨文字集釋》：「契、金文兒字皆象總角之形。」「兒」古文字形下為人，上方說法不一，有學者認為是像臼形的飾品、有學者認為是小孩頭上總角的形狀。《說文》解釋「兒」為孺子，引申為與小兒相關的事物，如：「兒童」、「嬰兒」。假借為詞尾，如：「花兒」。

93. 日

《說文》：「日，實也，太陽之精不虧。从囗、一，象形。〇，古文，象形。」「日」古文字形就是象徵太陽，以中間橫畫或點化作為日光之標識。所以「日」的本義就是太陽，引申為白天、每天，如：「白日」。又引申為時間、季節、特定日期等意思，如：「曠日廢時」、「昔日」、「夏日」、「生日」。

94. 之

《說文》：「之，出也。象艸過中，枝莖益大有所之。一者，地也。」羅振玉《增訂殷虛書契考釋》：「按卜辭从止，从一，人所之也。《爾雅・釋詁》：

『之，往也。』當為『之』之初誼。」「之」的甲骨文字形就是「止」，也就是腳掌，所以「之」的本義為往。除本義往，「之」多用為假借義，如假借為這，如：「之子于歸」。又假借為介詞、助詞等用法。

95. 文

《說文》：「文，錯畫也。象交文。」徐灝注箋：「文象分理交錯之形。」朱芳圃《殷周文字釋叢》：「文即文身之文，象人正立形，胸前之丿、 ……即刻畫之文飾也……文訓錯畫，引申之義也。」「文」甲骨文字形說法有二，一為是交錯畫出的紋路。二為人身上的紋身，朱芳圃認為「文」甲骨文字形是象一個人站立，胸前刺畫上圖形是「文」的本義。

「文」後來引申為圖文相關的意思，如：「文采」、「文字」等。又引申為禮節、風俗，如：「繁文縟節」、「文化」等。假借為量詞，如：「一文錢」。

96. 當

《說文》：「當，田相值也。从田，尚聲。」段玉裁注：「值者，持也，田與田相持也。」「當」秦簡與小篆字形都是从田，尚聲。《說文》解釋本義為「田相值」是指兩田相對等。讀為「ㄉㄤ」，引申有相等的意思，如：「相當」。又引申為相對、面對、承擔，如：「當仁不讓」、「擔當」。又引申為應該，如：「應當」。又讀為「ㄉㄤˋ」，引申為適合，如：「適當」。假借為質押物品，如：「典當」。

字頻序號	字	部首	筆畫	甲骨	金文	戰國文字	說文小篆	說文古文	六書分類
092	兒	儿	08						象形

字頻序號	字	部首	筆畫	甲骨	金文	戰國文字	秦簡	說文小篆	說文古文	六書分類
093	日	日	04							象形

字頻序號	字	部首	筆畫	甲骨	金文	戰國文字	秦簡	說文小篆	六書分類
094	之	丿	04						象形

字頻序號	字	部首	筆畫	甲骨	金文	戰國文字	秦簡	說文小篆	六書分類
095	文	文	04						象形

字頻序號	字	部首	筆畫	金文	戰國文字	秦簡	說文小篆	六書分類
096	當	田	13					形聲

UNIT 5-22
常用國字 97～100：教、新、意、情

97. 教

《說文》：「教，上所施下所效也。从攴，从孝。羑，古文教；效，亦古文教。」徐鍇《說文繫傳》：「攴所執以教道人也，……以言教之。」段玉裁注：「上施，故从攴；下效，故从孝。」「教」甲骨文字形是从子、从攴、爻聲，攴是小擊，所以「教」是訓導受教者（子）的意思，因此本義就是教導的意思。由教導、教育引申為學派、宗教，如：「佛教」、「基督教」。假借為讓、使，如：「教我怎麼相信這種事？」

98. 新

《說文》：「新，取木也。从斤，亲聲。」段玉裁注：「當作从斤、木，辛聲……取木者，新之本義，引申之為凡始基之偁。」王筠《說文釋例》：「其訓曰取木，則新乃薪之古文。」「新」在甲骨文的字形，右邊是斤（斧頭），左邊是聲符辛，金文字形右邊同為斤，左邊為亲（樹名）。「新」的本義就是砍樹，引申有剛開始、沒有使用過的意思，如：「新生」、「新衣」。又泛指一切新的人、事、物、知識等，如：「新人」等。

99. 意

《說文》：「意，志也。从心察言而知意也。从心，从音。」徐鍇作「从心，音聲。」徐灝注箋：「意、薏實一字，故薏之籀文作意，去入一聲之轉，當从心、音聲為正，意乃小篆變體耳。」「意」在秦簡與小篆中都是从心，音為聲符，本義就是心志，引申為念頭、情感、情韻等意思，如：「意念」、「情意相合」、「意境」等。

100. 情

《說文》：「情，人之陰氣有欲者。从心，青聲。」「情」戰國文字與小篆都是从心、青聲，从心表示內心意念，所以「情」的本義就是人的內心意念感受，如：「情感」。引申為人的各種愛欲、交誼，如：「愛情」、「人情」。

字頻序號	字	部首	筆畫	甲骨	金文	戰國文字	秦簡	說文小篆	說文古文	六書分類
097	教	攴	11							形聲

字頻序號	字	部首	筆畫	甲骨	金文	戰國文字	秦簡	說文小篆	六書分類
098	新	斤	13						形聲兼會意

字頻序號	字	部首	筆畫	甲骨	金文	秦簡	說文小篆	六書分類
099	意	心	13					形聲

字頻序號	字	部首	筆畫	甲骨	金文	戰國文字	說文小篆	六書分類
100	情	心	11					形聲

附　錄

附錄一：常見文字學名詞解釋

部件

所謂部件是指一個字的基本組成部分。又可分成兩類：一是可以獨立成文字，如「金」是「錢」的部件，「金」也是獨立的文字。二是無法獨立成文字，最小可能是一個點畫，或是無法成文的結構，例如：「臽」上方字形為一個部件，但無法獨立使用。

偏旁

所謂偏旁是指漢字組成的一部分，例如：「優」，左邊偏旁為「人」、右邊偏旁為「憂」。與部件的差別在於部件可分析的結構更小，而偏旁多數可以成文，最常見的就是形聲偏旁的應用。

部首

所謂部首是指字書依照字形結構，匯聚偏旁相同者，以此偏旁做為該部之首，作為查字的依據。或是所分的部類也可以叫做部首。

部屬字

所謂部屬字是指以部首為領頭，屬於此部首的文字即為「部屬字」。例如：「火」為部首，「燒」、「燙」、「煮」為部屬字。

形符

形聲字中表示形體的部分，稱為「形符」，因為可以表示出形聲字的意義，所以也稱為「意符」。例如：「菁：韭華也。从艸青聲。」艸為形符，青為聲符。

意符

所謂意符是合體字中表達意義的結構，又稱為「義符」。裘錫圭提到意符又可以分為「形符」與「義符」，形符是作為象形符號使用的，通過自己的形象來起到表意作用，通常與聲符對稱，強調形體表現出的意義；義符則是依靠字本身的字義去充當表義偏旁。例如：「信，誠也。从人从言。會意。」人與言均為義符。

聲符

所謂聲符是指形聲字表音的部分，例如：「琅，琅玕，似珠者。从玉良聲。」良為聲符。

初文

是指文字最早期的寫法，相對於後起字而言。「北」為初文，「背」為後起字。

後起字

指同一個文字後來出現的寫法（但音義仍與初文相同）。以合體字占多數。例如：趾是止的後起字，網是网的後起字

初文 VS 後起字

初文	止	网
後起字	趾	網
字義	均為腳趾義	均為網子義

初文與後起字名稱是強調造字的「先後」，常見後起字是初文再加上偏旁。

本字

是指表示本義的字形。本字通常使用在下列兩種狀況：

1. 與分化字相對：就像「然」本是火烤肉的樣子，這也就是「然」的本形本義，後來火烤、火燒的意思就造出「燃」字來記錄原本字義，但字形已經不同了。因此，可以說「然」（烤肉義）是本字，「燃」是分化字。

2. 與通假字相對：例如因為同音關係，假借「后」字為「後」（前後之義），那「後」為本字，「后」為通假字。

正字

為每個時代文字標準的寫法，與此寫法不同者稱為異體字。

異體字

同音、同義不同字形的文字。又稱「又體」、「或體」，《說文解字》中稱為「重文」。異體字又可分為兩種：

1.「完全異體字」，兩字音義完全相同，沒有其他分歧的音義，例如：「腳」與「脚」、「溫」與「温」。

2.「部分異體字」，就是異體字本身有另兼正字的情況，只有在某個音義時，才成為另一文字的異體字。例如：「濕」有四個讀音義，只有念做「ㄕ」作為「含有水分、水分足」的意思時，才是「溼」的異體字。

源字

最原始的字形與字義，是相對於分化字來說。為強調分化字是由此字發展，故稱為源字。與初文不同的是，初文及後起字兩者字形不同，但音義相同；源字與分化字，就有意義上的差異，分化字通常是分擔一部分源字的釋義。

分化字

同一文字因為詞義引申、假借等原因，而具有多個義項，為了讓語言可以更精確表達，所以造出其他文字來分擔原本多義字的功能。這個後來被造出、分擔詞義的文字就叫「分化字」，原本承擔多詞義的文字就叫做「源字」或「本字」。分化字形成主要方式有三：

1、借既有文字作分化字

這類的分化字是原本就有的文字，用來分擔源字的部分語義，例如：「何」原本是負擔、承擔的意思，後來又有「哪裡」、「為什麼」等詞義，所以借用植物「荷」來承接「何」的「負擔」義項，如「負荷」。

2、用異體字作分化字

異體字與源字原本音義就相同，利用異體字來承擔源字的其中一個義項。例如：明代時「作」是正字，「做」是異體字，後來「做」分擔了「作」其中一個義項「成為」，現在兩字均為正字。

3、造新字作為分化字

分化字最常見的形成方式就是造一個全新文字。這類新字通常是在源字上加上一個代表事務類別的的偏旁。例如：「其」本義是畚箕，後來又作為代詞（他、他們）、副詞（大概）等用法，所以用「其」加上「竹」（畚箕多用竹製）來分化「畚箕」的意思。

累增字

累增字文字學上指增加偏旁而不改變其字義的後起字。如：「援」本作「爰」，後加「手」旁，所以「援」是

「爰」的累增字。「源」本作「原」，後加「水」旁，所以「源」是「原」的累增字。

通假字

所謂通假就是利用同音或音近的文字取代本字使用。古人寫作時常因倉促之間，想不出本字而寫了同音字，是古籍中常見的狀況。也是段玉裁所說的「本有其字、依然假借」的情況。在現代這種情況稱之為「別字」、「白字」，不可再任意使用通假字，以免造成文句解讀的困難。例如：《孟子》「蚤起，施從良人之所之。」「蚤」為通假字，「早」才是本字。

古今字

同一個詞在不同時空中有不同字形，即稱為古今字。時代在前的字形稱為「古字」，時代在後的稱為「今字」。「古今字」就是不同時代使用不同字形。段玉裁說：「凡讀經傳，不可不知古今字。古今無定時，周為古則漢為今，漢為古則晉宋為今，隨時異用者謂之古今字。」

前文所提到的本字與分化字亦有造字時間先後，所以也可以說本字為古字、今字為分化字，形成今字的方式也就跟分化字相同。古今字是強調文字演變的「時間」先後，本字與分化字則是著重在文字本字與後來分化字形體與字義傳承的關係。

省形

所謂省形是指某一文字的部分結構是來自另一字形體省略。例如：「耋，年八十曰耋。從老省，從至。」、「耇：老人面凍黎若垢。從老省，句聲。」「耋」、「耇」上方的「耂」就是由「老」省略了下方「匕」而來。

省聲

所謂省聲是指形聲字的聲符是某字形體省略。例如：「齋：戒，潔也。從示，齊省聲。」「齋」的聲符「齊」是由「齊」省略而來。「瑩：玉色。從玉，熒省聲。」「瑩」的聲符「熒」是由「熒」省略而來。

亦聲

所謂亦聲是指漢字意符亦有表音功能。例如：「吏：治人者也。從一從史，史亦聲。」、「禮：履也。所以事神致福也。從示從豊，豊亦聲。」在《說文》中的釋字體例通常為「從某從某，某亦聲」。

同形異字

所謂同形異字是指形體相同，但字義與用法不同的情況，也就是一字多義的情況。形成同形異字的情況很多，例如：假借字使同一字形具有兩個詞義（如：「姑」本義為丈夫的母親，假借義為「姑且」）、異體字因為形符改換變成同形不同字的情況（艸與竹部首常混用，例如：薄為簿異體，而薄本身也是正字，薄同一字形就有薄與簿兩個詞義）等等。

同源字

所謂同源字是指音義相近，來自同一語源的文字。王力在〈同源字論〉說：「凡音義皆近，音近義同，或義近音同的字，叫做同源字。」、「同源字，常常

是以某一概念為中心，而以語音的細微差別（或同音），表示相近或相關的幾個概念。」例如：古與故、空與孔。

繁化

所謂繁化就是在原本字形上再增加結構。例：「莫」原本就是「日落」的意思，後來「莫」被借為禁止的意思，就在原本的「莫」下方加上「日」，承載原本日落的意思，所以「暮」是「莫」繁化的文字。

右文說

所謂右文說是指聲符同時表義的學說，因為漢字聲符多在右邊，所以稱為右文。

宋代王聖美是首位明確提出「右文說」的學者。沈括《夢溪筆談》：「王聖美治字學，演其義以為右文。古之字書皆從左文。凡字，其類在左，其義在右。如木類，其左皆從木。所謂右文者，如戔，小也。水之小者曰淺，金之小者曰錢，歹而小者曰殘，貝之小者曰賤。如此之類，皆以戔為義也。」只要是從「戔」聲的字，都具有小的意思，「戔」同時表音也表義。

本義

所謂本義是指詞本來的意義。本義可以分為兩種，一種是最初造字時所要表達的意義，例如：「車」本義是有輪子的交通工具。另一種本義是指文獻上最早記錄的字義，例如：「萬」造字時形體是屬於蠍子的形狀，但在文獻上看到最早的紀錄已作為數字。

引申義

所謂引申義是指由本義延伸而出的語義，依照其引申的密切關係又可分為直接引申（一級引申），及由第一個引申義再延伸而出的間接引申義（二級、三級引申）。例如：「黑」本義為燻黑色，引申為顏色詞（直接引申、一級引申），又引申為為黑暗（間接引申、二級引申）。

假借義

所謂假借義是語言中有音義但無字體的詞，借用另一個同音文字的形體寄託語義，因此，這個字體原本的音義就稱為本義，而後來寄託在這字形上的語義就稱之為假借義。例如：「易」原本是「蜥蜴」的意思，後來被寄託了「簡單」這個語義，所以「易」本義為「蜥蜴」，假借義為「容易」。

讀若

所謂讀若是模擬文字讀音，是訓詁學擬音的術語，又可稱為「讀如」。例如：《說文》：「璁，石之似玉者。从玉悤聲。讀若蔥。」段玉裁〈周禮漢讀考序〉：「漢人作注，於字發疑正讀，其例有三：一曰讀如讀若，二曰讀為讀曰，三曰當為。讀如讀若者，擬其音也。古無反語，故為比方之詞。讀為讀曰者，易其字也。易之以音相近之字，故為變化之詞。比方主乎同，音同而義可推也。變化主乎異，字異而義了然也。」

讀如

所謂讀如是模擬讀音，「讀若」相同。

讀為／讀曰

所謂讀為／讀曰是用本字來解釋假借字。例如《詩經‧衛風‧氓》:「淇則有岸,隰則有泮。」鄭箋:「泮,讀為畔。」《說文》:「泮,諸侯鄉射之宮,西南為水,東北為牆。」並無崖岸的意思,所以這裡「泮讀為畔」是指用本字畔來解釋假借字泮。

當作／當為

所謂當作或當為是糾正文字形誤、音誤之詞。段玉裁〈周禮漢讀考‧序〉:「當為者,定為字之誤、聲之誤而改其字也,為救正之詞。」例如:《周禮‧天官‧小宰》:「掌建邦之宮刑以治王宮之政令,凡宮之糾禁。」鄭玄注:「『宮』皆當為『官』。」兩字因為形近而將「官」誤寫成「宮」,所以「宮」為錯字,「官」為正確字形。

一曰

所謂一曰是《說文》解釋文字的一種體例,通常有五種功用:1.一字有兩個字義、2.一字有兩個字形、3.一字有兩個讀音、4.一字的解說有其他說法、5.一物有兩個名稱。

重文

所謂重文就是同音義但不同形體的文字,古代稱為重文,現代稱為異體字。

語根

所謂語根就是由一語源推衍出不同語詞,那個原始的語源就稱為「語根」。

字根

文字學中所謂字根就是形聲字的最初構字的聲符。如「青」為「清」、「菁」、「精」、「晴」、「睛」諸字之字根。

（文字）孳乳

所謂孳乳是指同一個字藉由音義關係滋生繁衍出更多的文字。漢‧許慎〈說文解字序〉:「文者,物象之本;字者,言孳乳而浸多也。」由同一個字孳生出來的新字。例如「侖」在古代有「條理」的意思。言詞有條理叫「論」,人際關係有條理叫「倫」。由「侖」孳乳出來的「論」、「倫」就是孳乳字。

異文

凡同一書的不同版本,或不同的書記載同一事物而字句互異,這些不同版本的文字就稱為「異文」。「異文」通常是通假字或異體字。

四體二用

四體二用是指造字的四種方式與用字的兩種方法。六書中象形、指事、會意、形聲是四種造字之法。轉注和假借是兩種用字的方法,並沒有創造新字。

章草

所謂章草是指存有隸書波勢(隸書筆意)的草書,由隸書的簡捷、草化寫法發展而成。

今草

所謂今草是指脫去隸書形跡,筆勢連綴,上下兩字常相連之草書,始於漢末、經西晉、東晉而成熟、至唐大盛。

行書

　　行書形成時間與「今草」差不多，主要是解散隸法的新隸體逐步形成「古行書」與「古楷書」，其形體結構和筆法亦散見於兩漢的居延、敦煌簡中，歷東漢、三國，到魏晉而成熟。

佐書

　　所謂佐書，就是指秦代的隸書。也稱為「秦隸」。秦代以小篆為正體，然而書寫不變，所以一般文書多用隸書，使用隸書為輔佐小篆的書體，所以稱為「佐書」。

重形俗體字

　　所謂「重形俗體字」是指某字的形體原已充分表現其意義，而後人卻又在該字上增加一個形體，作它的偏旁，成為它的形符，使它的形體重複，不合造字的法則。例如：「原」以已有水的意思，後來又加水變成「源」、「岡」本就為山，後來又加上「山」成為「崗」、「果」本就有植物的意思，後來又加上「艸」成為「菓」。

《說文》四大家

　　《說文》四大家為段玉裁、王筠、朱駿聲、桂馥四人，各有解說《說文》的著作，對後來研究《說文》者有極大的貢獻。四人簡要敘述如下：

　　1. 段玉裁，著有《說文解字注》30卷。《說文解字注》的優點有：闡發《說文》體例、校正《說文》訛誤、從文字學理論分析文字的形音義關係、對於辨析同義詞、古今字、古今義都有創見。

　　段玉裁解析《說文》的缺點在於改動篆文一百餘處、常曲解《說文》內容。

　　2. 桂馥，著有《說文解字義證》50卷，全書偏重在字義解說。《說文解字義證》優點有：遍採群書，例證豐富，註解精細，可與《說文解字注》互相補充。然其缺點為過於拘泥許慎說法，強行為許說解釋而導致錯誤，以及引證資料太多且龐雜，未能加以刪減。

　　3. 王筠，著有《說文釋例》20卷，討論文字相關理論與問題。又著有《說文句讀》30卷，主要是在解說《說文》的內容。王筠著作的優點在於資料選擇嚴謹，釋義十分謹慎。《句讀》一書又是初學《說文》者最重要的入門書籍。王筠的研究吸收清代研究《說文》之成果。缺點則是六書理論太過瑣碎，正例和變例太過龐雜。

　　4. 朱駿聲，著有《說文通訓定聲》18卷，以《說文》為本，利用清代古音研究的成就，用音韻關係研究文字本義和轉注（引申義）、假借關係。全書偏重字音的研究。朱駿聲研究《說文》優點在於利用古音找到古義，不拘泥於形體，對漢字的字義關係全面整理，對六書的轉注、假借也有不同定義，提出頗多創見。其缺點在於對於假借分析不夠妥善，對轉注、假借、別義、聲訓之內容說明不夠清說，修訂《說文》時有多有臆測之詞。

大徐本

　　「大徐本」指的是南唐徐鉉校訂《說文解字》30卷的本子，也是如今通行的《說文》版。

小徐本

　　「小徐本」指的是南唐徐鍇校訂《說文解字》40卷的本子，其書名為《說文繫傳》。

「無聲字」和「有聲字」？如何區別？

不帶聲符是「無聲字」、帶有聲符是「有聲字」。象形、指事、會意屬於「無聲字」，形聲字屬於「有聲字」。

隸定

所謂隸定有兩種，一是指把小篆字形寫成隸書形體，把原來較象形的字形轉寫為線條化的字形。二是用楷書筆法來寫古文字形。

隸變

所謂隸變是指把古文字轉寫為隸書以後，所造成的字形變化。隸變往往使字形失去了原來的表意作用，許多文字的形體也因隸變變成同形，例如：「果」、「胃」、「田」、「思」四字都有「田」形，小篆字形為果、胃、田、思中各自有不同形體表現不同意思，到了隸書全部演變成「田」。

隸變是漢字由古文字進入現代文字的重要過程，也讓漢字由原本象形意味濃厚的文字，轉變成較為抽象化的線條文字。

隸古定

所謂隸古定是指用隸書的筆法來撰寫古文字形。

八分

「八分」有兩種意思：1. 是為秦代隸體的一種筆法，為小篆和漢隸之間的過渡字體。相傳是秦代王次仲所作，「八分」名稱由來說法不一，一說為此類書體筆勢像「八」字一樣。另一說法則是取二分篆書，八分隸書（秦隸）。也稱為「八分書」、「分書」。2. 是漢隸的別稱。魏晉以後，楷書也稱為「隸書」，為了區隔兩者，所以稱當時通行、波磔明顯的漢隸為「八分」。也稱為「漢隸」。

類化

所謂類化是指文字在書寫時，容易受到上下文的影響，形成偏旁類推的現象，導致上或下文累增偏旁或改易偏旁之情形，因為類化而產生的俗字，在書寫過程中常被使用，有些甚至取代原字而成為固定的用法，是漢字演變重要的規律之一。

聲化

所謂聲化是指文字在演變過程中，為了某些需求而加上聲符的情況。例如：為避免形義相混所以加上聲符（晶一星，生為聲符）；還有無聲字加上聲符來表音（齒，上方的止，就是後來才加上的聲符）等等情況均為文字的聲化。

同化

所謂同化是指文字在演變過程中相似的形體漸變為同樣的形體。例如「燕」與「魚」古文字形大不相同，然在小篆之後，下方形體同化為「火」形，隸書之後兩字均變為「灬」。

合文

所謂「合文」，是指把二個或以上的文字合寫成一字的文字形式，又稱為「合書」。兩字組合會牽涉到構字部件的省略、替換、重用的狀況。組成的形式有左右相合，或上下相合，或三字相合。

二重證據法

　　所謂「二重證據法」是結合考古資料與古籍文獻，以考證古代文史的研究方法。

══════【說文專區】══════

　　此部分針對《說文》中特殊的說解文字的字詞加以解釋。

凡某之屬皆從某

　　是指同一部首中的文字皆具有此部首的形體與字義。段注云：「凡云凡某之屬皆從某者，自序所謂分別部居，不相雜廁也。」

從某某聲

　　是解釋形聲字的體例。

闕

　　《說文》中有闕形、闕音、闕義者，只要不明其原由，就不強加說明，所以言「闕」。

以為

　　在《說文》中是指假借的說明。段注云：「凡言以為者，皆許書發明六書之法。」又云：「凡云古文以為某某者，此明六書之假借以用也。」

或體

　　所謂「或體」是指《說文》中所收的異體字。

今文

　　所謂「今文」是指《說文解字》中所收的漢朝的文字。

籀文

　　所謂「籀文」是指保留在《說文》中西周晚期宣王時太史籀所作的十五篇文字。

古文

　　所謂「古文」是指《說文解字》中所收錄來自孔子壁中書和張蒼所獻《春秋左氏傳》的文字，主要是魯國文字，夾雜有少量楚文字的寫法，也有時代早於戰國的古文字，也有少量非六國文字的成分。

奇字

　　專指東周南方楚系文字。包含吳、越、蔡、曾、楚諸國的鳥蟲篆、金文、簡帛書等，時代約在春秋中晚期至戰國。〈說文解字敘〉稱「奇字」：「即古文而異者也」，故以此名指稱春秋戰國南方諸國的鳥蟲篆、金文、簡帛書。

秦書八體

　　秦書八體指的是秦代書法有八種體勢。

　　（一）**大篆**：是周宣王時太史籀寫的十五篇字。又稱為「籀文」。

　　（二）**小篆**：即秦朝李斯、趙高等人據大篆省改而成，三人分別寫成《倉頡》、《爰歷》、《博學》篇，字體有別於大篆，所以稱「小篆」。

　　（三）**刻符**：刻在符節上的字體。

　　（四）**蟲書**：寫在旗幟或符節上的字體。

　　（五）**摹印**：是刻在印材上的字體。

　　（六）**署書**：是題在匾額上的文字。

　　（七）**殳書**：是鑄在兵器上的文字。

　　（八）**隸書**：秦始皇命程邈作「隸

書」，是一種改變小篆形體、方便書寫的書體。

新莽六書

所謂新莽的六書是指六種書寫的字體，包含下列六種：

（一）**古文：**指的是孔壁經書上的字體。即周宣王時太史籀寫的大篆（一名籀文）以前的文字。

（二）**奇字：**指和古文形體不同的文字。即古文的異體字。

（三）**篆書：**指的是秦朝李斯、趙高、胡毋敬將大篆的形體予以省改，而通行於秦代的字體。

（四）**左書：**指的是秦始皇命程邈所作的字體。

（五）**繆篆：**根據印材的大小、予以規劃，而刻在上面的字體。

（六）**鳥蟲書：**寫在旗幟或符節上的字體。

○○⼝⼝

圖解文字學常識與漢字演變

附錄二：常見誤字表

本表是將《常用國字辨似》之內容，依音序排列，整理歸納出常見誤字。左側為該詞正確寫法，右側為常見錯誤字形。

ㄅ

正	常用詞	誤	正	常用詞	誤
芭	芭蕉	笆	辦	辦公	辨
笆	籬笆	芭	瓣	花瓣	辦
跋	跋涉	拔	繃	繃帶	蹦
波	波浪	坡	迸	迸裂	拼
波	波濤	滔	比	比比皆是	彼彼
撥	挑撥	潑	彼	此起彼落	比
泊	泊船	舶	筆	西裝筆挺	畢
勃	勃然大怒	脖	陛	陛下	陞
悖	並行不悖	勃	敝	凋敝	弊
舶	船舶	泊	敝	敝帚自珍	蔽
博	賭博	搏	愎	剛愎自用	復
搏	搏鬥	博	費	耗費	廢
膊	胳膊	搏	辟	鞭辟入裡	僻
駁	斑駁	馭	幣	貨幣	弊
薄	日薄西山	簿	弊	作弊	幣
薄	薄荷	簿	碧	小家碧玉	璧
簿	簿子	薄	碧	金碧輝煌	壁
擘	擘劃	臂	裨	裨益	俾
襬	裙襬	擺	蓽	蓬蓽生輝	壁
稗	稗官野史	裨	蔽	掩蔽	敝
卑	自卑感	悲	蹩	蹩腳	憋瞥
俾	俾使	裨	彆	彆扭	蹩
碑	里程碑	牌	杓	斗杓	灼
輩	人才輩出	倍	斑	可見一斑	班般
避	避人耳目	蔽	板	板起面孔	扳
褓	襁褓	保	鑣	分道揚鑣	鏢
扳	扳手	板	砭	針砭	貶
絆	羈絆	伴拌	邊	不修邊幅	篇

正	常用詞	誤	正	常用詞	誤
貶	褒貶	砭貶	瀕	瀕臨崩潰	濱
卜	卜和	卡	繽	繽紛	濱
遍	遍布	偏	屏	屏息	摒
辨	分辨	辯	秉	秉燭夜遊	稟
辨	辨別	辦	併	合併	並
辮	辮子	瓣辨	捕	捕魚	補
稟	稟告	秉	埠	商埠	阜
標	錦標	鏢	部	按部就班	步
濱	海濱	繽			

ㄆ

正	常用詞	誤	正	常用詞	誤
趴	趴下	扒	妃	頰妃	圮
叵	居心叵測	巨	痞	地痞流氓	皮
俳	俳體	排	僻	偏僻	避辟
坏	一坏土	杯	瞥	瞥見	撇
沛	顛沛流離	佩	飄	飄揚	漂
配	配備	佩	縹	縹緲	漂
泡	燈泡	炮	篇	篇章	編
袍	袍澤	胞	胼	胼手胝足	骿
剖	剖析	剝	拼	拼湊	拚
叛	叛變	判	貧	貧困	貪
滂	滂沱	磅	娉	娉婷	聘
怦	怦然心動	抨	評	批評	抨
抨	抨擊	評	馮	暴虎馮河	憑
蓬	蓬頭垢面	篷	仆	前仆後繼	卜撲
膨	膨脹	澎	僕	風塵僕僕	樸樸
篷	船篷	蓬	樸	樸素	僕

ㄇ

正	常用詞	誤	正	常用詞	誤
摩	按摩	磨	幕	開幕	慕暮
摹	臨摹	模	漠	冷漠	寞
末	末端	未	墨	墨守成規	默

212

正	常用詞	誤	正	常用詞	誤
黴	氣黴素	霉	篾	竹篾	蔑
黴	黴菌	徽	描	描寫	瞄
昧	素昧平生	味	瞄	瞄準	描
袂	連袂	抉	杪	樹杪	秒
媚	嫵媚	魅	杳	杳無音信	查
謎	謎語	迷	渺	渺茫	緲
茅	名列前茅	矛	緲	縹緲	渺
茅	茅塞頓開	毛	邈	邈遠	藐
貿	貿然	冒	謬	荒謬	繆
繆	未雨綢繆	謬	棉	棉被	綿
漫	散漫	謾	丐	夏丏尊	丐
漫	漫長	慢	勉	勉強	免
蹣	蹣跚	顢	冕	冠冕堂皇	勉
顢	顢頇	蹣	湎	沉湎	緬
芒	光芒	茫	緬	緬懷	湎
茫	蒼茫	芒	瞑	瞑目	暝
萌	故態復萌	明	泯	泯滅	抿
弭	消弭	彌	憫	悲憫	泯
汨	汨羅江	汩	名	不可名狀	明
密	祕密	蜜	暝	昏暝	瞑
蜜	甜蜜	密	拇	拇指	母姆
乜	乜斜	也	暮	暮色	幕
蔑	輕蔑	篾			

ㄈ

正	常用詞	誤	正	常用詞	誤
斐	斐然	裴	紛	繽紛	分
蜚	蜚聲中外	斐	憤	悲憤	奮
番	三番兩次	翻	奮	奮不顧身	憤
幡	白幡	墦	妨	妨礙	防
煩	煩惱	繁	防	防止	仿
墦	墦間	幡	防	預防	妨
返	往返	反	峰	山峰	鋒
分	勞燕分飛	紛	烽	烽火	峰

正	常用詞	誤	正	常用詞	誤
烽	烽煙	蜂	斧	斧頭	釜
奉	奉命	俸	伏	起伏	俯
俸	薪俸	奉	俯	俯首認罪	伏
趺	趺坐蒲團	跌	釜	破釜沉舟	斧
扶	扶疏	撫	附	依附	付
彿	彷彿	拂	負	不負眾望	付
苻	苻堅	符	傅	師傅	傳
符	符合	副	複	複印	覆
符	符號	苻	賦	賦歸	付
幅	幅員	副	覆	答覆	復

ㄉ

正	常用詞	誤	正	常用詞	誤
達	詞不達意	答	殫	殫精竭慮	憚
韃	韃虜	撻	簞	簞瓢屢空	單簞
疸	黃疸	膽	彈	對牛彈琴	談
德	德高望重	得	憚	肆無忌憚	殫
待	待人接物	代	擋	阻擋	檔
待	待在家裡	呆	檔	檔案	擋
代	替代	待	宕	懸宕	蕩
怠	怠慢	殆	蕩	放蕩	盪
怠	懈怠	迨	蕩	傾家蕩產	當
殆	殆盡	迨	盪	盪秋千	蕩
帶	攜帶	戴	瞪	目瞪口呆	蹬
貸	貸款	代	蹬	蹬腳	瞪
戴	愛戴	載	羅	入羅	羅
叨	嘮叨	叼	柢	追根究柢	抵
擣	擣衣	禱	砥	砥礪	抵
斗	斗膽	抖	第	宅第	弟
斗	舢斗	斛	締	取締	諦
抖	抖擻	斗	諦	真諦	締
陡	陡峭	徒徙陟	迭	更迭	瓞
眈	虎視眈眈	耽耽	瓞	瓜瓞聯綿	迭
耽	耽誤	眈	牒	通牒	諜碟

正	常用詞	誤	正	常用詞	誤
碟	飛碟	諜	櫝	買櫝還珠	牘犢
碟	碟子	牒	牘	案牘	櫝讀
諜	間諜	牒碟	犢	初生之犢	櫝
刁	刁難	叼	堵	環堵蕭然	睹
叼	叼菸	叨刁	睹	目睹	賭
凋	凋謝	雕	杜	杜撰	社
雕	冰雕	凋	渡	渡河	度
吊	垂吊	弔	掇	掇拾	綴
玷	玷汙	沾	咄	咄咄逼人	拙拙
奠	奠定	尊	舵	舵手	陀
簞	簞簞	箪	墮	墮胎	墜
鼎	鼎鼎大名	頂頂	斷	砍斷	繼
定	設定	訂	盾	矛盾	頓鈍
訂	訂正	定	鈍	鈍器	盾
瀆	褻瀆	讀	遁	逃遁	循

去

正	常用詞	誤	正	常用詞	誤
塌	坍塌	遢	貪	貪心	貧
塌	倒塌	蹋	攤	分攤	灘
杳	紛至杳來	踏杳	灘	沙灘	攤
榻	床榻	遢	壇	杏壇	檀
榻	榻榻米	塌塌	檀	檀香	壇
遝	雜遝	踏	坦	平坦	袒
遢	邋遢	塌蹋	袒	袒護	坦
撻	撻伐	韃	帑	公帑	孥
蹋	糟蹋	塌遢	倘	倘若	徜
苔	青苔	笞	謄	戶籍謄本	騰
泰	否極泰來	秦	剔	剔除	踢
淘	淘氣	陶	提	前提	題
陶	陶冶	淘	題	金榜題名	提
投	投機取巧	偷	涕	破涕為笑	啼
投	走投無路	頭	惕	警惕	剔

正	常用詞	誤	正	常用詞	誤
帖	束帖	貼	鋌	鋌而走險	挺
貼	貼身	帖	荼	荼毒	塗荼
佻	輕佻	挑	途	日暮途窮	圖
蜩	螗蜩	綢	塗	生民塗炭	涂
眺	眺望	跳	圖	圖窮匕見	途
恬	恬不知恥	甜	托	和盤托出	託
恬	恬不為怪	怡	佗	華佗	陀
甜	甘甜	恬	拖	拖泥帶水	托
忝	無忝所生	添	託	拜託	托
殄	暴殄天物	珍	陀	陀螺	佗
腆	覥腆	典	跎	蹉跎	駝陀
廷	朝廷	庭延	湍	湍急	端喘
婷	娉婷	亭	摶	陳摶	搏
蜓	蜻蜓	蜒			

ㄋ

正	常用詞	誤	正	常用詞	誤
拏	緝拏	擎	裊	炊煙裊裊	鳥鳥梟梟
吶	吶喊	納	扭	彆扭	紐
納	笑納	訥	紐	樞紐	鈕
捺	按捺	耐	拈	拈花惹草	沾
訥	木訥	納	輦	鳳輦	輩
奈	無可奈何	耐	凝	凝視	擬
耐	耐人尋味	奈	孥	妻孥	帑
餒	氣餒	綏	駑	駑鈍	奴駑
撓	阻撓	橈	弩	弓弩	努
橈	蘭橈	撓	怒	憤怒	恕
惱	煩惱	腦	娜	婀娜	那挪
瑙	瑪瑙	腦惱	諾	承諾	偌
腦	頭腦	惱	懦	懦弱	儒
耨	深耕易耨	褥	濃	濃烈	穠
赧	羞赧	赦	穠	穠纖合度	濃
擬	比擬	凝			

ㄌ

正	常用詞	誤	正	常用詞	誤
辣	辣手摧花	棘	灕	淋灕盡致	離
臘	臘月	蠟	罹	罹難	羅
蠟	蠟燭	臘	裡	鞭辟入裡	理
藍	青出於藍	籃	履	履行	屨
厲	再接再厲	勵	禮	知書達禮	理
厲	變本加厲	利	力	水力發電	利
籟	天籟	賴	力	身體力行	立
壘	壘包	疊	吏	官吏	史
牢	牢騷	勞	利	水利工程	力
潦	潦倒	遼	利	利害關係	厲
潦	潦草	繚	戾	鳶飛戾天	唳
絡	絡繹	洛	俐	俐落	利
陋	簡陋	漏	栗	栗子	粟
漏	疏漏	陋	唳	風聲鶴唳	戾
鏤	雕鏤	樓	曆	日曆	歷
鏤	鏤空	縷	歷	歷史	曆
婪	貪婪	焚	勵	勉勵	礪
闌	夜闌人靜	蘭	勵	鼓勵	厲
闌	闌珊	欄	瀝	披肝瀝膽	歷
攔	攔截	欄	礪	砥礪	勵
籃	花籃	藍	礪	奮發淬礪	厲
斕	斑斕	爛	咧	咧嘴	裂
欄	柵欄	攔	列	凜列	列
濫	浮濫	爛	烈	猛烈	裂
攬	招攬	覽	烈	熱烈	列
爛	燦爛	瀾	獵	打獵	臘
郎	夜郎自大	狼	捩	轉捩點	戾唳
琅	琳琅滿目	郎	裂	分裂	烈
朗	琳琅滿目	琅	撩	撩人	僚
朗	晴朗	郎	聊	民不聊生	寥
稜	模稜兩可	陵	僚	同僚	撩
冷	寒冷	泠	寥	寂寥	聊

217

○○○D

圖解文字學常識與漢字演變

正	常用詞	誤	正	常用詞	誤
嘹	嘹亮	繚遼	廬	結廬	盧
燎	星火燎原	遼	蘆	葫蘆	盧
遼	遼闊	潦	顱	頭顱	盧
繚	繚繞	撩	虜	韃虜	擄
流	流芳	留	滷	滷菜	魯
遛	遛狗	溜	碌	忙碌	錄
瀏	瀏海	流	碌	庸碌	祿
瀏	瀏覽	溜	祿	回祿之災	錄
綹	一綹頭髮	絡	祿	俸祿	碌
陸	光怪陸離	路	綠	綠色	緣
連	接連	聯	戮	殺戮	廖戳
連	連續	聯	蘿	蘿蔔	籮
零	凋零	泠	籮	籮筐	蘿
憐	可憐	鄰	裸	赤裸	棵
聯	聯合	連	裸	裸體	祼
斂	收斂	殮	巒	山巒	蠻
鍊	項鍊	練	輪	一輪明月	崙
攣	痙攣	孿	倫	倫理	論
睜	睜視昂藏	燐	淪	淪陷	倫
鱗	鱗片	麟	綸	滿腹經綸	倫論
麟	鳳毛麟角	鱗	論	論語	倫
賃	租賃	貸	攏	併攏	隴
梁	橋梁	粱	瓏	玲瓏	朧
粱	高粱	梁	壟	壟斷	攏
晾	晾衣	涼	隴	得隴望蜀	壟
令	巧言令色	吝	屢	屢次	履
伶	伶俐	靈	縷	金縷衣	鏤
泠	水聲泠泠	冷冷	褸	衣衫襤褸	縷
鈴	鈴鐺	玲	掠	浮光掠影	略
靈	靈敏	伶	孿	孿生	攣
廬	茅廬	蘆			

正	常用詞	誤	正	常用詞	誤
戈	干戈	弋	菇	香菇	茹
各	各自	個	辜	死有餘辜	孤
賅	言簡意賅	該	辜	辜負	姑
丏	乞丏	丐	汩	汩沒	汨
溉	灌溉	概	股	一股腦兒	鼓
概	大概	蓋	鼓	一鼓作氣	股
概	氣概	慨	穀	五穀	殻
咎	歸咎	究	固	本固邦寧	故
槁	槁木死灰	稿	故	故步自封	固
稿	草稿	槁	刮	刮痧	括
縞	縞素	槁稿	括	括號	刮
鉤	魚鉤	釣	聒	聒噪	刮括
媾	交媾	構	剮	千刀萬剮	刮
彀	入彀就逮	殼	褂	馬褂	掛
構	架構	購	果	果腹	裹
甘	甘願	干	裹	馬革裹屍	果
杆	欄杆	竿	拐	誘拐	枴
竿	竹竿	杆	皈	皈依佛門	歸
桿	筆桿	杆	規	規勸	勤
稈	稻稈	桿	晷	焚膏繼晷	咎
根	根據	跟	詭	陰謀詭計	鬼
跟	鞋跟	根	匱	匱乏	潰
亙	橫亙	互	貫	貫穿	灌
剛	剛強	綱鋼	慣	慣性	貫
綱	提綱挈領	剛	弓	左右開弓	攻
鋼	鋼筋	剛	功	功勞	公
鯁	鯁直	梗	供	供奉	貢
估	估價	沽	恭	恭敬	躬
姑	姑且	辜	躬	躬逢其盛	恭
沽	沽名釣譽	估	貢	貢獻	供

ㄎ

正	常用詞	誤	正	常用詞	誤
刻	刻苦	克	勘	勘察	刊堪戡
棵	一棵樹	顆	堪	難堪	勘
稞	青稞	棵	戡	戡亂	勘
窠	窠臼	巢	肯	首肯	懇
瞌	瞌睡	磕	墾	開墾	懇
磕	磕頭	瞌	懇	誠懇	墾
顆	一顆紅豆	棵	懇	懇切	肯
殼	硬殼	榖	慷	慷慨	康
渴	口渴	喝	垮	事業垮臺	跨
剋	剋星	克	胯	胯下之辱	跨
恪	恪遵遺訓	克	闊	海闊天空	擴
溘	溘然長逝	瞌	擴	擴大	闊
慨	感慨	概	膾	膾炙人口	燴
愒	玩歲愒日	慨	憒	昏憒	潰
愾	同仇敵愾	慨	簣	功虧一簣	匱潰
叩	叩拜	扣	筐	竹筐	框
扣	扣押	叩	誑	打誑語	狂
寇	倭寇	冠	眶	眼眶	框

ㄏ

正	常用詞	誤	正	常用詞	誤
和	曲高和寡	合	侯	諸侯	候
合	天作之合	和	候	等候	侯
閡	隔閡	閣	逅	邂逅	垢
覈	檢覈	核	涵	內涵	含
赫	顯赫	嚇	悍	強悍	捍
嚇	恐嚇	赫	悍	短小精悍	幹
豁	豁然	壑	捍	捍衛	悍
毫	揮毫	豪	憾	遺憾	撼
豪	自豪	毫	翰	翰墨	瀚
昊	昊天罔極	浩	頜	頜首	頷
皓	皓月	浩月	瀚	浩瀚	翰

正	常用詞	誤	正	常用詞	誤
吭	引吭高歌	亢	奐	美輪美奐	渙
沆	沆瀣一氣	吭	宦	宦海	官
亨	萬事亨通	享	患	操危慮患	犯
慌	恐慌	荒	渙	渙散	煥
囫	囫圇吞棗	胡	煥	容光煥發	渙
弧	弧形	孤	煥	煥然一新	換
弧	弧度	狐	混	魚目混珠	渾
醐	醍醐灌頂	糊	渾	渾渾噩噩	混混
餬	餬口	糊	肓	病入膏肓	盲
穫	收穫	獲	荒	荒廢	慌
猾	老奸巨猾	滑	徨	徬徨	惶湟
惑	迷惑	或	惶	惶恐	徨
霍	揮霍	豁	黃	直搗黃龍	皇
壑	群山萬壑	豁	黃	飛黃騰達	煌
壑	谿壑	豁	遑	遑論	惶徨
獲	獲得	穫	潢	裝潢	璜
恢	法網恢恢	灰灰	簧	彈簧	潢璜
暉	餘暉	輝	恍	恍然大悟	晃
麾	麾下	髦	幌	幌子	晃
徽	安徽	黴微	哄	哄抬	烘
迴	低迴	迴	哄	哄堂大笑	轟
誨	教誨	悔	哄	哄騙	鬨
喙	不容置喙	啄	烘	烘托	哄
惠	恩惠	慧	烘	烘雲托月	拱
慧	慧黠	惠	宏	宏亮	弘
燴	燴飯	膾	宏	宏偉	洪
薈	人文薈萃	匯會	洪	洪福齊天	宏
桓	齊桓公	垣	鴻	驚鴻一瞥	紅
圜	轉圜	寰	黌	黌舍	寅
寰	慘絕人寰	圜	鬨	內鬨	烘哄
幻	變幻莫測	換			

ㄐ

正	常用詞	誤	正	常用詞	誤
肌	面黃肌瘦	飢	茄	茄冬	笳
唧	機聲唧唧	即即	笳	悲笳聲動	茄
嵇	嵇康	稽	嘉	勇氣可嘉	佳
箕	克紹箕裘	其	浹	汗流浹背	夾
稽	稽首	嵇	稼	莊稼	嫁
績	成績	積	揭	揭竿而起	接
蹟	古蹟	績	孑	孑然一身	孓
蹟	事蹟	積	拮	拮据	拘倨
及	迫不及待	急	捷	捷足先登	節
即	立即	及	節	盤根錯節	結
即	若即若離	既	竭	竭誠	揭
岌	岌岌可危	及及汲汲笈笈	櫛	櫛風沐雨	節
急	急迫	及疾	擷	擷取	頡
疾	大聲疾呼	急	戒	戒備	戎
疾	無疾而終	寂	誡	勸誡	戒
笈	負笈	岌	交	百感交集	焦
棘	棘手難事	辣	驕	驕縱	嬌
楫	舟楫	揖	皎	皎潔	姣
極	昊天罔極	及	剿	剿匪	攪
極	登峰造極	級	矯	矯揉造作	嬌驕
藉	藉口	籍	醮	建醮	蘸
籍	書籍	藉	灸	針灸	炙
己	自己	巳已	赳	雄赳赳	糾糾
紀	史書本紀	記	愀	愀然變色	揪瞅
濟	人才濟濟	擠擠	疢	瘝疢	咎
技	技巧	伎	菅	草菅人命	管
既	既然	即	箋	信箋	緘
記	日記	紀	縑	縑帛	兼
暨	總統暨夫人	既	艱	艱苦	堅
冀	希冀	翼	儉	節儉	簡
翼	翼望	冀	檢	檢舉	撿
霽	光風霽月	濟齊	簡	簡陋	儉
枷	枷鎖	笳	健	健步如飛	箭

正	常用詞	誤	正	常用詞	誤
劍	劍拔弩張	箭	競	競爭	兢
衿	青衿	矜	睢	關睢	雎
矜	矜持	衿	掬	笑容可掬	鞠
禁	弱不禁風	經	矩	循規蹈矩	距
儘	儘管	僅盡	倨	前倨後恭	踞
謹	謹慎	僅	倨	倨傲鮮腆	居
饉	饑饉	謹	踞	龍蟠虎踞	倨
近	接近	進	孑	孑孓	孓
進	循序漸進	近	抉	抉擇	決
搢	搢紳之士	晉	決	決堤	絕
噤	噤若寒蟬	禁	崛	崛起	掘
燼	灰燼	盡	掘	挖掘	崛攫
疆	疆界	彊	訣	訣別	決抉
槳	船槳	漿	絕	絕對	決
荊	披荊斬棘	莖	蹶	一蹶不振	厥
晶	晶瑩	精	攫	攫取	掘
菁	去蕪存菁	晶青	卷	考卷	券
兢	戰戰兢兢	競競	鈞	千鈞一髮	均
鯨	鯨魚	黥	峻	高峻	竣
警	機警	驚	竣	完竣	峻
徑	羊腸小徑	脛	迥	迥然不同	迴
脛	不脛而走	逕徑競			

正	常用詞	誤	正	常用詞	誤
淒	淒風苦雨	悽	氣	氣球	汽
棲	棲息	悽	訖	銀貨兩訖	迄
緝	通緝	輯	葺	修葺	茸
其	突如其來	奇	器	大器晚成	氣
祇	神祇	祗	恰	恰當	洽
畦	菜畦	蛙	洽	接洽	恰
旗	偃旗息鼓	棋	切	切磋	砌
杞	杞人憂天	圮圯	茄	番茄	笳
汽	汽油	氣	怯	膽怯	卻
砌	堆砌	切	挈	提綱挈領	契

附
錄

〇〇八

圖解文字學常識與漢字演變

正	常用詞	誤	正	常用詞	誤
撬	撬開	翹	青	青衿	菁
翹	翹楚	蹺	清	月白風清	青輕
悄	悄悄話	俏俏	頃	頃刻	傾
鵲	鳩占鵲巢	雀	傾	傾盆大雨	頃
俏	俏皮	悄	輕	年輕	青
仇	報仇雪恥	酬	輕	輕鬆	清
逑	君子好逑	求	擎	引擎	檠
嵌	鑲嵌	崁	檠	弓檠	擎
謙	謙虛	嫌	黥	黥面	鯨
捐	捐客	肩	磬	鐘磬	罄
黔	黔驢技窮	黥	罄	罄竹難書	磬
遣	差遣	遺	毆	毆打	歐
歉	抱歉	謙嫌	軀	身軀	驅
嶔	嶔崎	欽	驅	並駕齊驅	趨軀
秦	秦始皇	泰	闕	宮闕	闋
勤	勤勞	勸	闋	一闋詞	闕
搶	搶劫	強	筌	得魚忘筌	荃
強	強詞奪理	搶	券	穩操勝券	卷
彊	彊弩之末	疆	煢	煢煢獨立	窮窮
青	青年	輕	跫	跫音	蛩

Ｔ

正	常用詞	誤	正	常用詞	誤
淅	淅瀝	晰	諧	詼諧	偕
晰	清晰	析淅	屑	不屑一顧	肖
蹊	蹊蹺	谿	榭	歌臺舞榭	謝
曦	晨曦	犧	懈	懈怠	邂
徙	遷徙	陡徒	邂	邂逅	懈
挾	挾持	狹	哮	咆哮	嘯
狹	促狹	狎	宵	通宵達旦	霄
狹	狹小	挾	梟	梟雄	裊
狹	狹長	峽	逍	逍遙	消
暇	閒暇	瑕遐	銷	報銷	消
瑕	瑕疵	遐	霄	雲霄	宵
遐	遐想	瑕暇	蕭	蕭條	簫

正	常用詞	誤	正	常用詞	誤
蕭	蕭瑟	瀟	形	形狀	型
簫	洞簫	蕭	型	模型	形
囂	囂張	嘯	省	不省人事	醒
肖	唯妙唯肖	俏	幸	幸福	辛
嘯	呼嘯	哮	性	性別	姓
休	休養生息	修	倖	僥倖	悻
修	修養品德	休	悻	悻悻然	倖倖
脩	束脩	修	戌	戊戌	戍
姍	姍姍來遲	珊珊跚跚	栩	栩栩如生	煦煦
嫌	嫌棄	謙歉	許	孤高自許	詡
閒	閒暇	間	煦	和煦	熙
陷	構陷	諂	緒	就緒	序
腺	汗腺	線	喧	喧賓奪主	宣暄
獻	野人獻曝	現	暄	寒暄	喧
辛	辛苦	幸	諼	永矢弗諼	緩
欣	欣然忘食	興	漩	漩渦	旋
薪	臥薪嘗膽	新	炫	炫耀	眩
廂	一廂情願	箱	眩	頭暈目眩	炫
祥	慈祥	詳	渲	渲染	宣喧
餉	薪餉	饗	絢	絢麗	炫
響	影響	嚮	熏	熏肉	醺
饗	饗宴	餉	薰	薰陶	熏醺
象	形象	相像	醺	醉醺醺	薰薰
項	望其項背	向	徇	徇私舞弊	循
像	影像	象	苟	苟況	筍
嚮	嚮往	響	循	因循苟且	徇
興	興奮	欣	循	循規蹈矩	尋
形	形形色色	行行	洶	來勢洶洶	凶

ㄓ

正	常用詞	誤	正	常用詞	誤
枝	一枝筆	隻	咫	咫尺	只
衹	衹奉	祇	趾	趾高氣揚	志
執	執迷不悟	知	趾	腳趾	指
蟄	驚蟄	螫	至	至理名言	致

圖解文字學常識與漢字演變

正	常用詞	誤	正	常用詞	誤
忮	不忮不求	伎	沾	沾染	玷
制	制裁	製	霑	利益均霑	沾
制	專制政府	治	氈	如坐針氈	毯
帙	書帙	秩	瞻	瞻仰	贍
炙	炙熱	灸	嶄	嶄露頭角	斬
峙	對峙	恃恃	棧	棧道	踐
陟	陟罰臧否	陡徙	蘸	蘸墨	醮
製	製造	制	貞	貞操	真
扎	扎根	紮	振	振筆直書	震
扎	掙扎	札	枕	枕戈待旦	鎮
札	札記	扎	畛	畛域	軫
紮	包紮	札	軫	軫懷	畛
紮	駐紮	扎	賑	賑災	振賑
眨	眨眼	貶	震	震撼	振
折	折返	析	鴆	飲鴆止渴	耽
折	折斷	拆	章	斷章取義	張
螫	螫傷	蟄螫	彰	相得益彰	張
輒	動輒得咎	轍	漲	漲紅了臉	脹
轍	沒轍	輒	仗	仗勢欺人	杖
轍	重蹈覆轍	輒徹	仗	打仗	戰
儳	儳服	攝	杖	手杖	仗
赭	赭紅	褚	脹	腹脹	漲
浙	浙江	淅	幛	喜幛	障
齋	吃齋	齊	瘴	烏煙瘴氣	障
寨	山寨	塞	癥	癥結	徵
棹	桂棹	悼	銖	錙銖必較	珠
罩	籠罩	照	逐	逐漸	遂
肇	肇事	造	拄	拄著枴杖	柱
櫂	櫂歌	擢	渚	渚清沙白	堵
舳	舳艫千里	軸	麈	麈尾	塵
冑	甲冑	胄胃	囑	遺囑	矚
胄	胄裔	冑胃	矚	高瞻遠矚	囑
晝	晝夜	畫	杼	機杼	抒
皺	皺褶	雛	炷	一炷香	柱
占	口占一絕	沾	捉	捉襟見肘	促
沾	沾沾自喜	占占	灼	真知灼見	卓

226

正	常用詞	誤	正	常用詞	誤
茁	茁壯	拙	准	准許	準
擢	拔擢	濯	準	準時	准
濯	濯足	擢	椿	椿腳	樁
錐	圓錐	椎	衷	言不由衷	哀
惴	惴慄	揣	鍾	一見鍾情	鐘
綴	點綴	掇	鐘	時鐘	鍾
撰	撰寫	傳	踵	接踵而至	腫
饌	餚饌	撰			

ㄔ

正	常用詞	誤	正	常用詞	誤
笞	鞭笞	苔	羼	羼雜	孱
弛	鬆弛	馳	瞋	瞋目怒視	瞠
馳	馳騁	弛	櫬	靈櫬	襯
恥	不恥下問	齒	讖	一語成讖	懺
豉	豆豉	鼓	償	賠償	賞
褫	褫奪公權	遞	敞	寬敞	敝
飭	整飭	飾	瞠	瞠目結舌	瞋
查	調查	察	成	相輔相成	乘
察	明察秋毫	查	秤	磅秤	枰
拆	拆散	折	誠	精誠所至	忱城
柴	骨瘦如柴	材	騁	馳騁	聘
徹	徹查	撤	雛	雛形	皺
徹	徹頭徹尾	轍	褚	褚遂良	赭
撤	撤退	徹	礎	礎潤而雨	楚
惆	惆悵	愁	畜	牲畜	蓄
稠	稠密	綢	絀	左支右絀	黜
綢	綢緞	稠	絀	相形見絀	拙
籌	一籌莫展	愁	戳	郵戳	剹
瞅	瞅睬	揪愀	啜	啜泣	綴輟
孱	身體孱弱	殘	綽	風姿綽約	卓
蟬	金蟬脫殼	蠶	輟	輟學	綴
讒	讒言	饞	炊	一縷炊煙	吹
饞	嘴饞	讒	椿	椿萱並茂	樁
懺	懺悔	識	瘡	千瘡百孔	穿

正	常用詞	誤	正	常用詞	誤
瘡	滿目瘡痍	愴	舂	舂米	春
愴	悲愴	創	衝	怒髮衝冠	沖
忡	憂心忡忡	沖沖	崇	崇高	崈

ㄕ

正	常用詞	誤	正	常用詞	誤
拾	拾獲	捨	嬗	遞嬗	擅
施	發號施令	司	贍	贍養費	瞻
史	歷史	吏	身	殺身成仁	生
世	去世	逝	蜃	海市蜃樓	脣
世	見過世面	市	殤	殤子	傷觴
事	尋人啟事	示	觴	曲水流觴	殤
事	惹事	是	盛	強盛	勝
侍	侍奉	伺	抒	抒發	紓舒
舐	舐犢情深	牴舔	紓	紓困	紆
視	視死如歸	誓	淑	淑善之家	叔
適	無所適從	是	塾	私塾	塾熟
噬	反噬	食	黍	雞黍待客	蜀
煞	抹煞	剎	署	部署	暑
鎩	鎩羽而歸	鍛	署	衛生署	暑
歃	歃血為盟	插	戍	戍守	戌
佘	佘太君	余	戍	戍衛	戊
捨	捨棄	拾	倏	倏忽	速
赦	特赦	赧	術	不學無術	數
梢	樹梢	稍	漱	漱口	嗽
稍	稍息	捎	樹	獨樹一幟	豎
筲	斗筲	宵	耍	玩耍	要
劭	年高德劭	邵	帥	統帥	師
邵	邵雍	劭	朔	撲朔迷離	溯
手	額手稱慶	首	爍	閃爍	鑠
首	首屈一指	手	鑠	眾口鑠金	礫
授	教授	受	衰	衰老	哀
珊	意興闌珊	姍	衰	衰弱	衷
蹣	蹣跚	姍珊	拴	拴住	栓
羶	腥羶	饘	栓	消防栓	拴

ㄖ

正	常用詞	誤	正	常用詞	誤
蹂	蹂躪	揉	茹	含辛茹苦	菇
燃	燃燒	然	孺	孺子可教	儒
仁	仁民愛物	人	濡	耳濡目染	儒
荏	光陰荏苒	任	縟	繁文縟節	褥
荏	色厲內荏	忍	褥	被褥	耨縟
紉	縫紉	紝	倜	倜大	諾
衽	衽席	紝	戎	投筆從戎	戒
軔	發軔	仭軔	茸	鹿茸	葺
韌	韌性	軔	溶	水溶劑	熔
攘	安內攘外	壞讓	熔	熔爐	溶

ㄗ

正	常用詞	誤	正	常用詞	誤
呰	呰爾多士	姿恣	遭	頭一遭	糟
恣	恣意橫行	姿	噪	喧噪	燥
茲	茲事體大	滋	噪	聒噪	躁
貲	所費不貲	資	噪	噪音	譟
緇	緇衣	錙	燥	枯燥	噪
錙	錙銖必較	緇	攢	攢錢	鑽
秭	秭歸	姊	臧	陟罰臧否	藏
笫	床笫	第	俎	越俎代庖	廚
眥	以指撥眥	貲	怍	慚怍	咋
咋	令人咋舌	乍怍	蕞	蕞爾小島	最
則	以身作則	責	纂	編纂	篡
栽	栽培	裁	尊	尊師重道	遵
載	記載	戴	傯	兵馬倥傯	總
再	不再作聲	在	粽	粽子	棕

ㄘ

正	常用詞	誤	正	常用詞	誤
從	從頭再來	重	蹴	一蹴可幾	觸
茨	茅茨土階	次	磋	切磋	蹉
刺	刺刀	剌	蹉	蹉跎	磋
燦	燦爛	璨	悴	憔悴	瘁
璨	璀璨	燦	淬	淬礪	悴
倉	倉促	傖	瘁	心力交瘁	粹
倉	倉皇	蒼	瘁	鞠躬盡瘁	悴
傖	寒傖	倉	粹	純粹	碎
滄	滄海桑田	倉	粹	精粹	淬
促	促狹	捉	篡	篡位	篡竄
簇	花團錦簇	族			

ㄙ

正	常用詞	誤	正	常用詞	誤
廝	小廝	斯	溯	追溯	朔
廝	耳鬢廝磨	撕	瑣	瑣碎	鎖
巳	巳時	己已	鎖	鎖匙	銷
肆	放肆	肄	睢	睢陽	雎
搔	搔首弄姿	騷	隋	隋朝	隨
騷	騷擾	搔	遂	殺人未遂	逐
搜	搜身	蒐	祟	作祟	崇
夙	夙夜匪懈	宿	邃	深邃	遂
粟	滄海一粟	栗	筍	竹筍	荀

一

正	常用詞	誤	正	常用詞	誤
伊	秋水伊人	依	奕	神采奕奕	弈弈
已	已經	己已	弈	弈棋	奕
倚	倚老賣老	依以	挹	挹注	邑
抑	壓抑	仰	異	見異思遷	義
弋	巡弋	戈	逸	逃逸	佚
屹	屹立不搖	迄	義	急公好義	益
易	移風易俗	異	肄	肄業	肆

正	常用詞	誤	正	常用詞	誤
翼	不翼而飛	冀	沿	相沿成習	延
繹	演繹	譯	蜒	蜿蜒	蜓
譯	譯文	繹	顏	和顏悅色	言
議	不可思議	義	簷	屋簷	詹
議	議論紛紛	異	衍	繁衍	延
鴉	塗鴉	鴨	偃	風行草偃	掩
鴨	水鴨	鴉	宴	宴會	晏
涯	天涯海角	崖	晏	河清海晏	宴
揠	揠苗助長	偃	雁	魚雁往返	燕
噎	因噎廢食	咽	贗	贗品	膺
揶	揶揄	挪	隱	隱居	穩
靨	笑靨	魘魘	癮	煙癮	隱
崖	山崖	涯	泱	泱泱大國	央央
淆	混淆	肴	殃	遭殃	秧
搖	扶搖直上	遙	佯	佯裝	徉
耀	閃耀	躍	仰	仰望	抑
攸	性命攸關	悠	漾	蕩漾	樣
悠	悠久	優	膺	服膺	贗
尤	怨天尤人	由	罌	罌粟	嬰櫻
猶	猶豫	猷	纓	帽纓	瓔
莠	良莠不齊	秀	塋	墳塋	瑩
釉	上釉	柚	瑩	晶瑩	螢
奄	奄奄一息	淹淹	嬴	嬴政	贏贏
焉	心不在焉	馬	螢	螢光幕	瑩
湮	湮沒	煙	贏	輸贏	嬴
燕	勞燕分飛	雁	羸	羸弱	嬴贏
妍	妍麗	研	潁	潁河	穎
妍	爭妍鬥豔	顏	穎	新穎	潁
言	察言觀色	顏			

正	常用詞	誤	正	常用詞	誤
烏	愛屋及烏	鳥	蕪	荒蕪	無
嗚	嗚咽	鳴	侮	侮辱	悔
毋	毋忘在莒	母	撬	撬嘴	嗚

正	常用詞	誤	正	常用詞	誤
戊	戊等	戌戍	未	未來	末
悟	領悟	晤	蔚	蔚為風氣	尉謂
務	務必	勿	蜿	蜿蜒	彎婉
晤	晤面	悟	灣	水灣	彎
鶩	好高鶩遠	務鶩	宛	宛如	婉
鶩	趨之若鶩	務鶩	挽	挽救	勉
渦	漩渦	窩	婉	婉約	宛
渥	優渥	握	惋	惋惜	婉
斡	斡旋	幹	穩	安穩	隱
偎	依偎	隈	紊	紊亂	紋
萎	枯萎	委	罔	昊天罔極	岡網
限	山限水濱	偎	網	天羅地網	綱
韋	韋編三絕	葦	妄	妄想	忘
帷	運籌帷幄	惟維	望	喜出望外	忘
葦	蘆葦	韋			

ㄩ

正	常用詞	誤	正	常用詞	誤
紆	降貴紆尊	紓迂	躍	跳躍	耀
淤	淤積	汙	鳶	紙鳶	鴛
臾	須臾	叟	垣	牆垣	坦桓
竽	濫竽充數	竿芋	園	花園	圓
魚	捕魚	漁	源	世外桃源	園
渝	至死不渝	逾	緣	緣木求魚	沿
腴	豐腴	諛	慍	慍怒	溫
隅	向隅	偶	醞	醞釀	蘊
虞	不虞匱乏	餘	雍	雍容華貴	擁臃
漁	漁船	魚	壅	壅塞	雍
諛	阿諛	腴	擁	一擁而上	湧
圄	囹圄	圍	癰	養癰成患	癱
芋	芋頭	竽	俑	始作俑者	蛹
御	御駕親征	馭	詠	歌詠	永
馭	駕馭	駁	蛹	蝶蛹	俑
禦	防禦	御			

ㄜ

正	常用詞	誤	正	常用詞	誤
扼	扼要	阨	阨	阨塞	扼

ㄞ

正	常用詞	誤	正	常用詞	誤
哀	哀傷	衷衰	嬡	令嬡	媛
藹	和藹	靄	曖	曖昧	愛
靄	暮靄	藹			

ㄠ

正	常用詞	誤	正	常用詞	誤
嗷	嗷嗷待哺	敖敖	螯	蟹螯	螫

ㄡ

正	常用詞	誤	正	常用詞	誤
嘔	嘔心瀝血	漚			

ㄢ

正	常用詞	誤	正	常用詞	誤
諳	熟諳	暗	按	按兵不動	案

ㄤ

正	常用詞	誤	正	常用詞	誤
昂	慷慨激昂	仰	盎	興趣盎然	昂

附錄三：相似字例表

本表將文字相似形根歸納為字例，並將字書中有此字例之字組填入。
此表之用意，在於藉由字例之整理，辨別漢字容易誤用之偏旁。

序號	相似字例		辨似字組				
1	冫	氵	凌淩	次次	冷冷	清清	凍凍
2	亻	彳	俳徘				
3	九	几	尻尻				
4	九	丸	氿汍				
5	九	凡	軌軓				
6	人	入	仝全	囚囚	陜陝		
7	几	凡	仉仉	芁芃			
8	刀	力	忉忉	券券	勦勦	勁勁	
9	刀	刃	忍忍				
10	力	勹	幼幻				
11	卩	阝	叩邷	卻郤			
12	ㄆ	刃	匂召				
13	爪	ㄥ	滔洺	謟謠			
14	巴	巳	氾汜				
15	十	巾	協暢				
16	又	丈	受受				
17	厂	广	厝唐	厙庫	厥廐		
18	丈	大	杖杕				
19	也	它	虵蛇				
20	于	干	迂迁	軒軒	秆秆	盂盂	
21	刃	丑	紉紐				
22	千	于	迁迂				
23	千	干	汗汗	舌舌			
24	口	日	啟啓				
25	土	士	壬壬				
26	大	犬	伏伏				
27	大	犮	鈌鈸	軮軷			
28	山	亡	岡罔	綱網			
29	山	止	峙峙	岠距	崒崒	仚企	岐歧

序號	相似字例		辨似字組				
30	亏	丂	朽朽				
31	宀	穴	窘窘	審審	宓宓	寵寵	究究
32	己	巳	改改	圯圮			
33	巳	乙	卮厄				
34	巾	力	飾飭				
35	毛	毛	耗耗	毫毫			
36	之	乏	芝芝				
37	予	矛	柔柔				
38	互	反	沍沤				
39	今	令	瓴瓴	吟吟	聆聆		
40	元	允	沅沇				
41	夫	失	秩秩	跌跌	佚佚		
42	夫	矢	雄雉	鴣鴰	医医		
43	夭	犬	吠吠				
44	尢	元	頏頑				
45	尢	尤	沈沈	枕枕			
46	戈	弋	戮戮				
47	戶	尸	启启				
48	戶	后	妒妒				
49	手	木	捧棒	打打	揚楊	撞橦	抨枰
50	支	皮	駁駮				
51	支	犮	蚊蚊				
52	支	攵	薮敕				
53	忄	巾	憧幢	恂絢	憤幀	快帙	悵帳
54	攴	支	枝枝				
55	攵	文	馼馼				
56	攵	发	牧犮				
57	斗	十	斟斟				
58	日	曰	汨汩				
59	日	甘	曆曆				
60	日	白	皀皀				
61	日	目	晴睛	瞳瞳	曬曬	旬旬	昭昭
62	月	丹	肜彤				
63	月	日	腬睥	肪防	脘睌	胙昨	

序號	相似字例		辨似字組				
64	月	舟	刖削				
65	月	刖	肦盼				
66	月（肉）	目	膞瞜	膴瞴	膽瞻	臉瞼	肦盼
67	月（肉）	冃	冑胄				
68	木	牛	楗犍				
69	木	禾	穀縠				
70	木	衣	楮褚	栩裄			
71	木	朮	沐沭				
72	氏	氐	紙紙	鴟鴟	蚳蚳	坻坻	軝軧
73	火	大	羔美				
74	犬	尤	肰肬	默默			
75	犬	火	狄狄				
76	犬	犮	肰肢				
77	王	壬	任任				
78	爿	牛	將牸				
79	疒	广	痒庠	瘳廖	癈廢		
80	朿	市	梀柿				
81	呂	臣	宮宦				
82	丙	内	芮芮				
83	且	旦	坦坦				
84	主	圭	麈塵				
85	乎	寽	呼呼	枰捋			
86	令	合	翎翎				
87	冬	夆	螽螽				
88	卯	卬	柳柳				
89	占	古	鉆鈷	痁痞			
90	占	吉	髻髻				
91	右	左	閤閤				
92	史	夬	駛駃				
93	叵	臣	拒拒				
94	未	末	妹妹	沫沫			
95	正	止	延迋				
96	瓜	爪	苽爪				
97	田	由	苗苗				

序號	相似字例		辨似字組				
98	白	百	伯佰				
99	目	月	相枂	脩脩			
100	目	自	昊臭				
101	目	貝	瞋贈				
102	石	歹	礑殫				
103	示	木	祝柷				
104	示	禾	袟秩				
105	示	衣	褆襖	禕褘	禪襌	褆褆	祖袓
106	禾	木	秜柅	科枓	稙植		
107	禾	爪	綏綏				
108	禾	衣	稅裞				
109	匆	勿	葱蔥				
110	互	宣	恆愃				
111	同	同	詷詗				
112	安	女	晏晏				
113	戌	戊	颸颰				
114	此	比	批批				
115	米	木	梁梁				
116	米	禾	糵糜				
117	米	釆	釋釋	攪攪			
118	舟	丹	般股				
119	艮	良	垠埌	銀銀	浪浪		
120	艮	昆	銀錕				
121	夆	夆	逢逢	洚洚			
122	夊	夊	綜緣				
123	辰	爪	振抓	派沠			
124	束	束	刺刺	康康	涷涷	悚悚	諫諫
125	艸	卝	首首	苟苟			
126	艸	竹	籠籠	蕭簫	蕆箴	藍籃	筍筍
127	余	金	斜鈄				
128	告	吉	鵠鴣				
129	夾	夾	陝陜				
130	甫	重	專專	溥溥	傅傳	膊膊	縛縛
			搏搏	尊尊			

序號	相似字例		辨似字組				
131	豕	豖	豚豚				
132	肙	員	圓圓				
133	卑	畀	箄箅				
134	咎	各	絡絡				
135	昜	易	錫錫	惕惕	踢踢	暘暘	瘍瘍
136	東	束	鰊鰊				
137	東	柬	錬鍊				
138	釆	采	宷宩				
139	隹	圭	奞奎				
140	雨	而	儒儒				
141	便	更	緶緶	鞭鞭			
142	段	叚	鍛鍜	椴椵	葮葭		
143	胃	冒	媦媚				
144	重	童	鍾鐘	僮僮	湩潼	種穜	動勭
145	彖	彔	緣綠				
146	彖	豖	琢琢	喙啄			
147	商	商	滴滴				
148	登	凳	橙櫈				
149	熏	重	纁緟				
150	襄	衰	纕緦				
151	豐	豊	灃澧				
152	嵩	雋	鑴鑴				
153	睘	眔	還逕				

附錄四：常用國字字頻表（1～100）與索引

依字頻序號檢索			依筆畫檢索			依部首檢索		
字頻序號	字	本書頁次	筆畫	字	本書頁次	部首	字	本書頁次
1	的	156	1	一	156	丨	中	162
2	不	156	2	人	158	一	不	156
3	一	156	2	了	158	一	一	156
4	我	156	2	力	186	一	上	162
5	是	158	3	大	158	一	下	174
6	人	158	3	子	162	丿	之	196
7	有	158	3	上	162	乙	也	184
8	了	158	3	小	164	亅	了	158
9	大	158	3	下	174	亅	事	184
10	國	160	3	也	184	人	人	158
11	來	160	4	不	156	人	來	160
12	生	160	4	中	162	人	們	162
13	在	160	4	天	170	人	他	164
14	子	162	4	心	170	人	以	166
15	們	162	4	方	182	人	個	172
16	中	162	4	公	184	人	作	180
17	上	162	4	分	190	人	你	188
18	他	164	4	水	194	儿	兒	196
19	時	164	4	日	196	八	公	184
20	小	164	4	之	196	凵	出	164
21	地	164	4	文	196	刀	到	168
22	出	164	5	生	160	刀	分	190
23	以	166	5	他	164	刀	前	194
24	學	166	5	出	164	力	動	174
25	可	166	5	以	166	力	力	186
26	自	166	5	可	166	厶	去	178
27	這	166	5	去	178	口	可	166
28	會	168	5	用	188	口	同	192
29	成	168	5	市	190	口	國	160
30	家	168	5	外	192	口	因	188

圖解文字學常識與漢字演變

依字頻序號檢索			依筆畫檢索			依部首檢索		
字頻序號	字	本書頁次	筆畫	字	本書頁次	部首	字	本書頁次
63	事	184	9	看	184	月	有	158
64	公	184	9	面	186	木	業	188
65	看	184	9	前	194	氏	民	194
66	也	184	10	們	162	水	沒	192
67	長	186	10	時	164	水	法	192
68	面	186	10	家	168	水	水	194
69	力	186	10	個	172	火	為	168
70	起	186	10	能	174	火	然	170
71	裡	188	10	起	186	火	無	192
72	高	188	10	高	188	玉	現	180
73	用	188	11	國	160	生	生	160
74	業	188	11	這	166	用	用	188
75	你	188	11	得	172	田	當	196
76	因	188	11	動	174	癶	發	174
77	而	190	11	現	180	白	的	156
78	分	190	11	教	198	目	看	184
79	市	190	11	情	198	糸	經	178
80	於	190	12	然	170	而	而	190
81	道	190	12	著	172	肉	能	174
82	外	192	12	發	174	自	自	166
83	沒	192	12	開	180	至	臺	176
84	無	192	12	就	180	艸	著	172
85	同	192	12	無	192	行	行	178
86	法	192	13	會	168	衣	裡	188
87	前	194	13	過	172	襾	要	170
88	水	194	13	經	178	言	說	172
89	電	194	13	裡	188	走	起	186
90	民	194	13	業	188	車	車	176
91	對	194	13	道	190	辵	這	166
92	兒	196	13	電	194	辵	過	172
93	日	196	13	當	196	辵	道	190
94	之	196	13	新	198	邑	那	176

依字頻序號檢索			依筆畫檢索			依部首檢索		
字頻序號	字	本書頁次	筆畫	字	本書頁次	部首	字	本書頁次
95	文	196	13	意	198	長	長	186
96	當	196	14	說	172	門	開	180
97	教	198	14	臺	176	雨	電	194
98	新	198	14	麼	176	面	面	186
99	意	198	14	對	194	高	高	188
100	情	198	16	學	166	麻	麼	176

MEMO

_____
_____
_____
_____
_____
_____
_____
_____
_____
_____
_____
_____
_____
_____
_____
_____
_____
_____

國家圖書館出版品預行編目資料

圖解文字學常識與漢字演變／陳姞淨著. －－
初版. －－臺北市：五南, 2018.09
　面；　公分
ISBN 978-957-11-9861-3（平裝）

1.漢語文字學　2.漢字

802.2　　　　　　　　　107012849

1X30

圖解文字學常識與漢字演變

作　　者 ― 陳姞淨（248.8）

發 行 人 ― 楊榮川

總 經 理 ― 楊士清

副總編輯 ― 黃文瓊

責任編輯 ― 吳雨潔

封面設計 ― 王麗娟

美術設計 ― 劉好音

出 版 者 ― 五南圖書出版股份有限公司

地　　址：106台北市大安區和平東路二段339號4樓

電　　話：(02)2705-5066　　傳　真：(02)2706-6100

網　　址：http://www.wunan.com.tw

電子郵件：wunan@wunan.com.tw

劃撥帳號：01068953

戶　　名：五南圖書出版股份有限公司

法律顧問　林勝安律師事務所　林勝安律師

出版日期　2018年9月初版一刷

定　　價　新臺幣360元